La Cour aux Paons

PARUTIONS MAI 2012

ROMAN

Françoise Bourdin	Comme un frère
Françoise Bourdon	La Cour aux Paons
Grégoire Delacourt	La liste de mes envies
Élise Fischer	Les larmes et l'espoir
Geneviève Senger	
Éric Fottorino	Le dos crawlé
C. Hermary-Vieille	Merveilleuses
J.M.G. Le Clézio	Histoire du pied et autres fantaisies
Malika Mokeddem	La Désirante
Virginie Ollagnier	Rouge argile
Jean-Michel Thibaux	L'Olivier du Diable
Lyonel Trouillot	La belle amour humaine
Anne Wiazemsky	Une année studieuse

TÉMOIGNAGE

Conor Grennan	Les petits princes du Népal

POLICIER

Linwood Barclay	Crains le pire
Pierre Borromée	L'Hermine était pourpre *Prix du Quai des Orfèvres 2012*
Harlan Coben	Remède mortel
Christian Jacq	Le crime de la momie

DÉTENTE

Henriette Bernier	Bals, petits bals
Barbara Constantine	Et puis, Paulette...
Martine Delomme	Le retour aux Alizés
Lyliane Mosca	La fille de la Buissonnière
Danielle Steel	Liens familiaux

Françoise Bourdon

La Cour aux Paons

FERYANE

LIVRES EN GROS CARACTÈRES

Éditions en gros caractères
vente par correspondance

Si vous avez aimé ce livre,
pour recevoir notre catalogue
sans engagement de votre part,
envoyez-nous vos nom et adresse.

FERYANE

B.P. 80314
78003 Versailles Cedex
Tél. 01 39 55 18 78
feryane@wanadoo.fr

Boutique en ligne
www.feryane.fr

ISBN 978-2-258-09139-9

ISBN 978-2-36360-079-0

À mon mari, J.M.

1

1899.

Le vent venu de la mer échevelait les saules et les peupliers. Sous ses assauts, les haies vives, houx et aubépine mêlés, faisaient le gros dos. Les collines boisées modelaient un paysage tout en douceur, traversé par des coups de vent qui faisaient frissonner jusqu'à l'herbe drue. Joyeuse, boulonnaise de cinq ans, leva la tête vers le ciel couleur opaline avant de se retourner vers sa maîtresse.

– Oui, je sais, ma belle, il est temps de rentrer, acquiesça Flore en lui tapotant l'encolure d'un geste familier, empreint de tendresse.

Joyeuse était sa jument préférée. Aussi loin que remontaient ses souvenirs, Flore avait vécu parmi les solides boulonnais de l'élevage paternel. Sa mère étant morte après un accouchement difficile, la fillette avait été élevée comme un garçon par un père soucieux avant tout de préserver son héritage. Auguste Chauchoy, que tout le monde appelait le Juste, possédait une ferme fortifiée, la Cour aux Paons, située à mi-chemin entre Desvres et Crémarest, dans le bocage boulonnais, un pays à part, tournant le dos à la mer et centré sur la terre. D'ailleurs, Auguste Chauchoy tenait à ce que toutes ses bêtes soient marquées de l'ancre marine, symbole de la terre et de la mer qui se rejoignent.

Avant de partir en pension pour Boulogne, Flore n'avait connu que la Cour aux Paons, datant du XVIIe siècle, en brique et torchis, close au carré sur trois côtés par les écuries et la grange. Marguerite, qui l'avait élevée tout en tenant la maison du Juste, n'avait jamais pu l'empêcher de courir les pâtures herbeuses ni de monter les chevaux à la fois doux et imposants. L'enfant avait souffert au pensionnat. L'atmosphère chaleureuse de la ferme lui manquait et, par-dessus tout, le contact avec les chevaux. Les autres filles n'étaient pas tendres avec l'adolescente toute vêtue de noir qui boitait bas. Combien de fois Flore ne s'était-elle pas endormie en adressant de ferventes prières à la Vierge ? « Je vous en prie... faites que je me réveille avec mes deux jambes d'égale longueur, que je sois comme les autres... » répétait-elle.

Elle n'osait en parler à personne. Mais Marguerite, qui comprenait beaucoup de choses, et devinait le reste, l'avait emmenée un jour en pèlerinage à la chapelle Sainte-Godeleine. Il s'agissait d'une chapelle « à loques », où étaient accrochés les vêtements des enfants que la sainte avait guéris, comme autant d'ex-voto.

Flore se rappelait son excitation, et l'espérance folle qu'elle avait caressée durant tout le trajet. Le miracle ne s'était pas produit ce jour-là, ni les jours suivants. En apparence, Flore s'était résignée. En apparence seulement... Son infirmité la faisait toujours souffrir autant, physiquement et moralement.

L'église du village, placée sous le patronage de saint Sylvestre, protecteur des bestiaux et des pâturages, sonna les douze coups de midi. Tout le pays était fier de la nouvelle cloche, Anna, ainsi nommée en hommage à la mère de Flore.

– Dépêchons-nous, ma belle, souffla Flore à l'oreille de sa jument.

Ce simple encouragement suffit pour que Joyeuse trotte en direction de la Cour aux Paons. Elles franchirent le portail à cette allure, avant que Joyeuse ne ralentisse. La jeune fille jeta un regard empreint de fierté à la ferme fortifiée, qui avait encore belle allure sous son toit d'ardoises, avec sa tour ronde en hors-d'œuvre et le couple de paons qui faisaient la roue devant la porte principale. Flore sauta lourdement à terre, en réprimant une grimace de douleur. Le vieux docteur Gagneur, ami de son père, avait renoncé à lui défendre de monter depuis qu'elle lui avait vertement répliqué : « À quoi bon continuer de vivre, sinon ? Autant courir me pendre dans la grange ! »

Saisi, le médecin à la redingote élimée, qui était respecté dans tout le canton, avait considéré sa filleule d'un air interloqué avant de se retourner vers Auguste Chauchoy pour constater : « Ma parole, c'est qu'elle le ferait, cette mâtine ! »

Le Juste avait tiré une longue bouffée de sa pipe, bu d'un trait son verre de genièvre avant de laisser tomber : « Que veux-tu, Damien, Flore n'est pas ma fille pour rien. Elle a les chevaux dans le sang. »

Flore aimait se remémorer cette phrase. C'était pour elle une forme d'intronisation. Comme si son père, ce disant, lui avait enfin pardonné de ne pas être le fils qu'il aurait tant aimé avoir.

Joyeuse s'ébroua dans la mare jouxtant

l'abreuvoir. La jeune fille caressa le chanfrein soyeux de sa jument avant de la desseller et de la panser. Une animation inhabituelle régnait dans les écuries. Flore, contrariée, reconnut l'attelage de sa tante Simone, qui vivait à Boulogne. Elle échangea un coup d'œil complice avec Amédée, le charretier, presque aussi âgé que l'était son père. Sous la casquette délavée, son visage était buriné. Son nez fleuri révélait son penchant pour la gnôle.

Il la regarda d'un air moqueur. Elle réprima un soupir. Elle avait intérêt à passer par sa chambre si elle ne voulait pas subir un nouveau sermon de Simone Lahorne. Sa tante, en effet, rêvait de faire d'elle une jeune fille accomplie.

Debout devant la psyché lui venant de sa mère, elle contempla son reflet sans indulgence. Elle n'était pas vraiment jolie et en avait cruellement conscience. On s'était assez moqué d'elle au couvent en imitant sa démarche claudicante.

Elle ressemblait à son père, avait son visage un peu trop long, encadré par des cheveux blonds, très pâles, qu'elle nattait matin et soir. Seuls ses yeux gris étaient dignes d'intérêt, estima-t-elle. Marguerite prétendait qu'elle avait un beau sourire. « Lumineux », ajoutait-elle en faisant claquer sa langue d'un air gourmand. Et elle concluait par cette phrase qu'elle répétait à Flore depuis l'enfance : « Beauté sans bonté, autant dire lumière sans clarté. »

Flore se détourna du miroir avec un petit soupir. Elle se hâta de se changer, abandonnant sur le plancher les hardes empruntées à son père, qu'elle portait pour aller aux champs. Un casaquin orné d'une multitude de petits boutons de nacre, une jupe noire bien ample, sur laquelle elle noua un grand tablier blanc amidonné de frais, composaient une tenue plus digne de la visiteuse.

Elle gagna la grande salle où tante Simone trônait, assise sur la chaise paillée à haut dossier du Juste. Marguerite, qui faisait la conversation à l'invitée tout en lui servant sa deuxième tasse de café, sourit à sa protégée.

– Enfin, te voilà, Flore ! s'écria-t-elle avec un soulagement non dissimulé. Nous nous demandions où tu étais passée.

– Toujours à courir les champs, comme d'habitude, coupa Simone Lahorne.

Elle croqua d'un air distrait dans une gaufre fourrée.

– Nous n'attendions plus que toi pour le dîner, ma fille, puisqu'il paraît que ton père est parti pour Desvres.

Elles échangèrent un baiser prudent. Simone était sèche et pinçait souvent les lèvres, ce qui lui conférait une physionomie peu avenante. Les deux femmes avaient des caractères trop différents pour s'apprécier vraiment. Simone vivait en ville, dans une maison bourgeoise appartenant à la famille de son époux, notaire à Boulogne. Cette situation, son statut de femme de notable l'avaient incitée à prendre ses distances avec son frère. Elle mettait cependant un point d'honneur à venir régulièrement à la Cour aux Paons. « A-t-on jamais vu une Chauchoy abandonner sa famille ? » déclarait-elle doctement.

Tout brillait dans la salle où Marguerite faisait régner une propreté méticuleuse. Chaque matin, après le « déjeuner[1] », elle brossait le sol au savon noir tandis que, le samedi, elle nettoyait les vitres à l'alcool à brûler et encaustiquait les meubles lourds, hérités des générations précédentes.

La gouvernante s'était empressée de disposer le couvert sur la table, recouverte d'une nappe en lin tirée de l'armoire « à beau linge ». Les assiettes en faïence de Desvres, ornées du dessin le plus ancien, un cavalier bleu sur

1. Petit déjeuner, repas du matin.

fond blanc, étaient prêtes à recevoir la soupe fumante, traditionnellement servie le midi, même en période de canicule.

Simone y fit honneur tandis que Flore, la gorge serrée, ne parvenait pas à terminer la sienne. Cette visite impromptue de sa tante ne lui disait rien qui vaille.

Marguerite servit ensuite le lapin aux pruneaux qui avait mijoté toute la matinée sur la grosse cuisinière en fonte, accompagné de pommes de terre qui constituaient le légume préféré, inévitable à chaque repas, du maître de maison. Simone daigna complimenter Marguerite.

C'était une grande et forte femme qui en imposait. Elle portait ses cheveux étroitement tressés sous une sorte de bonnet blanc. Toujours vêtue de noir, les habits protégés par une surblouse sombre, elle avait incarné pour Flore la seule présence féminine à la ferme, et une affectueuse complicité les unissait.

Elle apporta du fromage caillé avant de sortir du buffet la tarte à gros bords, à la vergeoise blonde et à la crème.

Simone posa fermement la main sur son assiette à dessert.

– Merci, ma bonne, j'ai déjà trop mangé. J'ai perdu l'habitude, en ville. Nous sommes plus raisonnables qu'à la ferme.

Flore n'osa pas regarder du côté de Marguerite. Il se chuchotait en effet que le notaire Lahorne tenait les cordons de sa bourse si serrés que la nourriture servie dans la grande maison de Boulogne, chauffée chichement, était des plus frugales.

– Bien, reprit Simone après avoir bu une tasse de café « à la sucette », suivant une vieille habitude remontant à l'enfance. Vous voulez bien nous laisser, Marguerite ? J'ai à parler avec ma nièce.

Elle attendit que la gouvernante ait quitté la salle pour enchaîner, en se tournant vers Flore :

– J'aurais préféré que mon frère soit là mais je ne vais tout de même pas revenir demain. Voilà ce qui m'amène...

Elle parla, longuement, de ce neveu de son époux, natif de Saint-Omer, qui était tout disposé à l'épouser, vanta l'amabilité de son caractère, ses talents artistiques. Elle aurait pu discourir encore pendant plusieurs minutes si Flore ne l'avait pas brusquement interrompue.

– Et... il veut m'épouser sans même m'avoir vue ? Quelle confiance ! Ou, plutôt, quelle inconscience ! Ne serait-il pas en réalité plus attiré par la Cour aux Paons que par ma personne ?

Simone Lahorne considéra froidement sa nièce.

– Que crois-tu donc, Flore ? Tu as près de vingt-cinq ans et tu n'es pas particulièrement jolie. Tu ne trouveras pas aisément à te marier, malgré le bien de ton père. Joseph est tout prêt à...

– Oui, vous l'avez déjà dit, ma tante. Mais moi, je rêve de tout autre chose. Un mari que j'aimerai et qui m'aimera. Un homme qui s'intéressera à la Cour aux Paons, qui saura prendre soin des chevaux. Car je ne quitterai jamais la ferme.

– J'ai bien peur que tu ne restes vieille fille, dans ce cas, jeta cruellement Simone.

Flore sourit. Elle s'était habituée, au couvent, à ne pas laisser voir qu'elle était blessée.

Lorsque Simone fut repartie, sur un adieu des plus secs, la jeune fille monta se changer dans sa chambre et retourna aux écuries pour s'occuper des chevaux. L'odeur familière, chaude et réconfortante, la prit à la gorge. Elle ne pourrait jamais vivre ailleurs et n'avait pas la moindre intention de rencontrer ce Joseph.

Elle laissait aller sa tête contre celle de Joyeuse lorsqu'un grand cri la fit tressaillir. Elle se précipita dans la cour, suivie de Noiraud, le ratier noir et blanc. Elle découvrit

Amédée gisant sur le sol parmi les débris de son échelle brisée.

Lui, toujours rude à la peine, était d'une pâleur inquiétante, et de grosses gouttes de sueur perlaient à son front.

– Ma jambe, je crois bien qu'elle est cassée, haleta-t-il.

– Ne bouge pas, lui recommanda Flore en se penchant vers lui. Je vais aller chercher le docteur Gagneur.

Elle héla Marguerite, sella rapidement Joyeuse après avoir donné ses instructions : installer Amédée le plus confortablement possible sans toucher à la jambe blessée et soigner à l'aide d'alcool de lis les écorchures qu'il avait au visage et aux mains.

La brume montée des marais enveloppait les champs. Flore rejeta la tête en arrière pour respirer une longue goulée d'air frais. Elle était de ce pays et l'humidité ne lui faisait pas peur.

Lorsque le Juste rentra à la ferme, il apprit qu'Amédée était parti pour Boulogne, malgré ses protestations, dans la voiture à cheval du médecin. Son charretier avait la jambe brisée.

– Quelle déveine ! marmonna-t-il.

Flore, pourtant, ne paraissait pas être d'humeur à se lamenter. Sa course à cheval lui avait permis d'oublier les paroles perfides de sa tante.

Elle expliqua à son père que le docteur Gagneur devait leur envoyer un homme de sa connaissance pour remplacer Amédée.

Auguste Chauchoy poussa un long soupir. Il paraissait las et ses traits étaient creusés. Avec un pincement au cœur, Flore songea brusquement qu'il vieillissait.

Il étendit ses jambes devant la cheminée.

– Sers-nous la soupe, ma fille. Je vais me coucher tôt.

Le lendemain, Justin Delfolie se présenta à la Cour aux Paons. Il était de belle taille, bâti en force, et son sourire s'accentua lorsqu'il découvrit la propreté rigoureuse des écuries, aux murs chaulés de frais.

– Des bêtes bien tenues, apprécia-t-il, tout en flattant de la main Dragonne, qui se laissa faire.

Il portait des vêtements de velours élimé et avait pour tout bagage un sac de toile jeté négligemment sur son épaule. Il avait des yeux bleu foncé, déjà cernés de petites rides bien qu'il n'eût pas dépassé vingt-cinq ans.

En le regardant se déplacer avec aisance dans les écuries, Flore sut qu'elle n'épouserait pas Joseph, le prétendant à son héritage.

C'était un homme comme Justin Delfolie dont elle rêvait.

Même si elle pressentait qu'elle n'était pas assez belle pour lui.

2

Madeleine Feutry s'immobilisa quelques instants, le temps de laisser s'apaiser les battements de son cœur. Elle fatiguait plus vite, à présent qu'elle approchait de soixante ans. Pas question, cependant, de se plaindre à Gustave, son mari. Depuis la mort de leur fils unique, Aimé, Gustave s'était retranché dans son univers et ne s'intéressait plus qu'à ses « pinchons »[1].

Madeleine jeta un coup d'œil satisfait autour d'elle. Sol grainé, composé de sable de mer et de restes de coquillages, peu salissant, meubles de bois clair patinés par la fumée, comptoir en étain surmonté d'une collection de verres de toutes tailles, de tasses et de

1. Pinsons.

pichets, l'estaminet Feutry, nommé Au Saint-Éloi, avait encore belle allure bien que Gustave s'en occupât de moins en moins.

Chaque fois qu'elle astiquait son comptoir, Madeleine se remémorait le jour où elle avait franchi pour la première fois le seuil du café. Jeune orpheline, elle n'en menait pas large, alors, et Alice Feutry, la patronne, lui avait tout appris. À cuisiner, à servir la dose exacte de fine dans la tasse de café, à discuter avec les habitués sans pour autant se mêler de leurs conversations, à respecter les réunions des sociétés d'archers ou de « coulonneux »[1]... Grâce à celle qui allait devenir sa belle-mère, Madeleine avait vite compris que le café constituait un lieu de rencontre, mais aussi un refuge pour les ouvriers. Là, entre hommes, ils se détendaient après leur journée de travail, discutaient de politique ou de combats de coqs. Les cimentiers qui passaient matin et soir devant le Saint-Éloi, faisant claquer leurs souliers cloutés sur la route, étaient des hommes rudes à la peine, qui buvaient sec afin de « se dessoiffer », comme ils disaient avec un grand rire. Madeleine les aimait bien. Ils faisaient partie de sa famille.

---

1. Colombophiles.

Elle s'attarda devant la table la plus proche du poêle, un mastodonte qui tenait tout juste à l'intérieur de la cheminée, carrelée de faïence bleue. Bébert et ses amis, Gaston, Lucien et Alcide, jouaient à la manille coinchée, un jeu de cartes auquel Madeleine n'entendait goutte. Avec le temps et l'habitude, cependant, elle avait appris à reconnaître les signes avant-coureurs de la dispute (Bébert, qui avait un sale caractère, trichait effrontément, tout en refusant de l'admettre !) et elle proposa une tournée de poiré.

– C'est pas de refus, Madeleine, approuva Bébert.

Ses compagnons firent chorus. Après avoir levé leurs verres remplis d'une bonne dose d'alcool, leurs visages, déjà bien échauffés par plusieurs heures passées au coin du poêle, à avaler bistouille sur « triplette », se transformèrent en trognes rubicondes.

« Au moins, ils ne sont pas malheureux pendant ce temps », pensa Madeleine.

Bébert avait perdu sa fille, Juliette, deux ans auparavant. La jeune fille, souffrant de tuberculose, n'avait pas eu le temps de fêter ses dix-huit ans. Chaque fois qu'elle voyait l'ouvrier rêvasser, les yeux dans le vague, Madeleine savait qu'il songeait à Juliette.

« Je comprends », avait-elle envie de lui

dire, mais, par pudeur, elle se taisait. Il n'était pas toujours facile d'exprimer ses sentiments d'autant que Bébert, comme la plupart des hommes, était un « taiseux ». Tout comme son homme, Gustave.

Elle passa entre les tables, répondant d'un sourire aux saluts de ses « pratiques ». Elle avait eu peur, lorsqu'un autre café s'était ouvert, au bas de la rue. On ne les comptait plus, à Desvres, en cette année 1899 ! Près de cent, estimait monsieur le maire en faisant la moue. Mais, en fin de compte, Josépha, une veuve de trente-cinq ans, ne lui avait pas causé de tort. Les ouvriers s'octroyaient une halte supplémentaire, voilà tout, tandis que les plus sobres restaient fidèles au Saint-Éloi, où ils avaient leurs habitudes.

« À mon âge, on ne change plus d'herbage », proclamait Bébert. Phrase qu'il ponctuait d'un gros rire. Ce rire, c'était pour lui une sorte de réaction de défense. Comme pour dire : « Je suis encore en vie. » Tout au moins Madeleine le comprenait-elle ainsi.

La porte s'ouvrit d'une poussée. Une jeune fille d'une beauté saisissante s'immobilisa quelques instants sur le seuil. Elle cherchait quelqu'un à l'intérieur de la salle. Madeleine fit un pas en avant.

– Esther ? C'est bien toi ? questionna-t-elle d'une voix hésitante.

Il lui avait semblé reconnaître le regard bleu foncé, si semblable à celui de son fils, Aimé.

La jeune fille, en larmes, s'abattit contre la poitrine de Madeleine.

– Tsst, tsst, fit celle-ci d'un ton réprobateur.

Elle caressa, presque furtivement, la chevelure emmêlée de sa petite-fille avant de l'entraîner dans l'arrière-cuisine.

– Comme te voilà faite, reprit-elle. En cheveux, la jupe trop courte, on dirait une bohémienne ! Assieds-toi sur le banc. Et raconte-moi ce qui t'amène. Depuis quand je ne t'ai pas vue ? Au moins deux bonnes années. Tu es maigre comme un chat écorché, petite, ajouta-t-elle d'une voix radoucie.

Elle lut la détresse dans le regard de sa petite-fille, la peur, aussi, ainsi que la détermination. Esther lui ressemblait. Cela lui plaisait.

– Attends.

Madeleine retourna dans la salle, revint avec une grosse cafetière d'émail brun.

Elle servit un bol de café à Esther, l'accompagna de tartines beurrées.

– Mange et bois, ordonna-t-elle d'un ton

sans réplique. Ça ira mieux ensuite. Le café, c'est notre remède miracle dans la famille.

Esther secoua la tête. Les larmes avaient séché sur ses joues.

– Il faut que je vous dise. Je ne veux pas retourner à la ferme. Alfred...

Elle croisa les bras sur sa poitrine, d'un geste de défense. Madeleine fronça les sourcils.

– C'est à cause de Verghem ? Ce sale type t'a fait du mal ?

Esther rougit. Comment expliquer que, depuis plus d'un an, elle ne se sentait plus en sécurité nulle part ? Alfred Verghem, son beau-père, non content d'engrosser sa mère tous les ans, poursuivait Esther, tournant autour d'elle, multipliant les plaisanteries scabreuses et les allusions grivoises. En toute impunité puisque la mère ne voyait rien, n'entendait rien. Emma Verghem, épuisée par trois grossesses successives, dont l'une s'était soldée par un enfant mort-né, et par le travail écrasant de la ferme, était incapable de prendre la défense de sa fille aînée, née de son premier mariage. Le matin même, Alfred, saoul comme la plupart du temps, avait plaqué la jeune fille contre la table de la cuisine, et retroussé sa jupe et son jupon. Le regard fou, il débitait des insultes. Parce qu'elle se débattait, il l'avait giflée. Un coup qui l'avait à demi assommée et projetée au sol. Alfred en avait profité pour se ruer sur elle. Dans un dernier sursaut, elle l'avait repoussé. Il était tombé lourdement en arrière, contre l'horloge toute droite dans sa gaine de bois. Esther entendait encore le gémissement du battant de cuivre. Elle s'était enfuie, sans jeter un regard en arrière.

Comment, Seigneur, raconter cette scène à sa grand-mère ? Madeleine Feutry n'était pas femme à tolérer le moindre manquement aux règles.

– Je me rappelle, dit-elle d'une voix hésitante. Nous étions tous ici pour mon repas de communion. Dans l'arrière-salle. Vous aviez préparé de la poule à la crème. Ça sentait si bon...

Elle marqua une pause ; elle revoyait son père, déjà affaibli par le mal qui devait l'emporter quelques semaines plus tard, assis au bout de la table. Il l'avait regardée intensément, ce jour-là, et lui avait recommandé : « Esther, ma grande, n'oublie pas. Reste droite, toujours. » Elle n'avait pas oublié. C'était pour cette raison qu'elle avait fui Alfred Verghem. Mais, face à sa grand-mère, elle ne trouvait pas les mots pour se justifier.

Alfred le lui avait assez répété : « C'est de ta faute, aussi. Tu es trop belle ! »

Coupable. Pour Alfred, pour sa mère, elle était coupable.

Madeleine leva la main, caressa la joue de sa petite-fille d'un geste furtif, bien qu'empreint de tendresse.

– Veux-tu que je te dise, petite ? Quarante ans de pratique à l'estaminet, ça vous permet de juger les bêtes et les gens. Je crois bien que j'ai compris pourquoi tu nous arrives dans cet état. Tu es ici chez toi, Esther Feutry. Dans la maison de ton père. Elle sera à toi, plus tard. N'aie pas peur. Si Verghem vient te chercher noise, il me trouvera sur son chemin. Va vite t'arranger un peu, et n'oublie pas d'aller saluer ton grand-père. Il est dans la cour, à coup sûr, avec ses maudits pinchons. Un jour, je leur tordrai le cou, à ces bestioles, et je les lui servirai en fricassée. Ça lui apprendra à ne plus s'intéresser qu'à ses « zoiseaux » !

En était-elle capable ? Esther considéra sa grand-mère d'un air inquiet. Madeleine éclata d'un rire sonore.

– Je menace, mais je n'aurais pas le cœur. Ses oiseaux, c'est tout ce qui lui reste, désormais.

Le regard de Madeleine s'était empli de larmes. Vite, Esther se détourna. Elle était certaine que sa grand-mère se cachait pour pleurer son fils.

Elle jeta un coup d'œil à la cour, où trônait le puits qui donnait une eau délicieusement fraîche, aperçut son grand-père, Gustave Feutry, penché sur les cages de ses pinchons.

Elle avait oublié la passion du vieil homme pour ses oiseaux à la tête fine, panachée de noir et de gris, au chant unique.

– Va donc, l'encouragea Madeleine.

La jeune fille descendit les deux marches menant à la cour et se rapprocha du vieil homme. En savates, casquette inclinée sur l'oreille, mains jaunies par le tabac, il lui paraissait plus âgé que dans son souvenir.

– Regarde qui vient vivre avec nous, lui lança Madeleine depuis l'arrière-cuisine. Esther.

– Esther, répéta Gustave en se retournant.

Il sourit à sa petite-fille, avec un soupçon de gêne. La jeune fille fut frappée par son regard triste, sa silhouette voûtée. Il avait beaucoup vieilli.

– Je ne t'aurais pas reconnue, marmonna-t-il.

Madeleine leva les yeux au ciel.

– Quel malheur, c't'homme ! lança-t-elle avec fougue. Depuis qu'il ne travaille plus aux cimenteries, il ne s'intéresse plus à grand-chose en dehors de ses pinchons et de son tabac ! Je le crois bien capable de donner sa femme pour avoir un « pinchon » à son idée !

Gustave secoua la tête.

– Pardi, je la vendrais, plutôt ! Mais qui voudrait de toi, ma pauvre Madeleine ?

Les deux époux échangèrent un coup d'œil complice. Esther, trop émue pour parvenir à prononcer un mot, leur sourit. Elle commençait à se rassurer. Ici, elle savait qu'Alfred ne se risquerait pas à la poursuivre. De son côté, sa mère serait soulagée. Esther, en effet, était persuadée qu'Emma n'avait ni la force ni le courage de la protéger de la violence de son mari. Elle ne lui en tenait pas rigueur.

– Quand tu auras soupé, tu iras voir dans l'arrière-salle si les coulonneux ont soif, reprit Madeleine. C'est leur réunion mensuelle, ce soir. De braves gars, qui travaillent aux cimenteries. Les pigeons, c'est leur passion. Ton père aussi...

Il y eut un silence. Esther, les lèvres serrées, ne voulait surtout pas révéler à sa grand-mère qu'Alfred, dans un accès de colère, avait abattu à coups de masse le pigeonnier de son père. Sa mère, ayant voulu s'interposer, avait reçu un coup de poing en plein visage. Le sang avait giclé. Ce jour-là, Esther, qui s'était précipitée au secours d'Emma, avait résolu de partir avant qu'Alfred ne la détruise comme il l'avait fait pour sa mère.

Il faisait bon dans l'arrière-salle chauffée par un gros poêle. Des coupes ornaient une étagère. L'ardoise accrochée au mur annonçait de la tarte au sucre et des tartines. Une affiche placardée sur le mur brun appelait les Desvrois à venir nombreux à la ducasse, le prochain dimanche. Les coulonneux, tous liés par la règle de leur société : « Réunion de vrais amis pour toujours tenir accord et amitié parfaite », tournèrent la tête vers les deux femmes.

– Voici ma petite-fille, Esther, annonça Madeleine d'une voix forte. Elle restera ici désormais.

Quelques commentaires de bienvenue fusèrent. Les coulonneux, personnes taciturnes, n'en dirent pas plus. Ce qui ne les empêcha pas de chuchoter, dès que les deux femmes eurent regagné le comptoir. Tout le monde, ou presque, se connaissait à cinq lieues à la ronde et Alfred Verghem n'était guère apprécié. Coureur de jupons, paresseux, buveur ayant la gnôle mauvaise et la main leste... les qualificatifs ne manquaient pas pour stigmatiser son mode de vie. Avec ça, un homme fruste, vivant comme un ours sans jamais se mêler aux autres petits paysans, qui, eux aussi, ne possédaient pas même un cheval.

– Une belle brune, répéta-t-on à la table.

Esther, sans le savoir, était déjà adoptée par la société des coulonneux desvrois.

Justin Delfolie jaugea d'un coup d'œil Brutus, le coq de combat de son camarade Victor.

« Teigneux, comme moi », pensa-t-il en réprimant un sourire. Il avait misé tout ce qu'il possédait sur l'animal et attendait, tendu, l'issue de l'affrontement. Une odeur puissante – sueur, excitation, alcool et tabac mêlés imprégnait l'arrière-salle enfumée. Les hommes présents, assis sur des gradins autour de l'arène aménagée au centre de la pièce, s'interpellaient ou, au contraire, demeuraient silencieux, la casquette vissée sur le crâne, comme s'ils avaient invoqué quelque dieu barbare. La tension était palpable, le tumulte impatient. Les spectateurs prenaient des paris dans un brouhaha de fête foraine. Leur enjeu était mortel.

Justin se rapprocha du parc, clos par un grillage d'un bon mètre de haut. Victor, le front barré d'une ride, était en train d'armer son champion d'un éperon d'acier. Il vérifia la longueur de l'ergot, qui ne devait pas dépasser cinquante-deux millimètres et était maintenu par une guêtre en cuir attachée avec une ficelle.

Justin savait que son camarade avait entouré Brutus de soins attentifs. Chaque éleveur « couvait » son coq, issu de reproducteurs dûment sélectionnés, le nourrissant d'infusions de grains alcoolisées et lui administrant un remontant. Beaucoup croyaient aux vertus de l'ail. Victor avait averti Justin : Brutus aurait sa giclée de genièvre dans le bec juste avant le combat. Histoire de lui donner du cœur au ventre.

Sur les bancs, l'excitation était à son comble. Et puis, d'un coup, le silence se fit. Justin esquissa un sourire. Il voulait gagner. Il fallait qu'il gagne. Brutus était opposé à Hector, un coq gris, semblant porter perruque à l'arrière de son crâne rasé.

Les propriétaires tenaient chacun leur champion à pleines mains, comme s'ils l'avaient présenté en offrande à la foule en délire. Durant ces instants décisifs, en effet, les paris redoublaient dans un tumulte grandissant. Les coqueleux sortirent du parc à reculons après avoir murmuré un dernier encouragement à leur combattant. Tous deux s'observèrent durant quelques instants de leur œil rond avant de s'élancer l'un vers l'autre.

« Tu verras, lui avait dit Victor, c'est de la graine de champion. Je l'ai essayé contre un autre coq à ergots mouchetés de bouchons. Eh bien, il l'a assommé d'un coup de patte. Il en veut, mon Brutus ! »

Le spectacle était saisissant de beauté cruelle. Tous les coups étaient permis, et Brutus comme Hector se frappaient à grands coups de bec, de pattes et d'ailes. Pendant deux, trois minutes, il fut impossible de déterminer qui prenait le dessus dans la mêlée sanglante de plumes. L'assaut faisait se succéder feintes, parades, chocs frontaux. Les ergots d'acier lançaient des éclairs meurtriers.

– Vas-y, Brutus ! hurla Justin en voyant le coq rouge-noir qui titubait. Tape-le, tue ! poursuivit-il.

Il y eut un éclair. L'éperon d'Hector, poignard d'acier, traversa la tête de Brutus. Le coq de Victor s'affaissa tandis qu'un flot de sang s'écoulait sur la sciure du gallodrome. Un hurlement monta des gradins.

– Brutus, vas-y, mon gars ! s'époumona Victor.

Le coq rouge-noir tenta de se redresser. Sa tête retomba. Hector, une patte cassée, la crête en lambeaux, était lui aussi en piteux état, mais vivant.

Justin se leva rageusement.

– Ton maudit champion m'a fait perdre tout mon avoir, lança-t-il à l'adresse de Victor.

Le coqueleux ne répondit pas. Il s'était précipité vers l'enclos et prenait avec des gestes doux l'infortuné Brutus dans ses bras. Il avait déjà compris que son champion était mort. Il le fourra dans un sac de toile et s'en alla, tête basse.

– Tout perdu, répéta Justin. À cause de cette charogne !

Il jeta un coup d'œil chargé de rancune à Hector. Son propriétaire était en train de lui entonner une gorgée d'eau-de-vie dans le gosier et lui parlait doucement, comme il l'eût fait à un enfant.

Justin s'éloigna en secouant la tête. Décidément, le monde des coqueleux lui demeurerait toujours étranger. Il ne comprenait pas comment des hommes pouvaient cajoler leur coq durant une bonne année avant de le propulser dans une joute mortelle. Son vieil ami Matthias avait raison, lui qui proclamait : « Les kvos[1], mon gars. Toi et moi, nous sommes faits seulement pour les kvos ! »

Enfonçant rageusement sa casquette sur la tête, Justin quitta l'arrière-salle enfumée. La

1. Les chevaux.

salle de l'estaminet était pratiquement déserte. Il se heurta à une fille qui balayait le sol.

– Vous ne pouvez pas faire attention ? lui reprocha-t-il avec une parfaite mauvaise foi.

Elle était belle, il venait de le remarquer, et avait des yeux bleu foncé étonnamment semblables aux siens. Elle le toisa avec une insolence tranquille.

– Vous ne manquez pas de culot, répliqua-t-elle.

Elle était furieuse. Brusquement, Justin éprouva le désir de l'attirer contre lui et de la prendre, pour apaiser la rage qui bouillonnait en lui. Toutes ses maigres économies perdues en l'espace de quelques minutes, à cause de cet imbécile de coq ! Bon sang ! Si Hector ne l'avait pas tué, il aurait étranglé ce maudit Brutus de ses propres mains !

La fille tapa le sol de son balai, d'un geste impatient.

– Je dois finir mon ouvrage. Vous buvez un café ?

Il retourna ses poches avec une certaine provocation.

– Je n'ai plus un sou. J'ai tout perdu à cause d'un satané coq.

Cette nouvelle ne parut pas l'émouvoir.

– Il ne fallait pas jouer, répondit-elle tranquillement.

Argument d'une logique imparable qui provoqua un éclat de rire amer chez Justin.

– Merci du conseil. J'y penserai, la prochaine fois.

Il fonça vers la porte, se retourna au moment de franchir le seuil du Saint-Éloi.

– C'est la ducasse, dimanche prochain. Vous y serez ?

– Vous verrez bien.

Il s'éloigna en sifflotant. Sa joute verbale avec la fille avait atténué sa déception. Elle était bien hardie pour une servante. Mais jolie, assurément. De nouveau, une flambée de désir monta en lui.

3

Il faisait beau, le soleil avait écouté les prières des enfants et des maîtresses de maison. Depuis trois jours, tout le quartier de la Gare était en émoi. « Bientôt la ducasse », se répétaient les clients du Saint-Éloi tandis que les ménagères nettoyaient à fond leur maison, lavaient carreaux et rideaux, amidonnaient mouchoirs et torchons, astiquaient les pots de cuivre et d'étain.

Fête familiale par excellence, la dédicace au saint patron local permettait de recevoir la parentèle et de festoyer. Madeleine et Esther, les joues rougies, cuisaient au fournil d'innombrables tartes, pour tous les goûts. Il y avait la tarte au sucre, l'incontournable tarte à gros bords, celles à la compote de fruits de l'an passé, la tarte aux groseilles à maquereaux, à la rhubarbe, accompagnée de crème tiédie légèrement sucrée... On cuisait aussi des tartes au fromage et aux poireaux.

– Tu as bien mérité de t'amuser un peu, dit Madeleine à sa petite-fille, à la sortie de la messe.

Le dîner serait calme. Seuls étaient installés au Saint-Éloi les célibataires ou les veufs, pour qui l'estaminet constituait une véritable famille. Esther leur apporta la soupe, de la tarte au fromage, une salade du jardin bien croquante, sans oublier les indispensables pommes de terre.

Bébert la retint alors qu'elle venait de lui servir sa triplette. Il lui glissa une pièce dans la main.

– Tiens, ma belle, de quoi t'amuser à la ducasse.

Confuse, elle le remercia. Elle avait lu dans son regard mélancolique qu'elle ne devait surtout pas refuser. En souvenir de Juliette.

Dans la rue, les enfants impatients allaient voir à intervalles réguliers sur la place si la fête ne commençait pas sans eux. Ils revenaient avec des informations étonnantes, dont ils faisaient profiter tout le quartier :

– Le vieux Sergio est venu avec son orgue de Barbarie !

– Y a des romanichels qu'installent un jeu d'casse-gueul'[1].

– La musique ! V'là la musique !

Madeleine s'éventa à l'aide de son mouchoir. Il faisait lourd et ses jambes gonflées la faisaient souffrir.

– Vas-y donc, proposa-t-elle à Esther en la voyant tendre l'oreille. Je suis trop lasse pour t'accompagner mais p'têt' bien qu'un de ces drôles...

Elle jeta un coup d'œil impérieux à ses habitués.

– Gaspard, héla-t-elle, tu ne voudrais pas conduire Esther à la ducasse ?

Sa petite-fille rougit en reconnaissant le coulonneux qui lui avait souhaité la bienvenue le premier jour. Il avait un visage ouvert, sympathique, des yeux gris. Il se leva de table.

– Esther, vous venez ?

Elle lissa ses cheveux d'une main hésitante.

– Attendez-moi, pria-t-elle, avant de courir à sa chambre en soupente.

– Dépêche-toi, glissa Madeleine. Il est plus de trois heures, j'entends la musique qui s'impatiente.

1. Tourniquet.

C'était une jolie idée de penser que la musique ne jouait que pour elle, se dit Esther, émue, en fouillant dans ses affaires. Cette robe en satinette noire, retaillée dans une toilette de Madeleine, ornée d'un col de dentelle, ferait l'affaire.

Elle se frotta vigoureusement les joues pour leur donner un peu de couleur, humecta ses lèvres.

Le regard de Gaspard lui dit qu'elle était belle. Ils s'éloignèrent du même pas en direction des flonflons de la fête. Madeleine les suivit quelques instants des yeux avant de rentrer dans l'estaminet. Elle n'avait qu'une hâte, s'asseoir dans le fauteuil à haut dossier et souffler un peu en lisant le journal de la veille. Gustave, lui, se reposait dans l'arrière-salle devant un verre de fine. Il buvait et fumait trop, mais Madeleine n'osait pas le lui faire remarquer. « C'est trop de souffrance, pensait-elle, il n'a pas supporté. » Elle, mon Dieu, elle devait être plus forte que son homme. À moins que sa volonté ne l'aide à tenir debout, bien droite, malgré les douleurs et le poids des années. Et puis, il y avait Esther. La présence de sa petite-fille au Saint-Éloi l'empêchait de se laisser aller. Esther, c'était comme une promesse, un espoir. La vie qui continuait.

Il y avait foule sur la Grand-Place, bâtie toute de guingois. Les badauds masquaient la plupart des maisons s'étageant de façon désordonnée de chaque côté de l'hôtel de ville. La musique, juchée sur une estrade, jouait une marche militaire des plus entraînantes tandis que les enfants couraient entre les baraques à sucre et les manèges. Une odeur puissante de sucre et de graisse de cheval se répandait partout, imprégnant jusqu'aux cheveux.

Esther regardait de tous côtés avec une joie manifeste. Sa première ducasse ! À la ferme, Alfred trouvait toujours une bonne raison pour empêcher la famille de s'y rendre. Trop d'ouvrage, pas assez d'argent... En vérité, il gardait les sous pour boire.

Gaspard était calme et paisible. Rassurant. Grand et bien bâti, il donnait cependant l'impression de ne jamais avoir besoin d'élever la voix.

– Parlez-moi de vous, proposa Esther.

Gaspard sourit. Son visage s'anima, tandis qu'il se lançait dans la présentation de sa famille. D'abord sa mère, maman Célestine, que tout le monde appelait « Maninine ». Veuve de bonne heure, elle continuait de travailler « en journée ». Venaient ensuite

Pierre, le cadet, qui était douanier et travaillait à la frontière belge dans les lointaines Ardennes, Daniel, cimentier, Étienne, « marcheur de terre » à la faïencerie, Marcel, ouvrier modeleur, et, enfin, Thérèse, la petite dernière, apprentie couturière. Gaspard parlait des siens avec chaleur. Ils devaient être très unis, pensa Esther avec une pointe non pas de jalousie, mais de souffrance. Comme si elle-même avait été exclue d'un cercle magique où elle n'aurait jamais eu sa place.

La liesse était générale. Une atmosphère de kermesse régnait sur la Grand-Place et les tonneaux de bière étaient mis en perce à un rythme hallucinant.

Les jeunes gens marchèrent un peu au hasard, s'arrêtant devant les baraques foraines assaillies par les enfants, et les concours de quilles. Esther frissonna en découvrant plusieurs jeunes hommes qui s'entraînaient au tir au fusil de guerre du côté de l'Hôtel du Cygne.

– Je n'aime pas les armes à feu, murmura-t-elle.

Elle se souvenait trop bien de ce soir où Alfred était rentré ivre de la chasse et avait menacé sa mère et ses petites sœurs de son fusil. Ce soir-là, Esther avait marché jusqu'à lui, tendu la main et dit : « Donnez ! »

Il lui avait lancé une gifle à lui décrocher la tête. Titubant sous le coup, elle n'avait pas reculé, ni cillé. « Donnez », s'était-elle bornée à répéter.

Il avait fini par s'exécuter, avant de s'écrouler ivre mort sur le seuil.

Un peu plus tard, Emma, en serrant son aînée contre elle d'un geste furtif, avait soufflé : « Il ne faut pas lui en vouloir. Ce n'est pas un mauvais homme, au fond. » Esther avait alors compris que sa mère n'aurait jamais la force, ni le courage, de s'opposer à Alfred.

Gaspard sourit.

– Je ne tire pas volontiers. Ma passion, ce sont les coulons.

Il aurait pu parler pendant des heures de ses pigeons meuniers à la robe beige clair mais il préférait contempler la jeune fille découvrant les attractions de la ducasse. Elle s'immobilisa devant des chiots noir et blanc, qui passaient leur museau frétillant hors d'un panier en osier.

Elle confia d'une voix lointaine qu'elle avait eu un chien à la ferme. Un ratier qui lui venait de son père. Elle l'appelait Gayant, comme le géant. Et puis, on le lui avait tué. Elle se détourna, furieuse de ne pas être plus forte. Elle n'allait tout de même pas pleurer sur un chien, fût-il aussi brave que Gayant !

Gaspard se racla la gorge.

– Chez moi, nous aimons beaucoup les animaux. Thérèse a un énorme matou, Théodore. Il est traité comme un vrai pacha parce qu'il extermine les souris dont notre mère a si peur.

Tout en discutant, ils avaient dépassé le mât de cocagne enduit de savon qui attirait les plus téméraires.

– Danserez-vous, tantôt ? proposa Gaspard en désignant le plancher installé à une extrémité de la place, juste devant la musique.

Esther, rougissante, avoua qu'elle ne savait pas.

– Je vous apprendrai, promit-il. Ma mère est capable de valser avec un cavalier sur un guéridon de café. Nous, les Rousseaux, nous avons la danse dans le sang.

Cette famille qu'il décrivait la fascinait. Ces Rousseaux à la fois graves et bohèmes l'attiraient. Elle ne pouvait s'empêcher, cependant, de jeter des coups d'œil furtifs autour d'elle dans l'espoir d'apercevoir Justin, l'homme qui rêvait de s'enrichir grâce aux coqs de combat. Elle devinait chez lui des failles comparables aux siennes.

Gaspard lui offrit des gaufres, une chope de bière qu'elle savoura avec le délicieux sentiment de transgresser un interdit. À la ferme, Alfred se réservait toutes les boissons alcoolisées.

L'harmonie desvroise accordait ses instruments sur l'estrade aménagée. La musique emplit soudain le cœur et les oreilles d'Esther.

Gaspard l'enlaça. Il la maintenait, doucement mais fermement, et elle se sentit tout de suite à l'aise pour suivre le rythme à son bras. Elle lui dédia un sourire éblouissant.

L'harmonie enchaînait scottishes, polkas et marches. Esther avait l'impression qu'elle pourrait danser toute la nuit. Elle riait, heureuse, au bras de Gaspard. Et puis, une silhouette massive s'interposa entre son cavalier et elle, une main lourde s'abattit sur son épaule.

Elle leva les yeux, croisa le regard injecté de sang d'Alfred et se figea.

– J'étais sûr de finir par te retrouver, petite traînée, jeta-t-il d'une voix avinée.

Esther se mit à trembler. La main d'Alfred lui brûlait la peau malgré le fragile rempart de tissu.

– Lâchez-moi, articula-t-elle posément.

Alfred se contenta de ricaner.

– Pas question ! Tu rentres avec moi à la ferme. Ta mère a besoin de toi. On n'a pas idée de s'enfuir comme une voleuse...

Elle marqua une hésitation. Elle avait

longtemps gardé pour elle sa révolte dans le seul but de protéger sa mère. Mais c'était bien fini, se dit-elle. Elle soutint froidement le regard de son beau-père.

– Je ne reviendrai pas.

La gifle qu'il lui assena manqua la jeter à terre. Gaspard voulut s'interposer mais, déjà, un homme avait foncé sur Alfred et lui décochait un coup de poing qui l'expédia à deux mètres. Esther, le cœur battant, reconnut l'homme qui avait misé sur le coq perdant.

– Elle t'a dit de la laisser tranquille, énonça-t-il d'une voix traînante. Alors, si tu ne veux pas d'ennuis, tu obéis et tu décampes. Compris ?

Alfred, sonné, se releva sans protester. Esther se mit à trembler. Elle le détestait de toute son âme, pensa-t-elle avec force. Elle aurait voulu crier à l'étranger : « Tue-le ! Tue ! » de la même manière que les coqueleux encourageaient leur champion. Cette haine qu'elle avait en elle, qui surgissait brutalement, lui faisait un peu peur.

Le jeune homme l'enlaça comme si de rien n'était. Elle jeta un regard éperdu autour d'elle, cherchant à apercevoir Gaspard. Mais elle ne voyait plus que son cavalier, ses yeux bleu foncé, et plus rien d'autre ne comptait.

Elle s'élança avec lui sur le plancher. L'harmonie jouait une valse lente, langoureuse et tendre.

La chaleur lourde qui régnait sur le Boulonnais depuis plusieurs jours rendait les tâches quotidiennes épuisantes. Il n'y avait pas un souffle de vent. Esther se détourna de la cour avec un petit soupir. Elle ne supportait pas de regarder du côté des pinchons de grand-père Gustave, de voir leurs paupières soudées avec un fil de métal rougi au feu. Les oiseaux, elle les voulait libres.

Elle jeta un coup d'œil au ciel pommelé. Si elle devait en croire le vieux Bébert, qui passait une bonne partie de ses journées à chauffer ses rhumatismes dans la salle du Saint-Éloi, il tonnerait avant le soir. De toute manière, avait-il précisé, il avait fait chaud le 10 août pour la Saint-Laurent-le-Grillé, il ferait donc chaud tout le mois !

Il lui avait expliqué gravement que les nuages s'amoncelaient du côté opposé au vent du sud. Esther n'avait pas souri. Bébert connaissait nombre de secrets qu'il gardait par-devers lui. Il aimait bien Esther. « T'es une bonne fille », lui disait-il en lui caressant la joue d'un geste paternel. Madeleine ne pouvait s'empêcher de glisser alors son grain de sel : « Bonne fille, certes, mais bien dans la lune, toujours à rêvasser, ces temps-ci ! »

Madeleine voyait tout. Et avait été la première à remarquer qu'Esther était revenue de la ducasse avec des étoiles plein les yeux.

Gaspard l'avait ramenée au Saint-Éloi comme promis avant la nuit. Esther et lui n'avaient échangé que des banalités durant le trajet de retour. Elle se sentait un peu coupable de l'avoir ainsi abandonné pour aller danser avec Justin. Un peu seulement. Justin n'était pas Gaspard. À son bras, elle avait le sentiment d'être une autre. Libre, comme les pinchons de grand-père Gustave ne le seraient jamais.

Madeleine s'approcha de la fenêtre et contempla le ciel lourd d'un air inquiet. Elle n'aimait pas les orages, tous ses clients ne se gênaient guère pour la brocarder à ce sujet.

Esther se tourmentait. Pourvu, se disait-elle, que Madeleine ne lui interdise pas de se rendre au « raccroc » de la ducasse ! Justin lui avait fixé rendez-vous à trois heures, devant les « kvos de bo », le manège de chevaux de bois. Elle n'avait pas revu Gaspard Rousseaux de la semaine. Cela valait mieux.

– Tu sors ? s'enquit Madeleine en voyant sa petite-fille ôter son tablier et lisser ses cheveux.

Esther ne chercha même pas à dissimuler son impatience. Elle prit la peine, cependant, d'expliquer à sa grand-mère que Bébert voulait la conduire au raccroc de la ducasse.

– N'est-ce pas, Bébert, que tu as dit oui, tantôt ? ajouta-t-elle à l'adresse du vieil habitué.

– Ça s'peut, confirma Bébert, en sirotant son genièvre. Je ne peux mi refuser queq'chose à une belle fille comme toi !

– Tsst, tsst ! fit Madeleine en claquant la langue d'un air réprobateur. Ne lui répète pas trop qu'elle est belle, Bébert. On lui fait bien assez de compliments comme ça.

Elle enveloppa sa petite-fille d'un regard critique.

« C'est vrai qu'elle est belle fille », pensa-t-elle avec un serrement de cœur.

La peau très claire d'Esther formait un contraste séduisant avec ses cheveux sombres et ses yeux bleu foncé. La taille bien prise, les seins haut plantés et les jambes longues, Esther attirait les regards masculins. Ce qui ne laissait pas d'inquiéter Madeleine. Esther était encore une gamine avide d'amour et de tendresse. Le premier gars qui lui manifesterait un peu d'attention était sûr de la voir chavirer dans ses bras.

– Sois sage, lui recommanda Madeleine

d'une voix bourrue. Et... n'oublie pas la phrase favorite des mères de garçons : « Gardez vos filles, je lâche mes coqs ! »

La jeune fille ne vit pas Justin devant le manège et éprouva une déception si intense qu'elle ressentit comme un vertige. Une foule de curieux se pressait autour d'elle mais elle ne reconnaissait personne.

Elle jeta un regard éperdu au cheval robuste qui tournait au centre du manège, au son de l'orgue de Barbarie. Justin n'était pas là.

Des enfants la bousculèrent en courant vers les balançoires en forme de barques. Une odeur de bière et de sucre, insidieuse jusqu'à l'écœurement, envahissait la place. Elle vacilla.

– Eh bien, eh bien...

D'une poigne solide, il venait de l'attirer contre lui. Esther leva les yeux vers lui.

Elle avait l'impression qu'à ses côtés elle ne pourrait rien redouter, ni personne. Même pas Alfred Verghem le malfaisant.

Il l'entraîna au centre de la place, où se tenait un jeu de javelot sur cible.

– Vous êtes joueur ? demanda-t-elle en remarquant qu'il suivait chaque mouvement avec intérêt.

Il se retourna vers elle. Ses yeux brillaient.

– J’aime gagner. C’est ce qui compte.

À cet instant, sans réellement savoir pourquoi, elle eut un peu peur. Peur qu’il ne ressemble pas à ce qu’elle croyait. Elle ne le quitta pas du regard, cependant, tandis qu’il se mêlait aux participants, choisissait une pointe d’acier ornée de plumes de dindon américain avant de la lancer à huit mètres de distance sur une cible en bois de peuplier. Pendant ce temps, derrière elle, un vieux monsieur expliquait à la ronde que le roi Charles V avait incité ses sujets à « s’exercer au jeu de javelot sur cible, afin d’entretenir l’esprit de guerre ».

Il gagna, bien sûr. Le premier prix, un couple de poulets. Il demanda à ce qu’on les lui garde jusqu’à la fin de la journée.

– Qu’allez-vous en faire ? s’enquit Esther.

Il lui expliqua qu’il avait l’intention de les emporter à la Cour aux Paons, la ferme où il travaillait. Il parla des chevaux, qui le passionnaient. Au cours du siècle, la race boulonnaise avait évolué vers un alourdissement très marqué. On réclamait en effet des chevaux de trait de plus en plus robustes pour transporter les betteraves vers les usines ou encore pour le roulage de nuit. Pour cela, on avait fait couvrir les juments boulonnaises par des étalons belges trop souvent médiocres, ce qui avait entraîné une nette altération de la race. Il était donc urgent de revenir à des standards plus légers et de recréer une race boulonnaise plus conforme à l'originale, le destrier des chevaliers.

Esther l'écoutait, et se disait qu'il réaliserait son rêve. Il possédait la force et l'ambition nécessaires.

– Pourquoi les chevaux ? demanda-t-elle seulement.

Le regard de Justin s'assombrit. Esther eut l'impression fugitive qu'il établissait une barrière invisible entre le reste du monde et lui.

– C'est mon domaine, répondit-il.

Il lui sourit, comme pour se faire pardonner la sécheresse de son ton.

– Vous venez marcher avant le bal ? Je déteste toutes ces odeurs sucrées.

Une chaleur lourde pesait sur la Grand-Place. D'un accord tacite, Justin et Esther évitèrent le quartier des cimenteries, préférant les ombrages de la route de Crémarest. La forêt domaniale de Desvres, toute proche, leur procurerait une fraîcheur bienvenue.

– D'où venez-vous ? questionna la jeune fille.

Justin esquissa un geste vague de la main.

– Du côté de Marquise. Le pays des chevaux. Mes amis.

Elle perçut une note de souffrance dans sa voix et se rapprocha de lui. Qui était-il vraiment ? Il n'était pas homme à se livrer facilement. Il lui parla, cependant, du « chêne à huit bras », vieux de plusieurs centaines d'années. Son tronc était si large qu'il fallait huit bras humains pour en faire le tour.

Ils longèrent la rivière, presque à sec. Un éclair zébra le ciel, vers Crémarest. Esther sursauta. Madeleine, terrorisée, était certainement en train d'asperger toutes les pièces d'eau bénite, malgré les sarcasmes de son époux et de ses clients.

Elle tourna la tête vers les haies au maillage serré, frêne et aubépine mêlés. Un coup de tonnerre, tout proche, ébranla le sol. La pluie se mit à tomber, aussi violente que soudaine, drue et crépitant sur le sol craquelé par la sécheresse d'août.

– Vite, mettons-nous à l'abri, s'écria Justin en entraînant Esther vers une grange située en bordure de champ.

Un rideau de pluie noyait les vallons et la forêt, faisant disparaître les points de repère de la jeune fille.

Ils étaient trempés lorsqu'ils pénétrèrent dans l'abri. Esther se secoua en riant. Ses cheveux sombres ondulaient dans son dos. Un frisson la parcourut.

– Attendez, fit Justin.

Il s'empara de paille, qu'il façonna en bouchon avec une dextérité liée à l'habitude, et entreprit de frictionner la jeune fille, avec des gestes longs et doux, comme il l'eût fait pour les pouliches de la Cour aux Paons.

– Ce n'est pas la peine, murmura-t-elle, tandis qu'un trouble insidieux montait en elle, envahissait tout son corps.

La paille zébrait sa peau très claire de fines lignes rouges.

– Laissez-moi faire, murmura Justin d'une voix changée.

Une chaleur lourde montait des bottes de foin, au parfum entêtant avivé par la canicule. Esther éprouva comme un vertige.

– Doucement, souffla Justin.

Son regard se durcit. Elle était belle, et désirable. Il l'entraîna vers le fond de la grange, l'embrassa, longuement. Au-dehors, le tonnerre se répercutait de l'est à l'ouest. Esther tressaillit, voulut repousser la main de Justin qui s'enhardissait dans son corsage.

Il l'embrassa de nouveau. Une délicieuse langueur lui coupait les jambes. Elle avait envie d'entendre Justin lui dire qu'il l'aimait mais elle pressentait qu'il n'était pas homme à faire ce genre de déclaration. Elle avait besoin, pourtant, d'être aimée.

– Esther... murmura-t-il.

Ils basculèrent dans le foin. L'orage éclata dans le corps de la jeune fille. Elle n'avait plus le courage de repousser Justin. Elle noua les bras derrière la nuque de l'homme, poussa un seul cri, qu'il but sur ses lèvres.

Au-dehors, le tonnerre grondait toujours, comme une menace, tandis que la pluie crépitait sur le toit de la grange.

4

Août finissant adoucissait le bocage. La lumière se faisait plus translucide, l'automne était en chemin. Les petits matins étaient piquants comme les pommes d'août cueillies sur l'arbre. Il y avait dans l'air une humidité désagréable qui s'infiltrait un peu partout et empêchait de sécher le pavé de Marguerite, lavé comme chaque matin à grand renfort de savon noir et de seaux d'eau. Bientôt, la brume monterait au-dessus des marais et le père rapprocherait son fauteuil paillé de la cheminée en grommelant qu'il ne parvenait plus à se réchauffer. Flore se faisait beaucoup de souci pour Auguste. Il était sujet à des tremblements qui provoquaient chez lui des faiblesses. La veille, Justin l'avait trouvé effondré sur le sol de la salle. Heureusement qu'il était fort, et dur à la peine. Il avait aidé Flore à le porter jusqu'à son lit.

– Je ne suis plus bon à rien, marmonnait le Juste, profondément abattu.

Le docteur Gagneur, venu dans la soirée, avait soupiré.

– C'est sûr, Auguste, on ne fait pas du neuf avec du vieux ! Mais aussi, il faut te ménager. Tu veux tout contrôler. Flore est capable. Laisse-lui donc la bride sur le cou.

– Flore n'est qu'une fille.

Au fond de lui, le Juste n'avait jamais accepté le fait de ne pas avoir d'héritier de sexe masculin. Une fille à la tête de la Cour aux Paons ? C'était tout bonnement impensable ! D'ailleurs, les maquignons à la blouse noire qui fréquentaient le marché aux chevaux de Desvres ne feraient jamais confiance à une femme et, a fortiori, ne traiteraient pas avec elle. Non, il fallait un homme à la ferme. Un homme qui aime les chevaux comme il les avait aimés.

Auguste s'agita, serra sa pipe entre ses lèvres tremblantes.

– Marguerite a préparé le souper, père, glissa Flore.

Il secoua la tête avec lassitude.

– Et Joyeuse ? interrogea-t-il comme si rien d'autre ne comptait pour lui. Sa délivrance approche.

Flore savait ce qu'elle devait faire. Elle

passerait les prochaines nuits dans l'écurie, sur la paillasse aménagée pour Amédée. Elle l'avait souvent vu œuvrer, les gestes lui étaient familiers. Pour mieux surveiller la jument pleine, le « carreton » devait relier son oreiller à la queue de l'animal par une sorte de longe. En effet, les juments ne se couchaient plus dans les jours précédant la mise bas. Elles attendaient leur heure. Lorsque Joyeuse tirerait sur la longe, le moment serait venu.

– Tu ne vas tout de même pas... s'insurgea Marguerite.

Flore posa vivement le doigt sur ses lèvres.

– C'est à moi de le faire. À personne d'autre, répondit-elle fermement.

Justin n'avait rien dit. Marguerite ne l'aimait guère. Avec ses cheveux sombres, il devait avoir du sang de romanichel dans les veines. Il avait beau jeu de prétendre venir de Marquise ! Marguerite avait entendu le docteur Gagneur confier au Juste que c'était un gars de l'Assistance. « De la mauvaise graine ! » estimait Marguerite, défiante.

Flore aida son père à gagner la table à petits pas. Marguerite servit la soupe au lard, bien épaisse, avec des tranches de pain coupées par le maître de maison. La jeune fille avait les yeux brillants. Elle devenait presque jolie lorsqu'elle souriait. Que se passerait-il à la mort d'Auguste ? Flore était capable de se débrouiller seule mais il fallait un maître à la Cour aux Paons. Le Juste le savait bien, et il se rongeait les sangs, d'impuissance et de colère mêlées.

– Gervais m'a parlé de l'Exposition universelle. Il veut y envoyer Capitaine, déclara brusquement le maître de maison.

Flore sursauta.

– Capitaine, l'étalon qui a couvert Dragonne et Joyeuse ? Dans ce cas, nous devons y conduire nos juments, nous aussi.

– Pourquoi pas tout le bétail, pendant que tu y es ? s'emporta son père. As-tu perdu tout sens commun, ma fille ? Paris, pour nous, c'est le bout du monde. Et surtout pas un endroit fréquentable. Si Gervais souhaite aller faire le gandin là-bas, libre à lui ! Nous, les Chauchoy, restons au pays.

– Pourtant... glissa Justin de sa voix légèrement traînante.

Auguste ne le laissa pas poursuivre.

– Tu as un avis, toi, le carreton ? Il ne s'agit pas de tes kvos, que je sache ?

Flore vit les poings de Justin se crisper, jusqu'à ce que ses jointures blanchissent. Elle remarqua également l'altération de ses traits mais ne se livra pas au moindre commentaire.

Dès le premier jour, elle avait su que Justin, tout comme elle, était passionné par les chevaux boulonnais et désirait les faire mieux connaître. Mais Auguste, dont les forces déclinaient, voyait d'un mauvais œil ce jeune homme robuste remplacer Amédée, à qui le liaient une vieille amitié et une solide complicité. Il ne manquait pas une occasion de le remettre à sa place, ce que Flore supportait mal.

Justin, impassible, ne répliqua rien. Flore s'agita, repoussa son assiette, à laquelle elle avait à peine touché.

– Je vais voir Joyeuse, expliqua-t-elle en réponse au froncement de sourcils interrogateur de son père.

– Prends une couverture pour la nuit, lui recommanda Marguerite avec une sollicitude bourrue.

En montant l'escalier qui menait aux chambres, Flore entendit la remarque désabusée d'Auguste : « Une fille... le sort a voulu que je n'aie qu'une fille alors que j'avais tant besoin d'un garçon. »

Elle serra les mâchoires sur sa colère et sa déception. Elle saurait lui prouver qu'elle était tout aussi capable qu'un fils.

L'oreiller frémit. Flore se redressa aussitôt et courut pieds nus jusqu'à sa jument. Joyeuse venait de se coucher. Le grand moment était arrivé. Flore aurait voulu passer cette nuit seule avec son amie mais savait que ce n'était pas raisonnable. Elle ne voulait à aucun prix risquer de mettre en danger la vie de Joyeuse et celle de son poulain. En chemise et vieux pantalon de velours, les vêtements qu'elle n'avait pas quittés pour se glisser dans le lit d'écurie, elle courut donner l'alerte à la ferme après avoir chaussé des galoches.

– Ton père n'est pas bien, lui confia Marguerite, soucieuse, mais je t'envoie Justin et les valets. N'oublie pas la couverture chaude pour Joyeuse. Laisse, je te l'apporterai moi-même.

Sa jument tremblait et frissonnait. Flore lui caressa longuement la tête, lui parla à l'oreille, tout doucement. Joyeuse s'apaisait un peu lorsque Justin et les valets surgirent dans l'écurie.

D'un seul coup d'œil, le carreton jaugea la situation. Il demanda à Flore si son père viendrait.

Elle secoua la tête.

– Non, il est souffrant. Nous allons devoir faire sans lui.

Elle crut apercevoir une lueur de contentement dans le regard de Justin. Il ne dit mot, cependant. Marguerite arriva peu après, la natte en bataille, un calicot de laine jeté à la hâte sur sa robe de nuit. Elle tendit à Flore une couverture bien épaisse et une bouteille de vin chaud et sucré.

– Merci, Marguerite. Retourne vite te coucher. Il y a du brouillard cette nuit. Ça ne vaut rien pour tes rhumatismes.

La gouvernante haussa les épaules. De toute manière, elle ne se rendormirait plus à cette heure. Autant rester à l'écurie.

Elle suivit d'un regard attentif chacun des gestes de Justin. Tout naturellement, le carreton avait pris la place du Juste et s'était réservé le rôle du maître. C'était lui qui, procédant par pressions successives, aidait à la délivrance de la jument frissonnante. Ce fut assez facile, au grand soulagement de Flore. Les poches visqueuses apparurent rapidement. Les valets se précipitèrent. Raymond dégagea le nouveau-né, Victor lui nettoya les naseaux et la bouche tandis que Justin le frictionnait. Flore, elle, s'occupa de Joyeuse. Elle lui fit boire la bouteille de vin chaud et sucré préparée par Marguerite avant de l'envelopper d'une couverture. Le poulain titubait sur ses jambes. Joyeuse le sécha en le léchant. La jument et son petit apprenaient à se connaître. Flore était profondément émue, parce qu'il s'agissait du poulain de Joyeuse, sa préférée. Justin fit prendre sa première tétée au poulain.

– Comment allez-vous l'appeler ? demanda-t-il ensuite à Flore.

Elle n'y avait pas pensé.

– Pourquoi pas Revanche ? suggéra-t-il.

Ce nom lui plaisait. Flore, cependant, connaissant le caractère ombrageux d'Auguste, n'osa pas trancher. Elle répondit qu'elle verrait avec son père.

Justin recula d'un pas. Flore ne pouvait mieux lui faire sentir sa condition d'employé.

– C'est vous qui décidez, marmonna-t-il.

Confuse, elle comprit alors qu'elle l'avait blessé mais elle était trop réservée pour s'en excuser. Elle ne savait pas quoi lui dire, d'ailleurs. Elle aurait aimé lui expliquer qu'elle n'avait pas voulu rejeter sa suggestion mais qu'elle tenait à ménager son père. Que se passerait-il si le carreton la rabrouait vertement ? Il lui semblait qu'elle ne pourrait pas le supporter.

Suivant la coutume, toute la maisonnée se réunit ensuite dans la salle pour boire le pot de café et manger les tartines beurrées préparées à la hâte par Marguerite. Auguste n'avait pas bougé de sa chambre.

– Il somnole, annonça Marguerite, qui était allée voir le maître en catimini.

Justin, les yeux plissés, fit remarquer à Flore qu'elle n'avait aucune raison de s'inquiéter. Tout s'était bien passé.

Elle hocha la tête sans répondre. Plus tard, quand les valets eurent regagné leur paillasse en se frottant les yeux, Flore rejoignit Justin. Debout sur le seuil de la ferme, il tirait de longues bouffées de sa pipe.

Flore se racla la gorge. Là-bas, derrière la haie de peupliers, l'aube blanchissait. Le ciel, très clair, annonçait une belle journée.

– Je ne voulais pas vous vexer, tantôt, murmura-t-elle avec peine. C'est seulement que mon père est jaloux de son autorité. Tant qu'il est là...

Elle rougit, confuse de ce que sous-entendait sa dernière phrase. Comme une promesse d'évolution de la situation après la disparition du Juste. Justin se retourna lentement vers elle. Une sorte de grâce animale, émanant de chacun de ses gestes, troublait profondément Flore.

– Ne vous faites donc pas de souci, dit-il enfin après l'avoir contemplée durant plusieurs secondes. J'en ai tellement entendu depuis l'enfance que j'ai le cuir tanné. Et puis, vous avez raison. C'est lui le maître. Je ne suis rien, moi, ici.

Il y avait une pointe d'amertume dans la

voix de Justin. Oubliant toute prudence, Flore répliqua vivement :

– Il ne tient qu'à vous.

Un silence profond tomba. Justin l'enveloppa d'un regard lourd. « Le regard des maquignons en blouse noire : un regard qui soupèse », pensa-t-elle. Que pouvait-elle lui offrir, hormis la Cour aux Paons ? Un beau gars comme lui n'avait pas besoin d'une boîteuse !

Une pierre pesait sur son cœur. Vite, elle se détourna, pour ne pas laisser voir ses larmes.

Ne pas pleurer. C'était l'une des leçons enseignées au couvent de Boulogne.

Elle ne l'avait jamais oubliée.

Les cloches de l'église Saint-Sauveur sonnaient à la volée. Le ciel, d'un bleu pur, annonçait une superbe journée. La veille, Esther avait accompagné sa grand-mère à la chapelle votive de la Vierge-Marie-des-Champs. C'était un lieu de pèlerinage informel, où l'on se rendait pour demander à guérir des maux dont on souffrait. En l'occurrence, il s'agissait pour Madeleine d'une redoutable rage de dents.

– Dépêche-toi, ma petite, recommanda grand-mère Madeleine à Esther. Ils vont arriver.

« Ils », c'étaient les paroissiens qui se précipitaient à l'estaminet à la sortie de la grand-messe. Esther et sa grand-mère s'étaient rendues au premier office. La jeune fille avait eu de la peine à rester attentive durant le sermon du doyen. Justin viendrait-il au Saint-Éloi ? Elle ne l'avait pas revu depuis le raccroc de la ducasse, une semaine auparavant, et s'en inquiétait. Elle se rappelait trop bien les mises en garde de sa grand-mère. Elle s'était laissé culbuter comme une fille. Monsieur le doyen tonnait régulièrement en chaire contre les jeunes gens qui cédaient à la tentation.

Devrait-elle lui confesser sa faute ? Elle ne pouvait s'y résoudre. Pour elle, il n'y avait pas eu péché puisqu'elle aimait Justin.

Elle rougit, comme si sa grand-mère avait pu lire sur son visage à livre ouvert. D'un geste machinal, elle tenta de discipliner ses cheveux.

La porte s'ouvrit d'une poussée. Trois artisans pénétrèrent à l'intérieur du Saint-Éloi.

– Le sermon de l'abbé nous a donné soif, s'écrièrent-ils en riant.

Ils avaient revêtu leurs habits du dimanche, veston et culotte droits, chemise blanche, et leur visage portait les marques d'un rasage de près.

– Sers-nous une bonne bière, Esther, commanda le plus âgé.

Elle s'exécuta de bonne grâce. Elle aimait le parfum de la bière, à la fois piquant et chaleureux. Il était pour elle indissociable de l'estaminet, tout comme l'arôme du café livré chaque semaine en triporteur par le vendeur de la société Au Planteur de Caïffa.

Grand-mère Madeleine mit le nez à la porte de l'arrière-cuisine.

– Quel beau temps, les amis ! lança-t-elle.

Il suffisait souvent d'une seule phrase pour engager la conversation. Le temps, éternel sujet ! Il faisait toujours trop humide, en cette région marécageuse, mais, depuis l'orage du raccroc de la ducasse, la chaleur restait lourde.

– Nous allons manquer d'eau, énonça gravement Bébert, qui venait d'arriver.

Le suivait toute une cohorte d'ouvriers, ceux qui n'avaient pas leur chaise attitrée dans l'église et avaient tendance à « manquer » de plus en plus souvent la messe du dimanche. De son propre aveu, Bébert était un « vieux mécréant » et mangeait exprès de la viande le vendredi. « Avant de bouffer du curé ! » plastronnait-il.

– Bébert, je vous aime bien, lui dit Esther en lui servant sa bistouille, qu'il buvait quelle que soit la température extérieure.

– Moi aussi, ma jolie. Tiens, voilà le fils Rousseaux. Un petit moment qu'on ne l'avait pas vu par ici.

Elle rougit en saluant Gaspard. Sa casquette à la main, il avait l'air un peu emprunté. Il s'enquit de la santé d'Esther.

Elle eut l'impression qu'il avait tout deviné et s'empourpra de plus belle. Il s'assit, commanda un café.

– Ma sœur était malade, reprit-il, comme s'il avait eu besoin d'expliquer la cause de son absence.

Il raconta. Thérèse avait attrapé un chaud et froid. Sa mère lui avait posé des ventouses et même des sangsues derrière l'oreille, là où la peau était plus fine. Les Rousseaux étaient fragiles de la poitrine. Tout le monde redoutait la tuberculose, le fléau mortel qui ravageait le nord de la France. Partout, on multipliait les recommandations pour limiter la propagation de la maladie. Esther, empruntant un jour un livre à la bibliothèque, avait lu sur la page de garde ce conseil lapidaire : « Ne mouillez pas vos doigts pour tourner les pages. La tuberculose vous guette ! » Elle avait dû empêcher grand-mère Madeleine de jeter le livre au feu.

Esther se souvenait de la brûlure des cataplasmes à la farine de moutarde préparés par sa mère dans une vieille casserole. Elle détestait ces remèdes et eut une pensée émue pour la jeune Thérèse.

– Vous viendrez manger la tarte, un prochain dimanche, suggéra Gaspard.

Elle ne répondit pas, parce qu'un joyeux brouhaha montait dans la grande salle.

– La rincette, belle brune ! réclamaient les habitués.

Il s'agissait des gars de la société de « bourle », la boule flamande.

Grand-père Gustave vint l'aider.

Une délicieuse odeur de pot-au-feu mêlée au parfum plus âcre du tabac se répandait dans la salle. Maurice, le contrebandier, avait rapporté du « toubac » belge la veille et les amateurs étaient nombreux. Certains, pourtant, le brocardaient. Ne racontait-on pas que les Belges se vantaient : « Tant qu'il y aura de l'herbe par chez nous, il y aura du toubac pour les Français » ?

Tout le monde parlait en même temps, de la prochaine Exposition universelle, du marché aux chevaux et des résultats de la tombola.

– On ne s'entend plus ici, fit remarquer grand-mère Madeleine en riant sous cape.

Elle aimait que le Saint-Éloi « vive », comme elle disait.

Les bourleux buvaient sec avec force bruits. Comme il faisait beau, ils se livreraient à leur passe-temps favori dans l'arrière-cour tantôt, après le repas dominical, pour lequel leur femme ou leur mère avait déployé des trésors d'ingéniosité.

Ils achetaient leur tabac, buvaient une chope de bière ou un verre de genièvre avant de rentrer chez eux. Et leurs femmes ? se demandait Esther. Que faisaient-elles pendant tout le temps que leur mari passait à l'estaminet ? Elles s'occupaient des enfants, préparaient les repas, nettoyaient la maison, faisaient la lessive, raccommodaient... Une liste interminable de tâches qui lui donnait envie de fuir ce destin.

Esther aimait l'ambiance particulière du Saint-Éloi, sa chaleur, la sensation d'être là en sécurité, parmi tous ces hommes qui la considéraient un peu comme leur fille.

La porte s'ouvrit. Un courant d'air fit claquer le battant de l'arrière-cuisine. Esther consulta machinalement le gros œil-de-bœuf accroché derrière le comptoir, comme pour s'accorder un répit avant de regarder du côté de l'arrivant. Midi et demi. Une haute silhouette se rapprocha d'elle. Elle frémit lorsqu'il effleura de la main son bras nu.

– Bonjour, Esther, dit-il d'une voix sourde.

Elle croisa les mains pour masquer leur tremblement. Il était venu. Seigneur ! Elle irait à pied jusqu'à Avreult pour remercier saint Antoine, qu'elle avait tant prié.

– Bonjour, fit-elle sans se retourner.

Elle était consciente de chacun de ses gestes. Justin évoquait pour elle un animal rétif, qu'il ne fallait pas effaroucher de crainte de le voir s'éloigner.

Il lui réclama un café, bien fort, comme il l'aimait.

Elle le servit au comptoir pour le voir enfin en face. Un regard pesait sur elle. Elle se tourna légèrement, croisa les yeux gris, pensifs, de Gaspard Rousseaux. Rougissante, elle baissa la tête.

Ils s'étaient éclipsés alors que les bourleux se rassemblaient autour de la bourloire, un terrain rectangulaire d'environ deux mètres de large sur vingt mètres de long. Le but du jeu consistait à lancer le plus près du but, appelé « étaque », des bourles, des disques lourds de seize livres, d'un diamètre de vingt centimètres.

Esther avait fait la vaisselle, balayé les deux salles et nettoyé les tables. Elle s'était sauvée sans prévenir Madeleine, elle savait bien que sa grand-mère l'aurait assaillie de questions.

Il suffisait de couper à travers champs,

derrière les cages à lapins, pour se retrouver sous les ombrages. Hanche contre hanche, Esther et Justin marchaient d'un même pas. Un roitelet lançait ses trilles au-dessus de leurs têtes. Un calme impressionnant – le calme des dimanches, jour de repos à la campagne régnait. Esther attendait, espérait, une phrase tendre de la part de Justin. Il se contenta de l'attirer vers lui et de l'embrasser, de façon exigeante.

– Tu m'as manqué, lui dit-il en l'entraînant à l'ombre d'un sapin, là où le sol était tapissé de mousse.

Elle devrait se contenter de ce constat. Ce n'était pas une déclaration d'amour. Mais Justin était-il capable d'aimer ?

Esther, les yeux mi-clos, s'allongea sur la mousse. Elle savait déjà qu'elle ne se confesserait pas à monsieur le doyen.

La jeune fille regagna seule le Saint-Éloi. Justin l'avait quittée à la croisée des chemins. « J'ai encore une bonne trotte avant de rentrer à la Cour aux Paons, lui avait-il dit. Au revoir, Esther. » Elle avait précieusement noté cet « au revoir », y avait puisé du réconfort.

Lorsqu'il ne pesait plus sur elle, qu'ils étaient séparés, elle se sentait perdue, amputée d'une partie d'elle-même. L'amour avec

Justin était un éblouissement, une explosion de sensations mais aussi une source de douleurs, de doutes et d'interrogations.

Elle prit une longue inspiration. En cette fin de journée, alors que la fraîcheur enveloppait la forêt, Esther se sentait en harmonie avec la nature. Elle éprouvait une impression de plénitude qui lui donnait envie de chanter éperdument, comme les pinchons de grand-père Gustave. Là-bas, du côté de la route de Crémarest, le ciel se voilait de gris rosé. Elle songea, de façon fugitive, à la ferme de ses parents, nichée près d'un moulin. Une mélancolie indéfinissable l'envahit.

La plupart des bourleux avaient quitté le Saint-Éloi. Seuls restaient quelques célibataires, qui fumaient tout en refaisant le monde, dans les deux salles de l'estaminet. Esther se sentit rougir sous le regard pénétrant de Madeleine Feutry.

Sa grand-mère lui déclara froidement que, ne la voyant pas revenir, elle allait envoyer Bébert à sa recherche.

La jeune fille esquissa un sourire d'excuse.

– J'étais partie me promener. Il fait si bon !

– Hum, fit Madeleine sans conviction. Tu laveras les verres et les tasses, je vais voir ce que devient ton grand-père. Il prépare son champion.

Il y avait un concours de pinchons le dimanche suivant. Esther comme Madeleine savaient quelle importance Gustave y accordait. Il allait être tendu toute la semaine. D'autant que son préféré, celui sur lequel il fondait ses plus grands espoirs, donnait des signes inquiétants d'apathie et refusait de chanter comme de s'alimenter. « Maudit pinchon ! » grommelait le vieil homme.

Madeleine massa son dos endolori en quittant le comptoir. Elle marcha à pas comptés vers l'arrière-cuisine. Se retourna, au moment précis où Esther se croyait quitte.

– Petite, lança-t-elle d'une voix forte, le fils Rousseaux te cherchait, tantôt.

Esther ne répondit pas. Elle se sentait le cœur lourd, tout à coup, sans parvenir à expliquer pourquoi.

Le balancier de l'horloge de cuivre battait sourdement dans la pièce silencieuse. Il régnait une chaleur étouffante dans la cuisine et la vapeur se déposait sur les vitres à petits carreaux astiquées de frais. Marguerite se détourna de son chaudron à confiture et observa avec attention Flore, qui, plantée devant le miroir terni surmontant la pierre à évier, essayait d'attacher ses cheveux de différentes manières.

– Que cherches-tu exactement ? questionna-t-elle avec une sécheresse inhabituelle.

Flore haussa les épaules. Comment expliquer ce qu'elle ressentait à la gouvernante ? Marguerite l'avait élevée, certes, mais, depuis l'arrivée de Justin à la Cour aux Paons, elle ne tentait même pas de dissimuler sa réprobation ni son incompréhension.

Elle préleva un peu de confiture à l'aide d'une cuiller en bois, la versa sur le bord d'une assiette avant de faire claquer sa langue.

– On ne change pas un cheval de trait en pur-sang, énonça-t-elle rudement. Qu'est-ce que tu veux ? Séduire le carreton ? À mon avis, il est plus intéressé par la Cour aux Paons que par ta beauté !

C'était une phrase cruelle mais elle résumait parfaitement les craintes de Flore. La jeune fille, en effet, avait toujours su qu'elle n'était pas jolie. Comment, dans ces conditions, pouvait-elle espérer se faire aimer de Justin ?

– Pardonne-moi, Flore, reprit Marguerite d'une voix radoucie, mais cela me fait mal de te voir te languir pour ce « garchon » alors que ton père...

Flore hocha la tête en éprouvant un brutal sentiment de culpabilité. Depuis plusieurs semaines, l'état de santé du Juste s'était aggravé. Victime d'une congestion cérébrale, il ne quittait plus son lit. Flore et Marguerite se relayaient à son chevet pour lui prodiguer les soins nécessaires. Le docteur Gagneur avait bien parlé de le placer à Boulogne, mais Flore avait poussé les hauts cris. Comment imaginer de mettre son père à l'hospice ? Il était né à la Cour aux Paons, il y avait toujours vécu. C'était là qu'il mourrait. « Le plus tard possible » avait-elle ajouté en se signant.

Marguerite n'avait rien dit. Elle lisait sur le visage émacié d'Auguste, dans son regard vide, la progression de la maladie. Son bras et sa jambe droits étaient restés paralysés, et sa bouche déformée. À soixante ans, Auguste Chauchoy était devenu un vieillard et Marguerite s'inquiétait pour l'avenir de Flore. Une jeune femme seule à la tête d'un domaine comme la Cour aux Paons attirerait forcément les convoitises. À commencer par celles de Justin, le carreton, beaucoup trop ambitieux au goût de Marguerite. Elle aurait voulu en parler avec le Juste, mais c'était impossible.

« Ne vous tracassez pas, Marguerite, lui répétait le docteur Gagneur. Auguste a fait son temps. Il vaudrait mieux qu'il parte vite, croyez-moi. Un homme comme lui paralysé... quelle misère ! »

Flore ne donnait pas l'impression de pressentir que les jours de son père étaient comptés... Les années passées au pensionnat de Boulogne avaient fait naître en elle un certain sentiment de supériorité vis-à-vis des superstitions qui avaient bercé son enfance. Elle refusait d'écouter Marguerite lorsque la gouvernante évoquait devant elle le cri de la hulotte, insistant, nuit après nuit.

Marguerite était persuadée que le Juste allait « passer », mais Flore n'accordait pas foi à ces présages. Elle aimait son père et ne voulait pas envisager le moment où elle se retrouverait seule.

Pourtant, l'état de santé d'Auguste Chauchoy se dégrada si rapidement que Flore dut se rendre à l'évidence. Le docteur Gagneur, venu visiter son vieil ami, ne lui dissimula pas sa tristesse ni son inquiétude.

– Flore, il vaudrait mieux que tu fasses venir monsieur le curé. Ton père...

– Il est perdu, n'est-ce pas ? coupa-t-elle.

Elle jeta un regard affolé autour d'elle. La salle, la ferme, l'élevage, tout appartenait à Auguste, qui le tenait de son propre père. Toujours des Chauchoy, depuis deux siècles.

Et, tout à coup, une femme seule. Elle, Flore.

Ces derniers jours, Auguste ne parvenait plus à s'alimenter. La bouillie préparée par Marguerite ne passait même plus. Il contemplait le plafond de sa chambre sans qu'on pût dire avec certitude s'il avait encore sa conscience ou non. Marguerite et Flore avaient les traits marqués par les nuits sans sommeil.

– Il faut penser un peu à vous, lui dit Justin alors qu'elle s'était échappée quelques instants pour aller caresser le poulain de Joyeuse.

Auguste l'avait baptisé Ardent, et ce nom lui allait fort bien. « C'est un vrai furole, un feu follet », commentait Justin chaque fois qu'il le voyait se rouler dans l'herbe drue de la prairie.

Flore releva la tête. Elle soutint le regard du carreton avant d'émettre un rire sans joie.

– Penser à moi, dites-vous ? J'aurai bien le temps... après.

Il ne protesta pas. De toute manière, qu'aurait-il pu dire ? Auguste était condamné et sa mort constituerait pour lui une délivrance.

– Qu'allez-vous faire ? reprit Justin.

Flore secoua la tête.

– Ma seule certitude, c'est que je veux sauvegarder la Cour aux Paons. C'est pour moi un héritage sacré.

Justin plissa les yeux.

– Vous ne pourrez pas tout faire seule.

Elle eut un haussement d'épaules.

– J'ai du personnel. Il faut que les maquignons me fassent confiance. Dans moins de trois semaines, le marché aux chevaux se tiendra à Desvres, comme tous les 3 octobre. Quoi qu'il arrive, nous devrons y présenter nos bêtes.

Curieusement, il fut ému de l'entendre dire « nous ». Elle l'impressionnait par son calme et sa maîtrise et, en même temps, il supportait mal l'idée de devenir son employé. Travailler pour le Juste, c'était différent. On restait entre hommes.

Brusquement, le visage de Flore se défit. Elle lui parut presque jolie, à cet instant.

– Il faudra m'aider, murmura-t-elle. J'ai si peur, parfois.

Justin n'eut pas le temps de répondre. Déjà, Flore s'était éclipsée. Il considéra Ardent d'un air rêveur.

Le Juste était mort dans son sommeil, sans souffrir, alors que l'aube blanchissait à peine, et Flore, murée dans son chagrin, ne parvenait pas à trouver le courage d'aller revoir son père.

C'était Marguerite qui s'était chargée de tout. En femme avisée, elle avait appelé Jules, le fossoyeur, qui faisait aussi office de barbier. Il était arrivé très vite et avait procédé à la toilette du maître de maison, aidé par Amélie, sage-femme de son état.

Marguerite avait pensé à arrêter l'horloge, à voiler de noir l'unique glace de la maison, accrochée au-dessus de la pierre à évier, à retourner contre le mur les deux tableaux de la salle, représentant des chevaux.

Arsène, le garde champêtre, avait été chargé d'aller dans chaque maison porter la mauvaise nouvelle.

Flore serra ses mains l'une contre l'autre. Dans moins d'une heure, le défilé commencerait. Toutes les personnes des environs tiendraient à venir saluer le Juste. C'était la règle, et personne n'y dérogerait. Il fallait aussi faire prévenir Simone, à Boulogne. La sœur cadette d'Auguste avait fait le voyage à deux reprises le mois précédent. Elle s'était plantée devant le lit en gémissant : « Mon pauvre frère », avec un air si lugubre que Flore avait été tentée de la faire déguerpir.

Elle devait franchir le seuil de la salle, aller voir son père. Son père... Ils avaient entretenu tous deux des relations contrastées, marquées par la difficulté de communiquer, mais il l'avait toujours protégée.

Elle se détourna, courut jusqu'aux écuries. C'était là qu'elle s'était sentie le plus proche de son père, là que le vieil Edmond, le palefrenier, lui avait appris tout ce qu'il connaissait des chevaux avant de partir pour l'hospice de Boulogne. Joyeuse tourna la tête vers elle et hennit. Flore se blottit contre sa jument. Elle s'était ressaisie lorsqu'elle se décida enfin à rentrer dans la salle. Elle ne put réprimer un sursaut en découvrant le corps de son père. Jules l'avait fait beau. Auguste Chauchoy portait son costume de marié en velours noir et une chemise blanche. De nouveau, Flore se mit à pleurer. Marguerite avait posé au pied du lit un bol rempli d'eau bénite dans laquelle trempait une branche de buis.

Le docteur Gagneur, le plus vieil ami de son père, bénit le premier le corps du Juste. Il serra Flore contre lui.

– Du courage, ma grande. C'est ce qu'il te dirait.

– Je sais, murmura-t-elle.

Ainsi que Marguerite l'avait prévu, tout le monde vint s'incliner devant la dépouille mortelle d'Auguste Chauchoy, à commencer par le personnel de la ferme. Chacun y alla de son commentaire sur la personnalité du Juste. Simone survint à la fin de la matinée. Elle était vêtue de noir de la tête aux pieds et sanglotait bruyamment.

– Mon pauvre Auguste, se lamenta-t-elle.

Le maréchal-ferrant, Léon, s'attarda un peu plus longuement que les autres.

– Plus rien ne sera pareil, à présent, articula-t-il posément.

Le chien Noiraud gémissait sourdement derrière la porte.

Les femmes se retirèrent pour laisser les hommes veiller seuls le corps d'Auguste. C'était la règle, incontournable : « Chés hommes y veillent chés hommes et chés blanques y veillent chés blanques. »

– Viens m'aider, ordonna Marguerite à Flore.

Joséphine, l'unique amie de la jeune fille, se joignit à elles. Il fallait éplucher beaucoup de légumes pour préparer le pot-au-feu, servir le café et la goutte aux hommes, sortir de l'armoire des vêtements noirs, s'occuper de l'enterrement avec monsieur le curé...

D'une certaine manière, Flore préférait être surchargée de travail. Cependant, elle ne parvint pas à fermer l'œil de la nuit. Simone, qui partageait sa chambre, ronflait bruyamment. À bout de patience, Flore redescendit. Les amis de son père discutaient dans la salle. Elle aurait voulu se joindre à eux, mais elle savait qu'elle n'en avait pas le droit. Une fille... elle n'était qu'une fille.

Elle courut jusqu'aux écuries. L'odeur familière lui fit du bien.

Une ombre se découpa dans l'encadrement de la porte. Les nerfs à vif, Flore poussa un cri étouffé. Elle reconnut alors Justin, qui tenait à la main une lampe-tempête.

– Je suis là, n'ayez pas peur, lui dit-il.

Et, brusquement, elle se surprit à penser qu'avec lui tout lui semblerait plus facile.

5

L'automne, somptueux, colorait d'émeraude les champs de betteraves. Le matin, des brumes vaporeuses s'effilochaient au-dessus des prairies avant de céder la place au soleil. Un petit vent frais venu de la mer laissait un goût de sel sur les lèvres. Des cygnes sauvages prenaient la direction du sud.

Chaque jour, plantée sur le seuil de l'estaminet pour suivre des yeux l'envol des oiseaux migrateurs, Esther se demandait si Justin se présenterait au Saint-Éloi. Elle l'attendait.

Heureusement, il y avait toujours suffisamment de monde à l'estaminet pour empêcher la jeune fille de se poser trop de questions. Elle s'activait tout au long du jour, aidant grand-mère Madeleine, qui, en cette saison, souffrait cruellement de ses rhumatismes. La vieille dame avait beau recourir aux cataplasmes de feuilles de chou et prier sans relâche saint Gohart, réputé souverain en matière de douleurs rhumatismales, rien n'y faisait. Chaque matin, elle avait de plus en plus de peine à « se mettre en train », comme elle disait.

Gustave avait perdu l'un de ses pinchons préférés et le supportait mal. Il grommelait tout seul ou bien passait de longues heures assis à une table, le regard perdu dans le vide.

« Un homme, c'est parfois difficile à comprendre », se contentait de soupirer Madeleine. Sans se plaindre.

« Voulez-vous m'accompagner au marché aux chevaux ? avait proposé Gaspard. C'est un spectacle à ne pas manquer. »

Tout le monde, à l'estaminet, avait fait chorus. Comment ? La petite n'y était jamais allée ? Grand-mère Madeleine elle-même avait confié :

« C'est un 3 octobre, sur le marché de Desvres, que j'ai rencontré Gustave. Il y a si longtemps... Jésus, Marie, Joseph !

– J'aurais mieux fait de n'mi sortir ce jour-là », bougonnait Gustave en tirant une longue bouffée de sa pipe.

Mais son regard s'adoucissait, tandis qu'il clignait de l'œil en direction d'Esther, émue.

La jeune fille fut surprise par l'importance du marché aux chevaux. Une foule invraisemblable se pressait sur la Grand-Place et dans la rue de l'Église, lieu de rassemblement traditionnel du marché. Gaspard expliqua à Esther que les acheteurs venaient de Normandie, d'Angleterre et même de contrées aussi lointaines que la Pologne.

« Nos chevaux ont une réputation qui a dépassé les frontières. Des dizaines de wagons de chemin de fer transitent par Desvres début octobre pour acheminer les poulains vers leur lieu de destination. »

Esther faisait oui de la tête, tout en cherchant désespérément à apercevoir Justin. Un passionné de chevaux comme lui se devait d'être présent. À moins qu'il ne soit venu les 1er et 2 octobre, pour les premières transactions, qui se déroulaient dans les pâtures bordant la route de la poterie...

Une atmosphère bien particulière, pleine d'effervescence, régnait sur la ville des potiers. Un même amour des chevaux unissait les éleveurs et les fermiers. Les maquignons à la blouse noire et au portefeuille bourré de billets circulaient sur la place, sans se laisser distraire par les hennissements fébriles des animaux, effrayés par un tel tumulte.

– Ils ont l'œil à tout, souffla Gaspard à Esther. On ne les aime guère, par ici, même si tous les fermiers, quels qu'ils soient, ont besoin d'eux.

Gaspard s'immobilisa tout à coup au milieu de la rue de l'Église.

– Voici ma sœur Thérèse, dit-il en guise de présentations.

Elle pouvait avoir quatorze ans, avait un visage rond, rieur, encadré de cheveux blonds, et des yeux gris semblables à ceux de son frère.

– C'est donc vous, la belle brune ? lança-t-elle à Esther avec une pointe d'insolence.

Gaspard paraissait être au supplice. Esther sourit pour expliquer que Gaspard l'avait surnommée ainsi.

– Maman te cherche partout, reprit Thérèse à l'adresse de son frère. Marcel s'est ouvert la main. Il faut que tu viennes tout de suite à la maison.

Esther regarda s'éloigner le frère et la sœur en éprouvant des sentiments mêlés. Elle était plutôt satisfaite de ce contretemps puisqu'il lui permettait de chercher Justin plus ouvertement. Pourquoi n'était-il pas revenu la voir au Saint-Éloi ? Grand-mère Madeleine avait peut-être raison, elle qui proclamait volontiers : « Ces hommes... tous les mêmes ! Lorsqu'ils ont eu ce qu'ils voulaient, ils disparaissent dans la nature ! » Et elle concluait, vengeresse : « C'est bien pour ça qu'il faut leur tenir la dragée haute ! »

Soucieuse, la jeune fille marcha à pas lents dans la cohue. Une forte odeur de crottin régnait sur la Grand-Place. Plusieurs habitués du Saint-Éloi l'arrêtèrent en chemin pour la saluer amicalement. Elle leur répondit en souriant, heureuse de retrouver des visages familiers. Le monde des éleveurs lui était étranger, elle avait même un peu peur des chevaux, les connaissant mal.

Un mouvement se fit dans la foule. Esther surprit quelques bribes de conversation sur le passage d'une jeune femme toute vêtue de noir qui boitait bas.

– Elle est venue tout de même.

– Le Juste n'aura pas vu cette foire-là. Un succès, pourtant.

– Vous croyez qu'elle pourra garder la Cour aux Paons ?

L'inconnue tenait par la bride un poulain de belle allure qui attirait tous les regards. Un peu en retrait, Justin calmait, de la voix et de la main, une pouliche affolée par le bruit.

Esther fit un pas dans sa direction avant de s'immobiliser, figée. Le regard de Justin venait de s'arrêter sur elle pour se détourner aussitôt. Comme s'il ne l'avait jamais connue.

La jeune fille se sentit mieux dès qu'elle fut descendue de la charrette qui l'avait ramenée de Boulogne. Il émanait de la vieille ferme fortifiée une impression de sérénité qui réconforta Flore. Ces deux jours passés chez sa tante Simone lui avaient semblé interminables, d'autant plus qu'avec son obstination coutumière la sœur d'Auguste Chauchoy avait fait le panégyrique de Joseph, qu'elle rêvait toujours de marier à sa nièce.

Flore avait rencontré le personnage en question, « par hasard », à la sortie de la basilique Notre-Dame, pour laquelle elle avait une tendresse particulière. Il lui aurait paru presque sympathique si elle n'avait pas connu Justin. De toute évidence, cependant, il n'était pas un fermier, ne le serait jamais. C'était un jeune homme au teint trop pâle, aux mains longues et fines d'artiste.

« Un homme qui n'a pas de santé », aurait conclu Marguerite en claquant la langue d'un air réprobateur si elle l'avait vu. Cette idée avait fait sourire Flore.

La maison du notaire, située rue du Château, sentait le renfermé et l'humidité. Maître Lahorne – oncle Rémi était un personnage maigre, d'un abord sévère. Chez lui, on devait se plier à des règles strictes, si bien que le père de Flore avait surnommé la maison de son beau-frère la « caserne ».

Durant son séjour, Flore avait subi un feu roulant de questions. Comment comptait-elle se débrouiller à la ferme ? Et la succession... Simone ne voulait pas revenir sur ce sujet, mais, tout de même, c'était vexant de savoir que son frère avait préféré confier ses affaires au notaire de Desvres, un étranger !

Flore savait-elle que les maquignons ne traiteraient pas avec elle de gaieté de cœur ? C'était un monde d'hommes. Une femme inquiétait, faisait peur. On s'en défiait. « Nous verrons bien », avait temporisé Flore.

Gagner du temps. C'était devenu chez elle une obsession. Elle savait bien, en effet, qu'il fallait un homme à la Cour aux Paons, même si elle avait de la peine à l'admettre.

En franchissant le portail de la ferme, elle sentit ses craintes s'apaiser.

À la Cour aux Paons, elle était chez elle. Rien, semblait-il, ne pouvait lui arriver. Impression aussitôt démentie par Marguerite, qui se planta au pied de la charrette.

La gouvernante avait le visage à l'envers.

– Elle est revenue ! annonça-t-elle sans ambages.

– Qui donc ?

– La fouine, pardi ! Un vrai carnage dans le poulailler, cette nuit. Il faut faire quelque chose, Flore.

– J'ai demandé aux fouiniers de passer.

Marguerite jeta un regard irrité à Justin, qui venait de prendre la parole.

– C'est à mademoiselle Flore de décider, rappela-t-elle, très raide.

– Bien sûr, acquiesça Justin. Je pensais seulement que nous n'avions pas de temps à perdre, vu les dégâts.

Flore, qui s'était bien gardée d'intervenir, ne put réprimer une grimace de douleur en descendant du siège de la charrette. L'humidité ambiante la faisait souffrir de la jambe.

– Viens te réchauffer à l'intérieur, suggéra Marguerite. Tu as l'air gelée.

La Cour aux Paons lui avait manqué. Elle n'était pas faite pour vivre en ville, où elle avait l'impression que les remparts l'étouffaient. Elle se retourna vers Justin, lui demanda si les fouiniers arriveraient bientôt.

Il lui assura qu'il viendrait la chercher quand les hommes seraient là. Marguerite, contrariée, fronça les sourcils.

– Il en prend un peu trop à son aise depuis la mort de ton père, lança-t-elle avec dédain alors que Justin avait à peine franchi le seuil de la salle.

– Tu ne l'aimes pas, murmura Flore.

Ce n'était pas une question. Plutôt un reproche. Marguerite se raidit un peu plus avant de préciser :

– Je n'aime pas qu'il se croie le maître ici. Je ne veux pas qu'il se moque de toi, Flore.

Blessée, la jeune femme redressa vivement la tête.

– Crois-tu donc qu'il soit impossible de m'aimer ? Je suis laide à ce point, toute bancroche ?

– Ne parle pas comme ça, mon petit, je t'en prie. Viens donc, je t'ai gardé de la soupe au chaud. Tu n'as pas dû manger à ta faim, à Boulogne.

Après deux jours passés dans une maison glaciale, la salle lui parut encore plus chaleureuse que d'ordinaire avec son mobilier de chêne ciré et sa cuisinière imposante dont la seule vue vous réconfortait. Elle s'assit sur la chaise paillée la plus proche de la cheminée et frotta ses mains l'une contre l'autre. Noiraud vint renifler le bas de sa jupe.

– Tu ne pouvais pas faire fuir la foine ? lui reprocha Flore, fâchée.

– C'est un ratier, pas un chien à fouines.

Tu sais bien qu'il faut des bêtes spécialement dressées pour la débusquer.

Noiraud gémit d'un air si pitoyable que Flore se mit à rire.

– Donne-moi une assiettée de soupe, Marguerite. J'ai juste le temps de la goûter avant d'ôter mes vêtements de ville. Je veux voir cette fouine tuée dès aujourd'hui.

Son père, lui aussi, redoutait les massacres commis dans le poulailler par la bête sanguinaire. Flore n'avait jamais oublié le spectacle de volailles égorgées, dont le sang avait été sucé et la cervelle gobée. Justin avait eu raison, il n'y avait pas une minute à perdre avec les fouines. Extrêmement souples, elles se faufilaient partout et étaient assez rusées pour se terrer dans un lieu quasi inaccessible, une fois leur forfait perpétré. Avant de récidiver au cours des nuits suivantes.

Les fouiniers se présentèrent dans la cour de la ferme peu après. Ils étaient quatre, des hommes au visage rude, vêtus de velours sombre, qui tenaient en laisse leurs bassets blancs dressés pour la chasse à la fouine.

Flore vint les saluer avant de laisser Justin emmener les hommes et leurs chiens jusqu'au poulailler. Les valets avaient eu beau nettoyer le plus gros, le cœur de Flore se serra, quand elle découvrit l'hécatombe.

– L’égorgeuse en a bien tué une trentaine, murmura-t-elle, écœurée.

L’aîné des fouiniers lâcha les chiens. Ils prirent aussitôt la piste, fonçant vers un amoncellement de fagots entassés dans la grange la plus éloignée de la maison, près du tas de fumier. Flore et Justin les suivirent.

Les chiens, qui s’étaient rués sur les fagots, se mirent à aboyer furieusement. Le plus agile se faufila entre les morceaux de bois mort avant de se figer, poil hérissé, les babines retroussées sur une mâchoire impressionnante.

– Là, s’écria Flore, désignant de la main la silhouette fine de la fouine qui, depuis le tas de bois, semblait défier les quatre bassets.

Les fouiniers se replièrent dans la cour. C’était aux chiens d’agir, à présent.

Ceux-ci ne reculaient pas d’un pouce. Aboyant toujours, ils encerclèrent l’égorgeuse, qui tenta une sortie en faisant dégringoler les fagots. Elle fila vers la cour dans un bond surprenant qui arracha un cri à Flore. Justin, lui, ne souffla mot. Les fouiniers levèrent leur fusil à broche. La fouine, touchée au dos et en pleine tête, s’abattit sur le sol. Les chiens se ruèrent sur le cadavre pantelant. Flore se détourna.

– Une affaire rondement menée, dit-elle

aux quatre hommes. Venez donc boire un petit verre.

Marguerite avait préparé dans la salle la bouteille de goutte et les verres. Flore alla chercher l'argent dû – la somme demandée était raisonnable, vu l'efficacité des hommes et de leurs chiens et tendit les pièces à l'aîné des fouiniers.

– À vot' service, m'dame, dit-il après avoir bu d'un trait son verre de goutte.

Ils s'éloignèrent pesamment. Dans la cour, il n'y avait déjà plus trace de l'égorgeuse.

– Nous dormirons plus tranquilles cette nuit, énonça Flore.

– Pas sûr. Duchesse va bientôt pouliner. Ne vous inquiétez pas, je m'en occuperai.

Flore secoua la tête. La phrase amère de Marguerite – « Je n'aime pas qu'il se croie le maître ici » la poursuivait.

– C'est à moi de le faire, déclara-t-elle d'un ton sans réplique.

Le carreton et la maîtresse du domaine s'affrontèrent du regard. Finalement, Justin se détourna et lança par-dessus son épaule avant de s'éloigner :

– À votre guise ! C'est vous la patronne.

« Attendez ! eut alors envie de crier Flore. Je ne pourrai jamais me débrouiller sans vous. » Elle ne dit rien. Au fond d'elle-même, Justin lui faisait un peu peur. Comme la fouine, il était à son aise partout. Un homme étrange, sans famille. Il faudrait qu'elle questionne le docteur Gagneur à son sujet.

Avant de prendre une décision.

6

Le soleil était revenu après plusieurs jours de bruine. L'automne sentait bon l'humus et le champignon. « Nous allons bientôt cuisiner du gibier », avait remarqué la veille Madeleine d'une voix gourmande.

Encore étourdie, Esther sortit sur le seuil de la buanderie et passa une main lasse sur son front. Elle avait eu l'impression que le sol cimenté s'élançait vers elle et avait juste eu le temps de se rattraper au bac à laver. Madeleine Feutry observa sa petite-fille d'un regard pensif. Ce n'était pas la première fois qu'elle notait sa pâleur, son manque d'entrain. Plus pour briser le silence que par réel besoin, elle lui demanda si elle avait nourri les lapins, lui proposa de l'aider pour la lessive. D'ordinaire, Esther aimait bien cette activité à laquelle on s'astreignait une fois par mois, mais, ce matin, un haut-le-cœur l'avait surprise face au linge qui avait été ébauchoué[1]. Le soir, elle avait dégraissé les parties les plus sales au savon vert, avant d'égoutter et de tordre les vêtements. À présent, plantée devant sa « tripatte », sur laquelle le cuvier était posé, elle frottait à la brosse de chiendent le linge préalablement bouilli dans une lessiveuse galvanisée.

Il faisait doux, le vent était palpable. Le linge sécherait vite sur le pré.

Les mains crispées sur les serviettes de table, elle réussit à surmonter la nausée qui l'avait submergée. Elle n'était pas sujette, d'ordinaire, à ce genre de malaise et éprouvait un sentiment de désarroi proche de la panique.

– Tu es bien pâlotte, insista grand-mère Madeleine en la voyant se diriger vers le pré, son panier d'osier sur la hanche. Attends, je vais t'aider.

Malgré ses douleurs, Madeleine avait toujours une poigne solide et l'étendage fut rondement mené.

– Ça va mieux ? questionna la vieille dame en voyant qu'Esther avait repris des couleurs.

– Oui. Le café n'était pas bien passé.

---

1. Mis à tremper la veille dans le cuvier.

« Seigneur ! pensa Madeleine avec force. Faites que je me trompe... »

Elle avait si peur qu'elle, toujours vaillante, n'osait même pas questionner plus avant sa petite-fille. Elle adressa une fervente prière à Notre-Dame des Miracles, promettant d'aller lui porter un beau cierge le dimanche suivant si elle était exaucée.

D'un geste furtif, elle caressa la joue d'Esther.

– Va donc voir ton grand-père. J'aurai aussi vite fait de finir seule.

Elle suivit d'un regard attentif la silhouette de la jeune fille qui s'éloignait vers la cour du Saint-Éloi. Esther était belle, trop belle. Si cela était... que deviendrait-elle ? Le monde dans lequel ils vivaient n'était pas tendre pour les filles-mères, objets de l'opprobre général, et leurs bâtards accumulaient les brimades. Madeleine n'avait pas été assez sévère, elle avait fait confiance à Esther et à Gaspard Rousseaux. Non, ce ne pouvait pas être le fils Rousseaux, se dit-elle. Il était trop franc. Qui, alors ? À moins qu'elle ne se soit trompée...

Elle ne pouvait parler à personne de ses soupçons. Gustave pousserait les hauts cris avant d'aller interroger tous les clients de l'estaminet. Elle imaginait la scène. Pas question non plus d'appeler sa bru au secours. Ce serait le meilleur moyen d'abandonner Esther à son redoutable beau-père. Non, il fallait attendre. Et prier.

Le village de Ringhen était niché au fond du bois des Alouettes. Une chapelle, trois maisons blanches jouxtaient l'estaminet nommé Au Rendez-Vous des Voyageurs. Esther marqua une hésitation avant de pénétrer dans le quillier. La veille, elle était allée se planter devant Bébert et lui avait déclaré : « Surtout ne me demandez pas pourquoi, mais il faut que vous me trouviez Justin Delfolie. »

Une lueur fugitive avait alors éclairé le regard de l'ouvrier.

– Le carreton des Chauchoy ? Qu'est-ce que tu lui veux donc, ma fille ? »

Il avait failli ajouter : « Ça n'est pas un gars pour toi ! » mais s'était retenu au dernier moment devant le visage implorant d'Esther.

La jeune fille s'était contentée de répondre qu'elle lui expliquerait plus tard.

Le vieil ouvrier était venu la chercher en début d'après-midi. « J'emmène la petite à Ringhen, avait-il annoncé à Madeleine. Il fait bon, ça lui changera les idées. » Madeleine Feutry avait dit oui, distraitement.

En chemin, Bébert avait eu la délicatesse de ne pas questionner Esther. Il la sentait tendue, sur le qui-vive. La journée était radieuse, pourtant. La Saint-Luc était passée sans que l'hiver pointe le bout de son nez. Brumaire le gris, le brumeux, ne justifiait pas son nom cette année-là.

– C'est là, lui indiqua-t-il en désignant de l'extrémité de son fouet une dizaine de silhouettes masculines rassemblées à côté de l'estaminet.

La scène avait quelque chose de vaguement familier. Des hommes seuls, toujours, en train de discuter et de jouer, profitant des derniers beaux jours avant la mauvaise saison.

Esther observa les joueurs durant plusieurs minutes avant de se décider à se rapprocher de Justin. Elle l'avait tout de suite reconnu. Immobile, il suivait chaque geste de ses adversaires d'un regard aigu, pénétrant. Lorsque son tour fut venu, il soupesa la grosse boule cloutée, lourde d'environ huit kilos, et, genoux fléchis, prit son élan pour la lancer au milieu des quilles placées par rangées de trois sur une sorte de gros bloc de bois, le quillier.

Un « ah ! » admiratif parcourut l'assistance lorsque la boule fit tomber sept quilles, pansues comme de grosses toupies, sur les neuf. Justin esquissa un lent sourire. Il se retourna alors, et son visage se défit au moment où il reconnut Esther.

La jeune fille se raidit. Inutile de confier ses soupçons à cet homme, là-bas, qui l'avait tenue dans ses bras, il était redevenu un étranger.

Elle fit volte-face, cherchant du regard Bébert qui était déjà parti boire une bistouille au café jouxtant le quillier.

– Esther ! Attends !

En deux enjambées, Justin l'avait rejointe. Il posa la main sur son épaule. Elle serra fortement ses mains l'une contre l'autre pour maîtriser leur tremblement avant de le saluer d'une voix unie.

Il planta son regard dans le sien et elle se mordit furieusement les lèvres pour ne pas hurler.

– Tu me cherchais, c'est ça ? questionna-t-il rudement. Tu n'es pas venue ici par hasard.

Elle releva le menton.

– Et quand bien même ? lança-t-elle avec insolence. Bébert avait promis de me montrer un jeu de quilles.

– Tu penses que je vais te croire ?

Il avait la bouche mauvaise. Esther le considéra avec un étonnement douloureux.

– Justin, que se passe-t-il ? murmura-t-elle.

Il haussa les épaules, posa sa boule avant d'entraîner la jeune fille à l'écart du quillier.

– Toi et moi, c'est du passé, lâcha-t-il sombrement. Ça n'était pas la peine de venir me relancer jusqu'ici. Je vais me marier.

Elle l'avait compris depuis le marché aux chevaux, se dit-elle avec une douloureuse certitude.

Elle était trop fière, cependant, pour laisser voir son désespoir.

– Avec l'héritière de la ferme où tu travailles ? répliqua-t-elle.

Elle ajouta avec une cruauté dont elle ne se savait pas capable :

– La boiteuse qui t'accompagnait au marché aux chevaux de Desvres ?

Les yeux de Justin s'assombrirent. Il acquiesça, cependant.

– Elle s'appelle Flore. Flore Chauchoy.

– Et tu l'aimes ? ricana Esther. Allez, dis-le-moi, que tu l'aimes !

Ils s'affrontèrent du regard. Elle avait mal. Le sentiment qu'un piège monstrueux se refermait sur elle. Et l'enfant qu'elle portait... qu'allaient-ils devenir, elle et lui ?

– Dis-le, répéta-t-elle, le cœur au bord des lèvres.

Justin marcha sur elle. Elle crut, l'espace d'un instant, qu'il allait la frapper, et elle lui jeta un regard de défi.

– Tu me fais pitié, laissa-t-elle tomber sans

même chercher à dissimuler son mépris. Tu veux seulement le pouvoir, et l'argent. Devenir le maître... est-ce que cela suffit pour se marier sans amour ?

À la façon dont il la regarda, elle comprit qu'il allait lui rendre coup pour coup.

– Je ne t'ai jamais dit que je t'aimais, déclara-t-il froidement. Tu es plutôt belle fille, je n'allais pas laisser passer une telle occasion. D'autant que tu ne t'es pas montrée trop farouche.

La gifle, lancée d'une main vengeresse, claqua sèchement sur la joue de Justin. Il ne broncha pas, se contenta d'esquisser un sourire narquois.

– Si cela peut te soulager, il n'y a que la vérité qui blesse.

– Qui te dit que je t'ai aimé ? répliqua-t-elle.

À cet instant, elle lut dans les yeux de Justin qu'elle était belle et qu'il la désirait encore. Elle sourit. Un sourire proche des larmes.

– Marie-toi avec ta boiteuse mais dis-toi bien que tu ne pourras jamais m'oublier ! lui promit-elle.

Elle s'éloigna d'un pas rapide, sans se retourner. Elle n'avait plus rien, pensa-t-elle, au désespoir. Plus d'amour, plus d'avenir.

Rien que cet enfant qui poussait dans son ventre et qui allait faire d'elle une réprouvée.

Elle retrouva Bébert à l'intérieur du café. L'odeur de tabac lui souleva le cœur. Elle lutta contre la nausée, crispée, les lèvres serrées.

Tenir. Elle devait tenir.

Lorsqu'elle rentra dans la salle du Saint-Éloi, Madeleine comprit tout de suite que sa petite-fille ne serait plus jamais la même. Elle n'osa rien lui demander, cependant. Il lui semblait que si elle ne posait pas de questions elle retarderait la catastrophe.

Un brouillard tenace enveloppait la ville, conférant un aspect fantomatique aux pignons des maisons de la rue de la Gare. Gaspard, presque malgré lui, jeta un coup d'œil discret à la façade chaulée du Saint-Éloi. Ses « daches » sonnaient sur la route. De nombreuses personnes, dans la ville, étaient réveillées, un peu avant cinq heures, par le bruit de ces gros souliers que portaient les ouvriers cimentiers.

« Une armée en marche », disait Paulin, le meilleur camarade de Gaspard.

Il aimait cette idée. Il n'avait pas choisi son métier. Qui aurait rêvé d'extraire le calcaire naturel de la carrière du mont Pelé, de le verser par brouettes dans ces fosses circulaires qu'on appelait « délayeurs », le tout pour un salaire de misère ? Trois francs pour le manœuvre, cinq francs pour l'ouvrier spécialisé. Gaspard aurait aimé poursuivre des études, devenir médecin. Soigner... C'était là un rêve inaccessible, qu'il n'avait jamais osé confier à sa mère. Il imaginait déjà la réponse de Célestine : « Mon pauvre garçon. Comment veux-tu faire ? »

Gaspard avait gardé le silence. Et pris le chemin de la cimenterie à la mort de son père, qui travaillait aux fours.

Lorsqu'il rentrait le soir, blanc des pieds à la tête, il se disait parfois qu'il enviait ceux qui aimaient leur travail. Il accéléra le pas en entendant la sirène de l'usine.

Paulin ricana.

– On marche au sifflet, comme des toutous bien dressés ! Un jour...

Il rêvait de changer le monde. Parce que *L'Internationale* avait été écrite dans l'arrière-salle d'un café de Lille nommé La Liberté et situé au 21, rue de la Vignette, sur des paroles d'Eugène Pottier, Paulin évoquait souvent le Grand Soir. Gaspard, lui, préférait se réfugier auprès de ses coulons. Ceux-ci l'aidaient à mieux supporter la réalité du quotidien.

Une activité intense régnait au pied de la carrière. Les ouvriers armés de pioches attaquaient le mont Pelé. Certains sifflotaient, les autres avaient le regard résigné.

– Attention à toi ! recommanda Paulin à Gaspard en voyant que son camarade se trouvait sur le passage d'un wagonnet lourdement chargé.

Il ajouta, gouailleur :

– Ma parole ! Tu es amoureux !

Gaspard s'immobilisa. Devant ses yeux dansait l'image d'Esther, lumineuse dans sa robe bleue.

– Amoureux ? répéta-t-il. Ça se pourrait bien.

Et puis, parce qu'il fallait bien se mettre au travail, il saisit sa pioche, donna un grand coup dans le calcaire.

Une formation de cygnes sauvages, venus du nord, survola la carrière. Paulin leva le nez, repoussa sa casquette en arrière.

– Vivre libre... marmonna-t-il.

Son visage avait perdu son expression gouailleuse. Il ressemblait soudain à un gamin grandi trop vite, qui caressait des rêves inaccessibles.

– « Quand nous chanterons le temps des cerises... », entonna Gaspard de sa voix de basse.

Il fréquentait l'Amicale Desvroise. Paulin et lui y jouaient de la trompette. C'était pour eux une autre forme d'évasion.

Paulin se tourna vers son ami et lança tout à trac :

– Le jour de mon enterrement, j'aimerais bien que tous les copains de la Desvroise me jouent un bel air à la trompette. Rien que pour moi.

Saisi, Gaspard le considéra d'un air effaré.

– Le jour de ton enterrement ? Bon sang, Paulin, t'es plus jeune que moi. T'as combien... vingt-trois ans à peine ?

Paulin haussa les épaules.

– Et alors ? C'est pas une raison. Je connais des vieux qui vont sur les quatre-vingt-dix ans et des gamins qui partent avant d'être baptisés. C'est la vie ! Enfin... notre vie.

– Tu ne vas pas tarder à me parler du syndicat, enchaîna Gaspard, soucieux de dissiper la tension qui s'était installée.

Paulin sourit.

– Tu y viendras, mon vieux, tu verras. Le syndicat, pour nous, c'est le seul espoir.

Il avait insisté sur le dernier mot. Gaspard ne répondit rien. Il y avait beau temps qu'il ne se faisait plus la moindre illusion quant à ses chances de promotion interne. En revanche, il voulait réussir sa vie. Et, pour ce faire, il savait qu'il devait épouser Esther. Il n'aimerait jamais une autre femme.

– Tu m'inviteras à la noce ? lança Paulin.

Gaspard lui décocha une bourrade.

– Attends au moins qu'elle ait dit oui !

Gaspard recula de deux pas, actionna la pompe et jeta un dernier seau d'eau sur ses cheveux lavés aux cristaux de soude.

– Eh bien, te voilà récuré, s'écria Thérèse, moqueuse.

Il y avait un soupçon de jalousie dans sa voix. Le frère et la sœur avaient toujours été liés ; Gaspard, âgé de douze ans à la naissance de la « petite », avait élevé en partie Thérèse. Leur mère partait déjà toute la journée « servir » chez des notables de la ville, les Félix, propriétaires d'une des cimenteries.

Le regard de Thérèse s'aiguisa.

– Tu l'aimes, déclara-t-elle.

Elle n'avait pas besoin de préciser de qui elle parlait. Gaspard passa la main dans ses cheveux humides. Avec ses cheveux blonds et ses yeux gris très doux, il était bel homme, pensa Thérèse. Gaspard détourna la tête.

– Le jour où je me marierai, j'aurai droit à une maison dans le quartier. Je compte sur toi pour aider ma femme à s'adapter.

« Ma femme. » Comme il disait cela ! De

nouveau, Thérèse éprouva une pointe de jalousie.

– Tu ne vas pas un peu vite en besogne ? lança-t-elle. Ta belle brune ne t'a pas encore dit oui.

Gaspard ne répondit rien. Il savait bien au fond de lui qu'Esther ne l'aimait pas. Ou, tout au moins, pas comme il rêvait de l'être.

Il passa sa chemise, repassée de frais et amidonnée par sa mère, la boutonna avec soin.

– Tu es très beau, lui dit Thérèse, comme pour se faire pardonner sa réflexion cruelle.

Gaspard lui ébouriffa les cheveux. Elle hurla. Leur mère jaillit sur le seuil de la salle. C'était une femme menue, au visage creusé de rides, au sourire bienveillant.

– Ma parole, vous vous disputez comme des chiffonniers tous les deux, lança-t-elle en riant.

Elle enveloppa le frère et la sœur du même regard chargé d'amour. Elle avait une préférence secrète pour ces deux-là, son fils aîné, né un an après la perte de son premier enfant, mort le lendemain de l'accouchement, et son unique fille. Célestine Rousseaux, cependant, aurait préféré se faire hacher menu plutôt que de l'avouer.

– À votre âge ! reprit-elle, faussement grondeuse.

Elle se retourna vers Armande, sa plus proche voisine, venue comme chaque matin « boire un petit café ».

– Vous vous rappelez, Armande ? lui lança-t-elle. Déjà, quand Thérèse était petite, elle suivait son frère partout.

La mère jeta un regard satisfait à la salle, d'une propreté méticuleuse. Comme chaque jour, elle avait lavé à grande eau son « par terre » sitôt que ses enfants étaient partis travailler. Elle avait ensuite aéré les lits, avant de les refaire au carré, comme si elle avait redouté la tournée d'inspection d'un adjudant. Son pot-au-feu mijotait sur la cuisinière de fonte qui brillait doucement au fond de la salle. Après son café – sa seule pause de la journée, elle irait travailler chez les Félix, à l'autre bout de la ville.

Là-bas, elle vivait dans un autre monde. La famille Félix possédait une demeure imposante, la maison des Peupliers. Célestine n'y effectuait plus de gros travaux, réservés aux femmes de ménage, mais venait faire du « repassage de fin ». Dans une pièce aménagée en lingerie, armée de ses fers, Célestine repassait inlassablement chemises, blouses à volants, dentelles arachnéennes et linge de corps festonné. Elle aimait bien ce travail, qui lui permettait de rêvasser tout à son aise. Elle désirait une autre vie pour ses enfants. À cinquante-cinq ans, Célestine se sentait une vieille femme, usée par le labeur. Veuve à quarante et un ans, juste après la naissance de sa benjamine, elle avait dû trimer pour réussir à élever ses six enfants. Gaspard avait pris la place de son père aux cimenteries. Il avait dit adieu à ses rêves d'études et s'était retrouvé en train de manier la pioche au fond de la carrière du mont Pelé. Célestine n'avait jamais osé en parler avec son fils mais elle avait partagé sa déception, et sa souffrance.

Armande reposa sa tasse sur la table de bois. Elle posa les mains sur ses genoux pour s'aider à se redresser. Plus de quarante années passées à laver le linge des autres et à faire des ménages lui avaient brisé le dos. Elle partageait une solide amitié avec Célestine, sans que les deux femmes se soient jamais tutoyées. Une sorte de timidité les en empêchait.

– Il va bientôt geler, annonça-t-elle en s'avançant vers le seuil et en scrutant le ciel clair.

Célestine resserra frileusement son châle sur ses épaules.

– Vivement les beaux jours ! L'hiver qui arrive... ça glace toujours le sang.

Maurice, son homme, était mort à la fin d'un mois de novembre. Un accident stupide, un wagonnet qui s'était détaché. Lorsque Basile, le meilleur ami de Maurice, s'était présenté chez les Rousseaux, Célestine avait tout de suite compris. « Mon Dieu ! » avait-elle murmuré en se signant. Elle gardait un souvenir confus des jours qui avaient suivi. Elle se rappelait que tout le quartier avait défilé chez eux. Le malheur, le deuil brutal resserraient les liens déjà très forts unissant les familles ouvrières des cimenteries. L'accident qui avait provoqué la mort de Maurice Rousseaux aurait pu arriver à n'importe quel autre ouvrier. De ce fait, chaque famille se sentait concernée.

Célestine avait dû courir partout à la fois. Teindre les vêtements des enfants et les siens en noir, préparer le repas qui devait suivre l'enterrement, le traditionnel pot-au-feu, désigner les porteurs... Tout naturellement, Gaspard avait alors pris la place du chef de famille.

Elle soupira, avec une pointe d'agacement.

– Nous allons changer de siècle. Ça ne vous fait pas un peu peur, Armande ?

Son amie, aussi forte que Célestine était menue, la considéra d'un air étonné.

– Peur ? Pourquoi donc ? Après la vie

que nous avons connue, je ne redoute plus rien.

Son époux, Lucien, souffrait des poumons. Incapable de travailler, il passait ses journées prostré derrière la fenêtre, à guetter le moindre rayon de soleil qui lui permettrait de respirer un peu mieux.

« Quelle misère ! disait parfois Armande. L'avoir connu comme il était, fort et dur à la peine, et le voir ainsi... jamais ! Je préférerais presque qu'il ne soit plus là. »

Elle se reprenait aussitôt, se signait, comme pour effacer ses dernières paroles.

– N'allez pas prendre en mauvaise part ce que je viens de dire, Célestine. C'est seulement dur, parfois.

Elle ne se confierait pas plus avant. Les femmes du quartier des cimenteries partageaient le café et les soucis du quotidien mais se montraient pudiques pour évoquer leurs problèmes plus intimes.

– Vous avez de la chance, Célestine, reprit Armande, vous avez de bons enfants. Moi...

Il y eut un silence. Ce n'était un secret pour personne que Maud, la fille aînée d'Armande, arrondissait ses fins de mois en fréquentant un café à la réputation douteuse, au Caraquet. Maud avait toujours éprouvé le besoin de se singulariser. Elle était douée pour le dessin et avait suivi les cours de l'école professionnelle, mais cela ne lui suffisait pas. Elle rêvait de quitter l'univers étriqué dans lequel elle avait toujours vécu.

Célestine se racla la gorge.

– Maud est une fort jolie personne, fit-elle remarquer sans se compromettre.

À quatorze ans, ses cheveux rouges et sa poitrine opulente lui valaient déjà les quolibets des gamins du voisinage. Au lieu de baisser la tête, Maud avait pris soin de cultiver sa différence. Jusqu'à porter fièrement ce prénom inusité dans la cité, que sa mère avait retenu de la lecture d'un roman à deux sous.

Armande soutint le regard de sa voisine.

– Elle n'a jamais aimé qu'un seul homme. Toute petite, déjà, alors qu'elle avait dix ans et votre fils douze, elle répétait : « Moi, quand je serai grande, je me marierai avec Gaspard. »

Célestine soupira. Le ciel la préserve, pensa-t-elle, d'une bru qui faisait la noce le samedi soir !

– On ne peut pas forcer les sentiments, répondit-elle avec prudence. Gaspard me paraît bien parti pour devenir vieux garçon.

– Vraiment ? Il s'était fait si beau, ce tantôt, que j'ai pensé comme ça qu'il allait faire sa demande.

Le regard sombre d'Armande était insondable. Que savait-elle exactement ? se demanda Célestine. Thérèse lui avait bien parlé de cette jeune fille, la petite-fille des patrons du Saint-Éloi, mais Gaspard, de son côté, n'avait pas livré la moindre confidence.

– Nous verrons bien, lança-t-elle avec désinvolture. De toute manière, Gaspard est largement en âge de prendre femme.

– Maud ne se mariera jamais, elle ! À moins d'avoir la chance de tomber sur un gars d'ailleurs. Croyez-moi, Célestine, veillez bien sur votre Thérèse. Les filles, c'est souci et compagnie.

Armande prit congé sur cette formule lapidaire. Célestine lava les tasses sur la pierre à évier, les essuya avec soin avant de s'envelopper dans sa cape et de tirer la porte sur elle. Personne, dans la cité, ne fermait jamais à clef. Qui aurait eu l'idée de voler aussi pauvre que soi ? D'ailleurs, Lucien veillait derrière sa fenêtre, de l'autre côté de la rue. Célestine lui adressa un petit signe au passage, sans être certaine qu'il l'ait vue.

7

La pluie qui avait noyé la ville durant trois jours avait cessé d'un coup. La nuit était tombée depuis déjà un bon moment quand les premiers coups de feu retentirent, du côté de la gare. Madeleine Feutry sursauta. Elle avait cuisiné toute la journée et elle se sentait lasse.

Gustave tira une bouffée de sa pipe et sourit à sa femme.

– Ce sont les jeunes des cimenteries qui font honneur à Gaspard. Il faut bien qu'ils s'amusent !

Madeleine hocha la tête, tout en sortant du four les terrines de lapin qui exhalaient un délicieux parfum.

– Pourvu que... commença-t-elle.

Elle s'interrompit. Elle n'avait pas envie de faire partager ses inquiétudes à son mari. Ce mariage était, certes, inespéré pour sauvegarder la réputation d'Esther, mais Madeleine *savait* que le cimentier n'était pas le père de l'enfant. Même si sa petite-fille lui avait simplement annoncé que Gaspard avait fait sa demande et qu'elle avait accepté.

« Je n'ai pas le choix », avait-elle ajouté, et Madeleine avait acquiescé d'un hochement de tête. Le secret de la grossesse d'Esther pesait sur les deux femmes. Parce que « cela ne se voyait pas encore », Esther avait résolu de se marier en blanc.

« Après tout, c'est une affaire entre Dieu et moi », avait-elle lancé d'un ton de défi, et le cœur de Madeleine s'était serré quand elle avait remarqué les deux plis d'amertume qui encadraient les lèvres de sa petite-fille. Elle n'avait pas osé lui demander si Gaspard était au courant. Elle avait bien essayé, à plusieurs reprises, pour se heurter au visage fermé d'Esther.

De nouveau, elle soupira.

– Il faudra aller voir le notaire, déclara tout à trac Gustave.

Saisie, Madeleine se retourna vers son mari.

– Le notaire ? répéta-t-elle.

Gustave fit claquer sa langue avec un soupçon d'impatience.

– Hé ! Que crois-tu donc, ma femme ? Nous ne sommes pas éternels, toi et moi. Il faut préserver les intérêts de la petite.

– Tu penses qu'elle viendra travailler chez nous quand elle sera mariée à Gaspard ? Nous n'en avons jamais parlé.

– Esther aime le Saint-Éloi, et les clients l'aiment. Elle reviendra vite ici, crois-moi.

« Mais Gaspard... qu'en pensera-t-il, lui ? » songea Madeleine avec une inquiétude grandissante. Elle se faisait plus de souci pour Gaspard que pour Esther. Lui l'aimait.

La famille Rousseaux au grand complet attendait la mariée dans la salle du Saint-Éloi, pour l'occasion encore mieux briquée que d'ordinaire. Maninine, bien sûr, la maman de Gaspard, Daniel, l'ouvrier cimentier, Étienne, le marcheur de terre, Marcel, le modeleur, et Thérèse. Pierre lui-même, le douanier, avait obtenu un congé et était venu assister aux noces de son aîné. Il y avait aussi des oncles et des cousins du côté Feutry comme du côté Rousseaux, mais Emma Verghem n'avait pas fait le déplacement.

« Il faut la comprendre, avait expliqué Madeleine à sa petite-fille, qui cachait mal sa déception. Tes parents se sont mariés ici, au Saint-Éloi. Ta mère, ça lui rappelle trop de souvenirs. Et puis, elle a peut-être eu peur de Verghem. Cet homme-là devient de plus en plus mauvais. »

Esther avait vite chassé cette pensée. Oublier Alfred. Tirer un trait sur le passé. Sa pauvre mère avait choisi de ne pas venir, tant pis ! Elle, Esther, ne voulait pas subir son destin, même si elle avait été contrainte d'épouser Gaspard pour ne pas donner naissance à un bâtard. Elle avait longuement hésité avant de se résoudre à avouer la vérité à Gaspard.

« J'attend un petit d'un autre. » Elle avait jeté ça d'un trait, comme un défi, sans baisser la tête ni arborer un air coupable. Ce faisant, elle avait conscience de jouer non seulement son destin, mais aussi celui de son enfant à naître. Curieusement, Gaspard n'avait pas paru choqué. Il s'était contenté de sourire, si bien qu'Esther avait pensé qu'il avait déjà deviné la vérité depuis quelque temps.

« Cet enfant, il faudra que je l'aime beaucoup, parce que sans lui, vous ne m'auriez jamais épousé, Esther. »

Elle n'avait pas protesté. Seulement incliné la tête. Sa bouche était sèche. Il lui avait fallu quelques instants pour réussir à demander : « Votre famille ? »

Gaspard avait secoué la tête et simplement répondu : « Notre mariage ne regarde que nous, Esther. »

Il ne l'avait pas embrassée ce jour-là. C'était trop tôt, avait pensé Esther. À moins qu'il ne fût déjà trop tard ?

Les regards des invités lui dirent qu'elle était belle dans sa robe à manches gigot et à col montant en dentelle de Calais. Cette robe lui avait été offerte par sa grand-mère.

« Je veux quelque chose de très beau », avait expliqué Madeleine à Marie-Rose, son amie couturière.

Les deux femmes avaient fréquenté longtemps auparavant l'école du Caraquet. Elles étaient restées amies. Marie-Rose avait observé d'un œil critique la taille d'Esther qui commençait à s'alourdir et s'était bornée à commenter : « En serrant bien le corset, ça devrait aller. » Les trois femmes avaient échangé un sourire complice. Personne d'autre ne saurait.

– Vive la mariée ! s'écria la noce.

Le cortège s'ébranla. Esther pénétra dans la mairie au bras de son grand-père, engoncé dans ses vêtements trop étroits, pour en ressortir, un peu étourdie, à celui de Gaspard.

– Tu es très beau, lui dit-elle, sincère.

Il lui désigna en riant une coupure sur son menton.

– Je me suis rasé de trop près en ton

honneur. Ma main tremblait. C'est la première fois que je me coupe.

C'était lui qui avait pris l'initiative de la tutoyer. Il fallait qu'ils établissent entre eux une certaine complicité.

« Quelle folie ! se disait parfois Gaspard. Me voici en train de lier ma vie à celle de la seule femme que j'aimerais jamais, et elle est amoureuse d'un autre homme. »

Avec ses cinquante mètres de longueur sur vingt-deux de largeur, et ses trois nefs, l'église de Desvres ressemblait à une petite cathédrale. Elle était peu fleurie en ce début d'hiver. Des hellébores, des asters roses et mauves et des bruyères blanches ornaient l'autel. Esther remonta la nef centrale sans voir personne. Son grand-père marchait avec difficulté. Un murmure flatteur courut le long des bancs. Elle était belle et, si elle en doutait encore, le regard dont Gaspard la gratifia la rassura.

Elle marqua une hésitation avant de répondre oui à la question posée par le prêtre. Elle s'engageait pour la vie.

Les cloches sonnèrent à toute volée lorsque les mariés apparurent sous le porche de l'église Saint-Sauveur. L'assistance était nombreuse, les ouvriers des cimenteries et de la faïencerie, ainsi que les clients du Saint-Éloi, s'étant déplacés. Un vent frisquet rabattit le voile d'Esther sur son visage. Elle leva la main pour le rajuster.

– Laisse-moi faire, dit Gaspard en se penchant vers elle.

Un regard pesait sur leur couple. Presque malgré elle, Esther redressa la tête. Les yeux sombres de Justin lui brûlèrent le cœur. Elle se raidit. Il se tenait à une dizaine de mètres d'eux, de l'autre côté de la place. Les mains enfoncées dans les poches, le visage fermé, il donnait l'impression d'en vouloir à la terre entière.

« À qui la faute ? » pensa Esther.

La haine qu'elle éprouvait pour Justin lui faisait un peu peur. Elle aurait préféré qu'il lui soit devenu tout à fait indifférent.

Gaspard avait remis son voile en place avec des gestes précis et doux. Une bouffée de tendresse submergea Esther. Il l'aimait. Elle désirait le rendre heureux.

Le cortège s'ébranla, remonta la rue des Potiers pour prendre le chemin du Saint-Éloi. L'Amicale Desvroise, Paulin en tête, donnait l'aubade aux jeunes mariés. Célestine se retrouva au bras de Gustave Feutry.

– Une belle noce, murmura-t-elle.

Gustave opina du chef.

– Qu'ils en profitent ! La vie... eh bien,

vous comme moi savons qu'elle ne nous réserve pas que du bon !

Le ton était donné. Il était impossible de ne pas songer aux absents. La noce, cependant, retrouva tout son entrain sous l'impulsion des frères du marié. Esther s'entendait plus particulièrement avec Étienne, ouvrier à la faïencerie Courtray. Bon vivant et joyeux drille, il entreprit de faire chanter toute l'assemblée dès que les invités furent installés dans l'arrière-salle du Saint-Éloi. Il connaissait toutes les chansons en vogue et, surtout, celles qu'il était de règle d'entonner au cours des banquets de mariage. Louison et Angèle, les servantes louées pour l'occasion, faisaient la navette entre la cuisine et l'arrière-salle, où les tables avaient été dressées. Madeleine, à court de nappes, avait utilisé des draps blancs qu'Esther avait ornés de feuilles de lierre.

– Tu as du goût, ma fille, dit Célestine en caressant la joue d'Esther.

La mère de Gaspard s'était tout de suite bien entendue avec sa bru. Toute la famille Rousseaux, d'ailleurs, avait accueilli la jeune femme avec beaucoup de chaleur. Seule Thérèse avait fait preuve d'un certain agacement, bien compréhensible : n'était-elle pas jusqu'à présent l'unique fille de la maison ?

Gaspard entoura la taille d'Esther d'un bras possessif.

– Viens danser.

Albert, le violoneux, jouait une polka. Les mariés s'élancèrent sur la piste improvisée au milieu de la salle. Comme tous les Rousseaux, Gaspard dansait bien et Esther se laissa guider. Dans les bras de Gaspard, elle parvenait à oublier Justin. Elle était même certaine de ne plus l'aimer. Pouvait-on d'ailleurs appeler amour ce qu'elle avait éprouvé pour lui ? Le regard de Madeleine la fixait avec insistance, comme si sa grand-mère avait désiré lui transmettre un message. Louison et Angèle circulaient de table en table, en versant dans les assiettes le bouillon de côte de bœuf qui embaumait la pièce.

– À table ! s'écria Gustave.

Il y avait longtemps que Madeleine n'avait pas vu son mari de si bonne humeur. Depuis la mort d'Aimé. Il déboucha les bouteilles de cidre.

Esther, assise, ne put réprimer une grimace. Les baleines de son corset trop serré la faisaient souffrir. Gaspard se pencha aussitôt vers elle avec sollicitude. Elle le rassura d'un sourire.

Elle toucha à peine au repas pantagruélique préparé par sa grand-mère et par les deux servantes. L'odeur du rôti et des terrines lui donnait mal au cœur. La chaleur du poêle et les invités massés les uns contre les autres accentuaient son impression de malaise.

Après avoir chanté *Auprès de ma blonde*, Étienne attaqua *le Violon brisé*, ce qui tira des larmes à l'ensemble de la noce.

– Je déteste cette chanson, chuchota Esther à l'oreille de Gaspard.

Sa mère aurait tout de même pu venir. Quand les deux femmes se reverraient-elles ? Elle écrasa une larme sur sa joue, se mordit les lèvres.

– Viens, ma belle brune, lui dit Gaspard en l'entraînant dans la salle principale.

Le violoneux les suivit en jouant *Le Sortilège*. La scène était à la fois émouvante et comique, et Esther se sentit bientôt mieux.

– Pas de larmes, lui rappela Gaspard en souriant. C'est le jour de notre mariage. Tu verras, nous serons heureux, toi et moi.

Le décor du Saint-Éloi tournait au rythme de la valse. Emportés comme sur un manège, les verres à liqueur, les tasses, les pichets et les bouteilles de goutte. Ce soir, Esther quitterait son univers familier pour aller s'installer dans leur nouvelle maison, à Gaspard et à elle.

– Vive la mariée ! cria Étienne.

– Je t'aime, ma belle brune, chuchota Gaspard.

– Je vais t'aimer, lui répondit Esther en écho.

Elle ne voulait plus penser à Justin. Elle s'appelait désormais madame Rousseaux.

Gaspard aida Esther à relever sa robe pour courir plus vite. Jusqu'à la dernière minute il avait réussi à donner le change, chantant et buvant comme les autres. Et puis, mettant à profit le moment où sa mère avait entonné de sa voix flûtée *Le Temps des cerises*, il avait entraîné sa femme au-dehors par la porte de derrière.

– Ma tante Berthe nous prête une chambre de sa maison. Personne n'est au courant.

Gaspard avait la clef de la petite maison donnant sur la chaussée Brunehaut. Sa tante avait laissé du café au chaud sur le poêle, dans la cafetière en émail, et préparé la chambre. Esther éprouva un sentiment de panique en découvrant le lit haut perché recouvert d'un édredon rouge. Gaspard l'attira doucement contre lui, l'embrassa.

– Nous avons toute la vie devant nous, ma mie. Attends, mets-toi à l'aise. Je vais te servir une tasse de café.

Le café, boisson magique, remède à toutes

les angoisses dans le Nord comme dans le Pas-de-Calais.

Esther contempla son reflet dans le miroir surmontant la cheminée. Elle ne reconnaissait pas la jeune personne aux yeux agrandis, aux cheveux défaits par la course, qui lui faisait face.

– Tenez, madame Rousseaux, dit Gaspard en lui tendant une tasse de café.

Ils le burent lentement face à face, pour faire durer le plaisir.

– Laisse-moi t'aider, proposa-t-il ensuite en voyant qu'elle avait des difficultés à délacer son corset trop serré.

Elle ôta sa robe dans la ruelle du lit, passa, vite, la chemise de nuit brodée par Marie-Rose. Gaspard et elle s'allongèrent sur le lit pour se redresser aussitôt, comme mus par des ressorts. Leur mouvement avait en effet déclenché un concert, une cacophonie, plutôt, de sonnettes et de grelots attachés sous le matelas. Les nouveaux époux éclatèrent de rire.

– Bon sang, ce doit être une farce de mon frère Étienne, s'écria Gaspard en ouvrant le lit. Moi qui croyais notre refuge sûr !

Une minuscule grenouille sauta sur le parquet en coassant. Cette fois, Esther recula. Gaspard lut la détresse dans ses yeux sombres.

– N'aie pas peur, dit-il. Je suis là, et je t'aime.

La grenouille avait disparu. D'un geste preste, Gaspard arracha le gros édredon rouge du lit, le posa sur le sol, devant la cheminée.

– Viens, dit-il à Esther en lui tendant les bras. Cette nuit nous appartient.

Elle n'avait pas la possibilité de fuir ni de se souvenir d'autres étreintes, au fond d'une grange. L'homme qui lui souriait était son époux, Gaspard Rousseaux. Le cœur en déroute, Esther se coula dans les bras qu'il referma sur elle.

Cinq heures sonnaient au clocher du village. Justin se leva, fourragea de la main dans ses cheveux sombres et, passant ses vêtements de la veille – pantalon de velours, chemise de coton grossier, traversa la chambre étroite pour se rendre dans la cuisine. La minuscule fenêtre surmontant la pierre à évier ouvrait sur les écuries. Machinalement, il jeta un coup d'œil au-dehors pour s'assurer que tout était en ordre.

Il occupait la maison du carreton. Justin s'y était tout de suite senti chez lui. L'épaisseur des murs chaulés, la propreté régnant à l'intérieur en faisaient un logis agréable. En célibataire endurci, Amédée avait ses habitudes. Voyageur sans bagages, Justin s'était approprié le mobilier et la vaisselle réduite du carreton avec l'approbation réticente de Marguerite. « Puisqu'il n'y a pas moyen de faire autrement », avait grommelé celle-ci.

Décidément, la gouvernante de la Cour aux Paons n'aimait guère Justin, et ce sentiment était réciproque. Il lisait dans les yeux de Marguerite la défiance qu'il avait appris à reconnaître depuis l'enfance. « Un gamin de l'Assistance, à coup sur de la mauvaise graine ! » En avait-il assez entendu, de ces jugements à l'emporte-pièce qui le condamnaient sans appel ! Enfant robuste, Justin avait dû travailler dur, le plus souvent pour une maigre pitance, en recevant en prime de sévères raclées pour la moindre peccadille commise. Cette vie-là l'avait endurci. Le jour où il avait découvert la connivence l'unissant aux chevaux, il avait été sauvé.

Il but une rasade d'eau fraîche tirée du puits, fit chauffer le café sur le poêle avant de se rendre aux écuries. Les chevaux attendaient leur première ration d'avoine de la journée. Il savait qu'il fallait leur donner le picotin suffisamment tôt pour faciliter leur digestion et éviter les coliques.

Armé d'une fourche à trois dents, Justin

s'acquitta de cette tâche avant de faire la litière, de passer l'étrille et la brosse de chiendent. Ardent, le poulain qu'il avait aidé à naître, vint fourrer la tête sous son bras.

– Fais voir ton genou, lui dit Justin en se penchant pour vérifier la blessure que le poulain s'était faite la veille.

Il soigna également Dragonne, blessée au garrot par un fil de fer. Il avait vite établi une relation de confiance avec les bêtes de la Cour aux Paons. Sa voix, qui était volontiers tranchante, s'adoucissait pour parler aux juments.

– Viens voir, ma toute belle, dit-il à Dragonne en lui caressant l'encolure pour la rassurer.

Il désinfecta sa plaie sans cesser de lui parler tout au long de l'opération.

Il aimait l'atmosphère chaleureuse des écuries. Le vieux Matthias, qui l'avait recueilli alors qu'il venait de s'échapper de la ferme où on le maltraitait, lui avait transmis tout ce qu'il savait des chevaux. Comment les mettre en confiance, s'adresser à eux, les soigner. Carreton lui-même, il ne vivait que pour les animaux, qu'il vénérait. Le jour où Matthias était mort, Justin avait eu la certitude de perdre sa seule famille. Pourtant, le vieux carreton n'était pas tendre et lui avait enseigné le métier à coups de trique et de caveçon ! Mais Justin ne l'avait jamais vu lever la main sur les chevaux dont il avait la charge.

Il tapota la croupe de Dragonne, retourna chez lui boire une tasse de café qu'il avala debout, comme chaque matin, avant de se rendre dans la salle de la ferme. Marguerite, levée elle aussi dès l'aube, avait préparé le déjeuner pour tout le personnel. Justin s'assit à la place laissée libre par Amédée, aux côtés de Raymond et de Victor, les deux valets. Tous trois firent honneur aux tranches de pain abondamment garnies de beurre ou de saindoux et au pot de café, à l'arôme puissant. Raymond, le plus jeune, évoqua le chahut organisé quelques jours auparavant pour la Saint-Nicolas. Comme d'habitude, les enfants de la ville n'ayant pas école avaient défilé dans les rues en chantant gaiement : « Sainte Catherine n'a plus d'sous ! Saint Nicolas, i paiera tout ! » et les plus jeunes avaient déposé le soir au pied de la cheminée un panier de foin et des carottes pour l'âne du père saint Nicolas. Au cours de la soirée, cependant, les choses s'étaient gâtées. Des inconnus venus d'on ne savait où – peut-être même de Boulogne, hasardaient les plus téméraires – avaient bu plus que de raison et saccagé plusieurs estaminets.

Raymond se mit à énumérer les lieux : le Bruant noir, le Saint-Éloi, le Père Nicot.

– Pas de dégâts ? s'enquit Justin d'une voix nonchalante.

Raymond haussa les épaules.

– Des verres cassés, des chaises, et une bonne paire de bouteilles perdues, ça oui ! On raconte que ça serait des fils de bourgeois encanaillés.

– Des malfaisants, oui, glissa Marguerite, qui rapportait une miche de pain.

Justin ne soufflait mot. Il avala d'un trait son bol de café, repoussa bruyamment sa chaise.

– J'ai à faire.

Les valets le suivirent d'un regard lourd. Il n'était guère aimé à la ferme. On le jugeait solitaire, peu causant. Ce n'était pas le genre de gars à partager une bouteille de goutte avec ses camarades.

« Il est fier », chuchotait-on dans son dos, et ce jugement avait valeur de condamnation dans une région où l'on prônait la chaleur humaine et la convivialité. Marguerite n'était pas la dernière à manier la critique.

Justin attela Bijou et Gamine, et les emmena aux champs. La veille, Flore et lui s'étaient mis d'accord pour le travail de la semaine à venir : labourer, avant de procéder aux semailles d'hiver, enfin charrier le fumier. C'était là une tâche pénible, qui nécessitait des chevaux en pleine forme.

Elle le recevait dans la salle, devant la cheminée, et il avait l'impression qu'elle était plus mal à l'aise que lui. Flore ne donnait pas vraiment d'ordres, à la différence de son père.

« Vous pourriez commencer par la clavière[1] », suggérait-elle, et Justin avait envie de lui dire : « Laissez-moi faire, voyons ! Ce n'est pas le travail d'une femme. »

C'était une drôle de bonne femme, à la fois forte et vulnérable. Lorsqu'il la voyait monter à cru, les mâchoires crispées sur la douleur de sa jambe, il admirait son courage. Elle aimait les chevaux au moins autant que lui. Mais elle possédait la Cour aux Paons et, de ce fait, il la jalouserait toujours. Il savait que son avenir dépendait de Flore. Cette idée le rendait fou, de colère et de rage. Il désirait être le maître du domaine. Rien ni personne ne l'en empêcherait.

Le ciel, bas et gris, annonçait du mauvais temps. Les collines fermant l'horizon avaient perdu toute couleur. Le monde extérieur

---

1. Champ ayant porté du trèfle.

semblait dilué dans l'attente de la pluie qui ne tarderait pas à tomber. Le paysage hivernal avait quelque chose de poignant. Parfois, remontaient à la mémoire de Justin des souvenirs cruels de son enfance. Il se revoyait, enfant au crâne rasé, maigre à faire peur, contraint de dormir dans les écuries, nourri de restes.

Les juments avançaient à leur rythme, tiraient le brabant dans la clavière, dont la terre était particulièrement lourde à retourner.

Bijou et Gamine ne rechignaient pas à la peine et la terre fumante s'ouvrait sous le passage de la charrue. Dans ces moments-là, Justin appréciait encore plus la complicité qu'il avait su nouer avec ses kvos. Il se sentait pleinement un homme de la terre.

Il remarqua que Gamine boitait au retour des champs et s'arrêta chez Léon, le maréchal-ferrant du village. Justin se sentait bien dans la forge et appréciait l'artisan. C'était un homme placide et taciturne, au visage et aux avant-bras rougis par le feu de la forge. Protégé par un immense tablier de cuir, il œuvrait dans le calme.

Un lent sourire éclaira son visage lorsqu'il reconnut la silhouette de Justin dans l'encadrement de la porte.

– Bonjour, mon gars. L'un des kvos de Flore a son fer usé ?

– Tout juste, répondit Justin en s'efforçant de ne pas laisser voir son déplaisir.

Léon avait en effet mentionné les « kvos de Flore ». Justin avait dételé Gamine. Elle se laissa docilement entraîner à l'intérieur de la forge, où Léon la salua d'une tape vigoureuse sur l'encolure.

– Bonjour, ma belle. Viens là que je te chausse de neuf !

Il était amusant de constater que Léon se montrait plus bavard avec les chevaux qu'avec les humains. Le forgeron prit la jambe que Gamine avait levée à son injonction et, avec l'aisance procurée par les gestes répétés à l'infini, arracha le fer usé à l'aide de tenailles. Gamine, habituée, en confiance, ne bronchait pas. Léon dégagea la sole au rogne-pied, ôtant avec douceur la terre et les petits cailloux qui s'y étaient logés. Pendant l'opération, il ne cessa de parler à la jument. Gamine semblait l'écouter, penchant la tête de temps à autre. Justin était toujours amusé de constater la connivence que le maréchal-ferrant établissait avec les chevaux.

À présent, Léon rognait l'excès de corne, toujours avec beaucoup de douceur. Il appliqua ensuite le fer rouge. Une odeur âcre et insistante de cheveux brûlés se répandit dans la forge. La première fois qu'il avait assisté à cette scène, du côté de Marquise, Justin devait avoir six ans. Il avait eu très peur. Pour lui, le maréchal-ferrant, nommé Arsène, s'apparentait au diable. Depuis, il avait appris à apprécier le travail inlassable de ces hommes qui, eux aussi, aimaient passionnément les chevaux.

Tenant toujours Gamine d'une main ferme, Léon nivela au boutoir le sabot, cloua le fer de huit clous bien solides, sectionna les pointes avant de les rabattre pour les river sur la corne. Un travail d'expert, qu'il accomplit rapidement, sans relever la tête. Lorsqu'il posa le sabot ferré de neuf sur son tablier, il souriait largement.

– Bravo, ma belle ! dit-il à Gamine en lui tapotant de nouveau l'encolure.

La jument hennit doucement. Justin serra la main de Léon.

– Merci bien. La patronne viendra te payer en fin de mois, comme d'habitude.

– La patronne est là, lança Flore depuis le seuil.

Le carreton et le maréchal-ferrant se retournèrent avec un bel ensemble.

– Bonjour, reprit la jeune fille en avançant de quelques pas. J'étais passée chez toi, Léon, parce qu'il m'avait semblé ce matin en voyant Gamine partir aux champs qu'elle était mal chaussée.

– Je m'en suis aperçu, moi aussi, glissa Justin.

Il y eut un silence. Léon considéra tour à tour le carreton et la patronne d'un air amusé.

– Les kvos, ça vous tient, tous les deux, commenta-t-il.

– On fait une bonne équipe, approuva Flore.

– Ce pouvait être le ciment d'une union, expliqua-t-elle à Justin quelques minutes plus tard.

Ils s'étaient éloignés de la forge à pas lents. Les chevaux les attendaient paisiblement. Flore redressa la tête.

– Vous avez besoin de moi pour être le maître de la Cour aux Paons et j'ai besoin d'un homme capable, sur qui je puisse compter, énonça-t-elle froidement. Que diriez-vous si l'on se mariait ?

Justin fourra les mains dans ses poches pour dissimuler leur tremblement. Enfin ! pensa-t-il. Flore s'était décidée à faire le premier pas. Lui-même était bien trop fier pour se risquer à essuyer une rebuffade. Il s'était juré de ne rien demander.

– Ça peut se faire, répondit-il sans se presser, avant d'ajouter : Je tiens quand même à vous prévenir... il faudra que je m'impose à la ferme. Sinon, on me considérera toujours comme le valet qui a marié la patronne. Il n'y aura qu'un maître à la Cour aux Paons.

Flore plissa les yeux. Elle était presque jolie quand elle souriait, pensa Justin.

– Un seul maître pour l'extérieur à condition que les décisions soient prises en commun, corrigea-t-elle.

Elle avait de la ressource, ça lui plaisait. Il pressentait qu'elle ne serait pas une femme de tout repos. Elle savait ce qu'elle voulait, et ne se laisserait pas aisément manœuvrer. C'était ce qu'il fallait au domaine.

Il tendit la main.

– Tope là !

Ni l'un ni l'autre n'avaient parlé d'amour. En acceptant la rude poignée de main de Justin, Flore concluait un marché. Un mari fou de chevaux, comme elle, en échange de la Cour aux Paons. La transaction était équitable. Ou, du moins, pas trop inégale.

Flore le salua d'une brève inclinaison de tête et se hissa sur le siège de son cabriolet tiré par Joyeuse.

– Nous nous marierons le jour de la Saint-Paul, lança-t-elle par-dessus son épaule.

– Attention à la nuit des Quatre-Vents, répliqua Justin en riant.

Il faisait allusion à la nuit précédant le

25 janvier, appelée aussi nuit des Quatre-Vents, durant laquelle sorcières et démons étaient réputés mener des sarabandes à la croisée des chemins.

– Je n'ai pas peur, répondit crânement Flore.

Peut-être que ce serait un bon mariage, après tout, se dit-il en suivant l'équipage d'un regard rêveur. Peu lui importait, du moment qu'il devenait le maître de la Cour aux Paons.

8

– Tu m'offres un café, ma fille ?

C'était devenu un rituel. Chaque matin, avant de partir servir chez les Félix, Célestine passait chez sa bru deviser quelques minutes et boire une tasse de café, le breuvage magique qui lui permettait de « tenir », comme elle disait.

Esther lui sourit sans réticence. Elle aimait à s'entendre appeler « ma fille », elle qui souffrait sans se l'avouer du silence de sa mère.

– Asseyez-vous près du poêle, Maninine, proposa-t-elle. Il a presque gelé ce matin.

– La faute aux saints de glace, ma fille. As-tu remarqué que l'aubépine était en fleurs ? Mère disait toujours que c'était le signe d'un retour du froid.

Célestine jeta un coup d'œil circulaire à la

cuisine, semblable à la sienne, ouvrant sur une cour cimentée et grise, dépourvue de verdure. Elle osa demander à la femme de Gaspard si elle se plaisait dans sa maison. L'estaminet, à l'atmosphère si chaleureuse, devait lui manquer.

Esther esquissa un sourire teinté de nostalgie.

– Je mentirais si je disais non. J'y passe, d'ailleurs, les après-midi. Ma grand-mère n'est plus toute jeune. Si je peux l'aider...

« La grossesse lui va bien », pensa Célestine. Si elle avait vite compris que Gaspard et Esther n'avaient pas attendu le passage devant le maire et le curé pour mettre l'enfant en route, elle n'y avait pas fait allusion devant son fils et sa belle-fille. Ils étaient mariés, c'était le principal. Leur enfant ne serait pas le premier, ni le dernier, à naître avec de l'avance.

– Montre tes mains.

Esther tendit celles-ci, paumes tournées vers l'intérieur. Célestine sourit. La position des mains de la future mère lui donnait l'indication du sexe de l'enfant à naître. Elle ne pouvait pas expliquer pourquoi. Elle tenait ce savoir de sa grand-mère.

– Ce sera un garçon, déclara-t-elle gravement. Le fils de Gaspard.

Esther ne broncha pas. Elle avait traversé une période de doutes, après son mariage précipité. Durant leur nuit de noces, Gaspard avait posé la main d'un geste de propriétaire tour à tour sur le ventre légèrement bombé et les seins gonflés de la jeune femme et déclaré : « C'est mon enfant, Esther, qui pousse dans ton ventre. Je veux qu'il en soit ainsi, pour être sûr de l'aimer vraiment. Promets-moi de ne jamais lui dire la vérité. »

Elle avait promis. Au fond d'elle-même, elle pensait aussi que c'était la meilleure solution. Gaspard l'avait épousée enceinte d'un autre, il avait bien le droit d'avoir cette exigence. D'ailleurs, Esther désirait également nier la paternité de Justin.

Lui-même ignorait tout. C'était mieux ainsi. Début janvier, elle avait appris que le carreton se mariait avec l'héritière de la Cour aux Paons. « En voilà un qui a tiré le bon numéro », glosaient les gens.

Flore était estimée, tout comme son père l'avait été avant elle, mais il se trouva plus d'une femme pour rappeler qu'elle n'était pas loin de coiffer sainte Catherine. Ce mariage, d'ailleurs, survenant si tôt après la mort du Juste, choquait quelque peu les bonnes âmes. « Ils étaient bien pressés, l'un et l'autre », chuchotait-on.

Bébert, dont la langue pouvait être aussi redoutable que celle d'une femme, avait eu ce mot cruel : « Faut dire qu'ils ne retrouveront pas de sitôt pareille occasion ! Le carreton hérite du meilleur domaine de la région. Tant pis pour lui s'il reçoit la boiteuse en prime ! »

Esther avait eu une pensée fugitive pour Flore Chauchoy, entr'aperçue une seule fois, le jour du marché aux chevaux, sur la Grand-Place. L'héritière lui aurait presque semblé sympathique si Justin ne s'était pas trouvé à ses côtés.

« Qu'ils soient heureux ou malheureux ensemble, quelle importance ? », s'était-elle dit.

Elle savait bien au fond d'elle-même qu'elle se mentait. La trahison de Justin lui avait laissé comme une ombre au cœur.

Célestine but son café d'un trait avant de se lever pesamment.

– Il faut que j'y aille. Madame Félix a de l'ouvrage par-dessus la tête. C'est la communion du petit, dimanche prochain.

– Ne la faites pas attendre, dans ce cas. Mais... ajouta Esther en pressant l'épaule de Célestine, ménagez-vous, je vous en prie, Maninine. Vous pourriez travailler moins.

La mère de Gaspard eut un sursaut.

– Et me retrouver à votre charge à tous ?

Jésus, Marie, Joseph ! Je travaillerai tant que je le pourrai. C'est ma fierté. Je n'ai jamais rien demandé à quiconque.

– Pardonnez-moi, murmura Esther, confuse. Je voulais juste...

Sa belle-mère lui caressa la joue d'un geste furtif.

– Je le sais, va, que tu es une bonne fille. Ne t'inquiète pas pour moi, je suis plus forte qu'il n'y paraît. Occupe-toi de ton enfant. Mon premier petit-fils... Mon Dieu ! il sera gâté.

Ça, Esther n'en doutait pas, toute la famille Rousseaux ne parlant que du bébé à naître !

Elle suivit d'un regard pensif la silhouette menue de Célestine qui s'éloignait en trottinant, retourna à son ouvrage laissé en plan. Elle préparait pour son bébé un trousseau de prince, pas moins, elle qui s'était mariée « le cul nu », ou presque, comme le lui avait fait remarquer méchamment sa belle-sœur Thérèse. Leurs relations ne s'amélioraient guère, et la jeune fille ne manquait pas une occasion de venir rendre visite au jeune ménage, tout en lançant des piques à Esther. « Ne t'inquiète pas, disait Gaspard en prenant sa femme dans ses bras. Ça finira bien par lui passer. Elle est jalouse, voilà tout ! »

Esther, avec application, broda au point de

tige un « R » sur le mouchoir de cou qu'elle venait d'ourler. « R », pour Rousseaux. Elle s'appelait Esther Rousseaux, désormais, et ce nom lui plaisait assez. Nouveau nom, nouvelle vie... elle voulait le meilleur pour son fils.

Chaque fois qu'elle remontait l'allée carrossable menant à la maison des Peupliers, Célestine songeait qu'il existait bel et bien deux mondes. Ce constat était fait sans réelle acrimonie. Elle acceptait la situation comme faisant partie intégrante de leur vie, tout en se disant que les rôles avaient parfois été bien mal distribués.

Elle jeta un coup d'œil rapide à la large façade peinte en blanc, qui en imposait sous son toit d'ardoise chapeauté de quatre cheminées en brique. La première fois qu'elle était venue chez monsieur et madame Félix, elle s'était amusée à compter les fenêtres ouvrant sur la façade. Dix-neuf en tout. « Mon Dieu, avait-elle pensé, c'est un vrai palais. » Impression qui s'était confirmée lorsqu'elle avait franchi le seuil de la porte principale et s'était retrouvée dans un hall qui aurait aisément contenu sa maison tout entière. Heureusement, Célestine connaissait bien « madame Jeanne », comme elle appelait désormais celle qu'elle avait vue grandir dans la maison de ses parents, chez qui elle servait. C'était Jeanne Félix qui avait insisté pour qu'elle vienne travailler chez elle : « Ma pauvre Célestine, je serai perdue sans vous. Vous viendrez m'aider, n'est-ce pas ? »

C'était comme une aventure, avait expliqué Célestine à son époux. Lui, toujours prudent, restait dubitatif. Quitte-t-on une place où l'on a ses habitudes pour suivre une jeune mariée un peu « hochequeue » ? Dans sa bouche, c'était l'injure suprême. Il trouvait la jeune madame Félix trop jolie, trop frivole. Il n'était pas certain que Célestine ait raison de lui faire confiance. Finalement, il avait conclu : « Écoute, ma femme, tu fais à ton idée... »

Célestine ne l'avait jamais regretté. Certes, il y avait de l'ouvrage, mais elle était mieux considérée que chez les parents de madame Jeanne. Entrée à douze ans comme bonne à tout faire dans la maison appartenant à une lignée de tanneurs, Célestine avait subi un apprentissage si rude que, par la suite, toutes les autres tâches lui avaient paru faciles. Madame Jules, la mère de madame Jeanne, était une femme sévère et autoritaire, et partait du principe qu'il fallait « dresser » les jeunes bonnes. Célestine se souvenait encore des soirées entières passées à pleurer, parce que ses doigts couverts de crevasses et d'engelures lui faisaient trop mal. Le matin, elle se levait, titubant de fatigue, pour aller allumer les feux. Certains jours, elle se disait que la vie était trop dure, qu'elle ne pouvait pas continuer ainsi. Et puis, quand elle retournait chez elle à la ferme, une fois par mois, elle voyait sa mère, de plus en plus voûtée, de plus en plus vieillie, qui répondait aux demandes des plus jeunes : « Je ne peux pas mes enfants, je ne peux rien vous acheter de plus à manger », et elle serrait les dents sur ses propres plaintes. Elle rêvait d'une autre vie. Aussi, lorsque Maurice Rousseaux l'avait courtisée, avait-elle eu l'impression de grimper d'un échelon dans la hiérarchie sociale.

Maurice était ouvrier aux cimenteries. Son emploi lui donnait droit à un logement, un rêve comparé à la salle de la ferme en terre battue. Les premiers temps, Célestine s'était contentée d'élever ses enfants, tout en faisant des « journées » chez madame Jules.

Célestine n'avait jamais regretté de servir chez la jeune femme qu'elle avait connue adolescente. Madame Jeanne avait plus de cœur que sa mère et, au plus fort de l'hiver, Célestine ne repartait pas sans que mademoiselle Honora, la gouvernante, glisse une boîte de gâteaux, ou des fruits secs, dans son grand cabas noir. « Pour vos enfants, Célestine. »

« Je ne peux pas me permettre de faire la fine bouche », expliquait-elle au retour à Maurice, toujours prompt à critiquer les « nantis ». Son époux s'en tirait par une pirouette. « De toute manière, ça ne leur coûte pas cher », concluait-il.

Célestine esquissa un sourire en se faufilant par l'escalier de service. Elle n'avait pas envie de saluer mademoiselle Honora, qui devait être en pleine effervescence. De toute façon, elle savait que son ouvrage serait préparé dans la lingerie.

C'était une pièce claire, ouvrant sur le jardin, dans laquelle le poêle tenait la plus grande partie de la place. Avec l'aisance d'une longue habitude, Célestine passa un chiffon propre sur la semelle de ses fers.

Tout en s'activant, elle jetait de temps à autre un coup d'œil au ballet du jardinier qui ratissait les allées, pourtant déjà impeccables, traquant le moindre brin d'herbe.

Une merveille, ce jardin de la maison Félix, qui descendait en pente douce jusqu'à la Lène. Dans les plates-bandes ordonnées avec soin alternaient rosiers, lis, œillets de poète, boules-de-neige et œillets mignardises.

La porte de la lingerie s'ouvrit en coup de

vent. Madame Jeanne apparut sur le seuil. Elle portait une robe d'intérieur assez lâche, en linon fleuri, et ses cheveux blonds moussaient tout autour de sa tête.

« Elle ressemble à un oiseau de paradis », pensa Célestine, attendrie.

– Bonjour, Célestine, je suis horriblement en retard. Merci de me repasser cette berthe tout de suite, nous avons des invités. Le parrain d'Antoine. Vous vous rappelez monsieur Le Provost ?

Célestine s'en souvenait fort bien mais ne l'aimait guère. Un grand bonhomme sec qui, sous prétexte d'être vaguement apparenté à un écrivain dont elle avait oublié le nom, se donnait de grands airs. Pauvre Antoine ! Qu'avait-il besoin d'un homme pareil pour parrain ?

– Vous viendrez dimanche matin, n'est-ce pas, reprenait madame Jeanne, volubile. Ma toilette est une petite chose fragile en dentelle et soie qui se froisse au moindre courant d'air. Vous seule saurez me la rendre présentable.

Célestine promit. De toute manière, elle n'avait pas le choix. Sans la protection de madame Jeanne, elle serait obligée de continuer à faire des ménages, comme sa voisine Armande. Elle se sentait bien dans la lingerie.

C'était son domaine, et la vue du jardin lui procurait un réel bonheur.

– Je vous laisse, fit madame Jeanne, tandis que le fer de Célestine virevoltait sur la dentelle et la soie.

« Tu avais raison, mon homme, pensa-t-elle. Elle est un peu hochequeue, seulement préoccupée de sa toilette. »

C'était peut-être pour cette raison que son époux, l'austère monsieur Félix, l'aimait si fort. Au fond, peu importait à Célestine. Elle ne faisait pas partie de leur monde.

Depuis la veille, Esther était prise d'une frénésie de ménage. Ses vitres, pourtant nettoyées au début de la semaine, lui apparaissaient troubles, ce qu'aucune ménagère digne de ce nom ne saurait supporter. Elle grimpa donc sur une chaise pour les briquer à fond, avant de récurer la maison de haut en bas, dans les moindres recoins. Ensuite, épuisée, elle se laissa tomber sur une chaise. Sa grand-mère, venue du Saint-Éloi, comme chaque après-midi, la trouva là, bien pâlotte et les yeux cernés, avec son ventre énorme qui tendait le tablier.

– Ça ne va pas, petite ? questionna-t-elle en s'empressant autour d'elle.

Elle lui servit une tasse de café bien fort,

qui était toujours maintenu au chaud sur un coin de la cuisinière. C'était la fierté d'Esther, cette cuisinière offerte par Gaspard, elle qui avait vu sa mère s'échiner au-dessus d'un poêle à bois particulièrement capricieux qui enfumait la salle.

Elle but son café à petites gorgées.

– Servez-vous, grand-mère, je vous en prie.

Madeleine balaya la proposition d'Esther d'un geste impatient de la main.

– Merci, je n'ai pas soif. Tu as dépassé ton terme ?

Esther posa la main sur son ventre, comme si elle avait cherché à protéger le bébé. À mots prudents, elle expliqua que celui-ci naîtrait au moment voulu.

Madeleine hocha la tête.

– Je sais, petite, je sais. Mais nous sommes seules pour l'heure, toi et moi. Tu peux bien me dire...

– Rien du tout ! coupa Esther, avec une violence inattendue chez elle. Il faut me comprendre, ajouta-t-elle d'une voix radoucie. Gaspard nous a pris, le bébé et moi, sans poser de questions. C'est la moindre des choses de ne plus parler de... *l'autre,* ni même d'y penser.

Madeleine, réduite au silence, tourna quelques instants dans la salle avant de revenir à la charge et de demander quel était l'avis de marraine Julia.

C'était la sage-femme, qui officiait depuis près de quarante années et qui, d'après elle, aurait pu en remontrer à nombre de jeunes blancs-becs tout frais émoulus de l'École de médecine de Lille.

Esther haussa les épaules.

– Elle dit que le bébé prend son temps, que c'est sûrement une fille, celles-ci tardent toujours un peu, pour se montrer toutes bellottes. Pourtant, Maninine m'a certifié que ce serait un garçon.

– Célestine s'y connaît en ce domaine, approuva Madeleine Feutry. Va t'allonger un peu, petite. Tu as l'air vraiment épuisée.

Esther secoua la tête.

– M'allonger, au beau milieu de la journée ? On n'aurait jamais vu ça. Chez nous, on se couche pour mourir. C'est du moins ce que disait ma mère.

Elle s'interrompit. Comment, en effet, avouer à Madeleine qu'à cet instant crucial la présence de sa mère à ses côtés lui manquait ? Elle se mordit les lèvres, écarquilla les yeux. Une douleur, puissante comme une lame, venait de lui transpercer les reins.

Madeleine sourit.

– Crois-moi, tu vas finir par y monter,

dans ton lit, et plus vite que tu ne le penses ! Certains signes ne trompent pas. Quand une femme fait son ménage de fond en comble même si l'on n'est pas samedi, le bébé demande à sortir. Ma mère disait que tout ce remue-ménage l'aidait à trouver la bonne position pour descendre. Je vais aller quérir marraine Julia.

– Gaspard. Il faut prévenir Gaspard, murmura Esther, livide.

Les contractions se répétaient à présent à un rythme soutenu. Sa grand-mère lui jeta un regard aigu. Elle ne se gêna pas pour lui dire son avis. Pour elle, il valait mieux laisser les hommes à l'écart des choses de l'enfantement.

Esther secoua la tête d'un air obstiné.

– Je veux Gaspard, répéta-t-elle. C'est important pour lui, pour le bébé et pour moi.

– À ta guise, soupira Madeleine. En attendant, fais-moi plaisir, trouve à t'occuper si tu ne veux vraiment pas te coucher. Les heures à venir vont être longues.

– Ça se présente mal, annonça la sage-femme sans ambages, après s'être écartée du lit. Le bébé est particulièrement gros. Elle va souffrir.

Gaspard, rentré en hâte des cimenteries,

interpella rudement marraine Julia. Il ne pouvait pas supporter de laisser sa femme dans cet état.

La sage-femme haussa les épaules. Elle avait fait tout ce qui était en son pouvoir. Seule la nature commandait...

– Mais elle risque de mourir, hurla Gaspard, affolé.

– Il faudrait recourir aux fers, murmura Madeleine avec un frémissement dans la voix.

Marraine Julia fit la moue.

– Les fers, c'est le domaine du docteur. Il ne sauve pas pour autant la femme et l'enfant. J'ai connu une famille...

Gaspard ne l'écoutait plus. Il avait volé dans l'escalier pour courir chercher le docteur Gagneur, le seul qui lui inspirât confiance.

Lorsqu'il revint, deux heures plus tard, en compagnie du vieux médecin, la situation n'avait pas évolué. Esther, les narines pincées, avait un masque cireux. Madeleine et Célestine étaient aux abois. Marraine Julia se redressa.

– Je m'en vais, puisqu'on ne me fait plus confiance dans cette maison, déclara-t-elle avec la dignité d'une souveraine offensée.

Personne ne chercha à la retenir. L'heure était trop grave.

Le médecin distribua ses ordres. Madeleine appuierait sur le ventre de sa petite-fille quand il le lui ordonnerait. Célestine s'occuperait du chloroforme.

– Mon Dieu ! gémit Madeleine.

Elle, si forte d'ordinaire, se laissait gagner par la panique.

– Les fers, le chloroforme... c'est trop dangereux... murmura-t-elle.

Le docteur Gagneur ne chercha même pas à dissimuler sa colère.

– Le danger, c'est pour l'heure qu'elle le court, la pauvre petite. Elle est épuisée et l'enfant ne parvient pas à passer bien que la dilatation du col soit maximale.

Il avait déjà sorti ses instruments de sa mallette de cuir usagée. Madeleine marqua un recul en découvrant les cuillers métalliques, croisées comme des ciseaux.

– Il faut tenir votre petite-fille, poursuivit le médecin rudement. Si vous n'en êtes pas capable, ayez le courage de laisser votre place !

Madeleine frissonna. Gaspard, qui était resté en retrait, s'avança.

– Dites-moi ce que je dois faire, docteur.

Longtemps après, il devait se dire que cette soirée-là avait fait de lui, véritablement, le père de son fils.

Le docteur Gagneur expliqua à Célestine comment appliquer le chloroforme sur un tampon d'ouate et le maintenir sous le nez d'Esther. Tandis que la mère et le fils exécutaient la tâche impartie, le médecin accompagnait du plat de la main la partie évasée de la cuiller qu'il venait de glisser entre les parois vaginales et la tête du bébé. Esther ne gémissait plus.

« Elle va passer, pauvre petite », pensa Célestine. Elle tenta de marmonner une prière, mais les mots lui échappaient.

Le docteur Gagneur commença à expliquer, comme s'il avait éprouvé le besoin de se rassurer :

– J'ai été, il y a longtemps, un élève de monsieur Tarnier, qui a consacré sa thèse à la fièvre puerpérale. Vous savez, bien sûr, pour quelle raison j'ai tant insisté sur la nécessité de se laver longuement les mains. Quand on pense que c'est seulement en 1870, il y a tout juste trente ans, qu'on a imposé aux accoucheurs de se savonner les mains avant tout examen, et interdit aux étudiants venant de pratiquer une autopsie de procéder à un toucher obstétrical... Le respect des règles élémentaires d'hygiène ! C'est le secret des progrès en médecine.

Tout en discourant (c'était là l'un de ses

travers : il fallait toujours qu'il explique ce qu'il faisait), il avait disposé les branches du forceps de part et d'autre de la tête du bébé, au niveau des os pariétaux. Gaspard et Célestine retinrent leur souffle. Madeleine, réfugiée à l'autre bout de la pièce, priait sans répit. Le médecin lâcha un juron. Il avait mal assuré sa prise, tout était à recommencer. Une odeur douceâtre flottait dans la chambre. Esther, assommée par le chloroforme, paraissait morte. Célestine se recula pour esquisser le geste de se signer. Le médecin sursauta.

– Ne bougez pas ! aboya-t-il.

Célestine échangea un coup d'œil atterré avec Gaspard. La même angoisse paralysait la mère et le fils.

– Reprenons, enchaîna Gagneur d'une voix radoucie. Le temps presse.

Il répéta la manœuvre, ajusta sa prise. Du sang macula les vêtements de Gaspard, penché au-dessus d'Esther.

– Poussez-vous, à présent, ordonna le praticien.

Il tira avec douceur sur le forceps pour faire descendre l'enfant. D'abord vers le bas, puis vers le haut, pour suivre l'angle du défilé pelvien.

Gaspard et les deux femmes guettaient chacun de ses mouvements.

– Seigneur ! murmura Célestine en voyant enfin apparaître l'enfant, couvert de sang et de mucus.

Le vieux médecin lui tendit le bébé.

– Occupez-vous de lui. Une bonne claque sur les fesses, et il braira comme un âne. En revanche, sa mère...

Célestine obéit. En effet, l'enfant ne tarda pas à crier d'un air furieux.

– Doucement, petit, dit Gaspard.

Madeleine, qui s'était rapprochée, assista le médecin auprès d'Esther. Sa petite-fille gémissait sourdement.

– Regarde notre fils, Esther, lui dit Gaspard.

Célestine levait haut la lampe à pétrole. Esther aperçut un visage tout plissé, des yeux bleu foncé, et sourit. Par ces simples mots – « notre fils » –, Gaspard venait de la rassurer quant à l'avenir.

9

La pendule du rez-de-chaussée égrena six coups, qui retentirent comme un reproche aux oreilles de Flore. La jeune femme, lasse à en mourir, se leva avec peine et marcha jusqu'à la fenêtre. La journée serait belle. Ciel lumineux, exempt de nuages, douceur de l'air... un temps idéal pour la fenaison. Depuis deux jours, une certaine impatience gagnait maîtres et valets.

« Pour une fois, la chance est avec nous », avait commenté Justin au saut du lit. Flore ne parvenait pas à se sentir à son aise dans la « grande chambre », réservée aux maîtres de maison, qu'elle avait toujours connue comme étant celle de son père. C'était Justin qui avait insisté pour qu'ils s'y installent.

« Pour sûr, on croirait qu'il a toujours été le maître ici », marmonnait Marguerite dans son dos.

Dans ces moments-là, Flore s'efforçait d'apaiser la vindicte de la gouvernante : « Il faut le comprendre », avait-elle un jour protesté. Ce à quoi Marguerite avait répliqué vivement : « Comprendre quoi ? Qu'il t'a mariée pour devenir le maître ? »

Phrase cruelle dont elle s'était aussitôt excusée. Le mal était fait, cependant, et Flore ne parvenait pas à démêler ce qu'elle lui pardonnait le moins. D'être aussi directe ou bien d'avoir vu juste. Elle savait bien, en effet, que Justin ne l'aimait pas. Certes, il faisait preuve à son égard d'une certaine gentillesse (« C'est bien le moins ! » commentait Marguerite, acerbe), et tous deux formaient une bonne équipe pour diriger la ferme. Depuis le premier jour, l'amour qu'ils vouaient aux chevaux les avait rapprochés. Cela ne suffisait pas, pourtant, à Flore. Surtout en ce moment, alors qu'elle venait de faire une fausse couche.

Justin avait été aussi affecté qu'elle. Elle l'avait remarqué à la façon dont son visage s'était fermé lorsque le docteur Gagneur, appelé en catastrophe au milieu de la nuit, avait confirmé qu'elle avait perdu le bébé au terme de cinq mois de grossesse.

« C'était un garçon », avait-il précisé, et Flore n'avait pu retenir ses larmes. Un garçon. Elle avait déjà compris, avec la prescience de l'amour, que seul un fils permettrait à Justin de fonder une vraie famille. Elle avait d'autant plus souffert d'avoir « failli ». C'était la règle dans le Nord et le Pas-de-Calais, particulièrement prolifiques : les familles étaient nombreuses.

« Ne t'inquiète pas, lui avait conseillé le docteur en lui tapotant la joue. Cet enfant n'était pas près à venir voilà tout. » Son fatalisme révoltait Flore. Il faisait bien peu de cas de leur fils ! Et le silence obstiné de Justin accentuait encore le sentiment de culpabilité de la jeune femme.

En bas, les valets, qui avaient attelé les carrioles, s'en allaient aux champs.

– Viens-tu ? cria Justin à l'intention de Flore.

Elle fit non de la tête, resserra les pans de son châle autour de sa chemise. Elle avait toujours froid, lui semblait-il, malgré le rai de soleil qui réchauffait le parquet. Il fallait qu'elle descende, qu'elle prépare avec Marguerite le repas des moissons. L'ouvrage n'attendait pas. À la campagne, on ne pouvait se permettre de s'accorder quelque repos. De plus, travailler l'aiderait à surmonter cette langueur et cette mélancolie qui la paralysaient.

Elle jeta un coup d'œil au lit dans lequel

elle avait perdu tout ce sang, quatre jours auparavant. La literie et le matelas avaient eu beau être brûlés et promptement remplacés par les soins de Marguerite, Flore savait qu'elle n'oublierait jamais.

Elle se détourna, s'habilla rapidement. Elle avait hâte, tout à coup, de quitter la chambre. Justin avait raison, lui qui avait essuyé les larmes de sa femme en disant : « Il faut vivre. Pleurer ne sert à rien. »

Elle se détourna du miroir. Elle n'avait pas envie d'y contempler son reflet.

Dans la salle, Marguerite l'attendait avec du pain fraîchement coupé, un pot de café, du beurre et de la cassonade.

– Mange, lui ordonna-t-elle d'un ton sans réplique. C'est le docteur qui l'a dit.

Brusquement, Flore réalisa qu'elle avait faim. Elle fit honneur aux tartines généreusement beurrées, saupoudrées de sucre blond, tout en discutant du menu avec Marguerite.

Les moissonneurs dînaient, à l'ombre, de tartines de saindoux sur lesquelles ils émincaient des échalotes, et, le soir, il leur fallait un repas plus consistant. De la soupe aux légumes, un bon pot-au-feu, un assortiment de fromages suivi de lait battu accompagné de cassonade et de pain beurré. Le tout largement arrosé de cidre et de bière.

La matinée s'écoula vite, entre l'épluchage des légumes, la cuisson du pot-au-feu, le ménage et les soins donnés aux chevaux.

Tout le monde étant parti aux champs, Flore avait prévenu Justin qu'elle s'occuperait des juments et des poulains.

« Ça me rendra un fier service », avait-il dit.

Il était fort, et séduisant. Face à lui, Flore ressentait plus douloureusement son infirmité.

Elle appuya sa tête, presque furtivement, contre celle de Joyeuse. Sa jument préférée hennit doucement. Flore s'essuya les yeux d'un geste rageur.

« Je lui donnerai son fils », se promit-elle.

Justin, la main en visière devant les yeux, s'immobilisa. Les foins, vert foncé encore quelques semaines auparavant, avaient roussi, ce qui indiquait qu'ils étaient à maturité. Tous les valets avaient vérifié leurs outils, n'hésitant pas à faire gicler dessus un long jet de salive. Depuis le lever du jour, Justin, Raymond, Victor, Clémence et Catherine s'activaient dans les champs de trêfle. C'était tout un art, appris sur le terrain. Abattre la lame de la sape dans la verdure, progresser à petits pas, d'un mouvement lent et régulier. Il fallait faire vite, avant que la chaleur lourde n'éclate en orage.

Il héla la fille de ferme qui, les cottes retroussées, roulait les trèfles abattus pour mouler les javelles.

– Catherine ! J'ai soif. Tu me donneras de la tisane de feuilles de groseillier.

Leurs regards se croisèrent. C'était une belle fille saine, au sourire hardi, au corsage bien rempli.

– J'en ai mis au frais dans le ruisseau, dit-elle.

D'un sourire, elle l'invita à la suivre. Il ne se fit pas prier. Il avait travaillé dur tout au long de la matinée et il avait envie d'elle tout comme elle avait envie de lui. Avec des filles comme Catherine, nul besoin de déclarations. Ils se ressemblaient. Elle était elle aussi une enfant de l'Assistance. Fille de ferme, elle avait été à plusieurs reprises la proie sexuelle du maître de maison avant de s'enfuir de Picardie et de se réfugier dans le Boulonnais. Femme libre, désormais, Catherine se louait dans les fermes le temps des moissons puis de l'arrachage des betteraves.

Elle était arrivée à la Cour aux Paons au printemps, en même temps que l'étalonnier monté sur un boulonnais à l'épaisse encolure. Ce jour-là, une atmosphère fiévreuse régnait à la ferme. Dragonne, présumée en chaleur, fut amenée à l'étalon. Catherine, fascinée, avait suivi toutes les étapes de l'opération tandis que l'étalonnier murmurait des encouragements à l'oreille de son champion.

Au moment de la pénétration, alors que le maître de ferme tenait sa jument et avait pris la précaution de protéger d'un morceau de cuir son encolure des morsures du mâle, elle avait croisé son regard et su qu'ils ne tarderaient pas à s'accoupler, eux aussi. Elle avait mis en valeur ses seins d'un geste machinal, humecté sa lèvre inférieure. Justin n'avait pas baissé les yeux durant tout le temps de la saillie. Plus tard, dans la pénombre tiède de l'écurie, il lui avait prouvé qu'il était bien tel qu'elle l'avait pressenti, un amant puissant et exigeant. Depuis, ils se retrouvaient souvent, en prenant de moins en moins de précautions. C'était doublement excitant pour Catherine. Chaque fois que Justin venait la rejoindre, elle avait l'impression de tenir sa revanche sur toutes les années d'humiliation qu'elle avait vécues.

Les valets s'étaient regroupés à l'ombre d'un bosquet de peupliers. Sous les saules, l'eau vive courait se perdre vers la Liane. L'air était dense, la chaleur comme en suspension.

Catherine se pencha pour attirer à elle la bouteille attachée par un lien à la grosse souche d'un arbre.

Justin la retint d'une poigne ferme.

– Attends.

Elle se retourna vers lui en riant. Son visage était piqueté de « brins de Judas », de minuscules taches de rousseur. Elle avait une chevelure incandescente, des yeux très clairs.

Ils basculèrent tous les deux sur la berge. Leurs corps moulus par les rudes travaux des champs se trouvèrent avec une sorte de rage. Justin voulait cette fille qui savait si bien faire battre le sang plus fort dans ses veines mais, après chaque étreinte, il se sentait vaguement déçu. Il n'y avait pas de conquête, ni de réel sentiment. Rien qu'un désir fugace, la réunion de deux solitudes.

– Allez, donne-moi à boire, dit-il alors qu'elle tardait à se rajuster.

Elle le regarda en riant, lança, provocante :

– Que dirait votre femme si elle savait ?

Elle le défiait. Justin, ne comprenant pas qu'elle plaisantait, vit rouge. Il se pencha, la saisit à la gorge.

– Ma femme reste en dehors de tout ça. Ces couchailleries ne la concernent pas.

– On ne mélange pas les affaires et le plaisir, n'est-ce pas ? railla-t-elle. Vous me dégoûtez, comme tous les hommes !

Il serra un peu plus fort. Épouvantée, elle lut dans ses yeux un désir de meurtre. Elle se débattit. Il la lâcha, lentement, avant de frotter ses mains l'une contre l'autre.

– Dégage, traînée, lui lança-t-il méchamment.

Elle haussa les épaules. Son cou lui faisait mal. Elle le regarda s'éloigner avant de se relever. La révolte et l'humiliation la submergeaient.

« Attends ! pensa-t-elle avec force. Tu feras moins le fier quand j'aurai tout raconté à ta femme. »

Elle aurait dû savoir, pourtant, que les filles comme elle avaient systématiquement tort. Depuis des générations, on se défiait comme de la peste des « gosses de l'Assistance ». Menteurs, fainéants, voleurs... habitants des villes et des campagnes s'accordaient pour les gratifier des épithètes les moins flatteuses. Leur nombre, qui ne cessait d'augmenter, jetait une tache sur la société. D'où venaient-ils, ces bâtards dont personne n'avait voulu ? Quels secrets honteux avaient provoqué leur naissance ? Ils faisaient peur et, en conséquence, on les rejetait.

Catherine avait longuement hésité avant d'aller présenter ses doléances à « madame Flore », comme tout le monde appelait la maîtresse de la Cour aux Paons. On la disait juste mais elle était souvent d'humeur mélancolique.

Catherine jugea préférable de l'aborder alors qu'elle se trouvait aux écuries. En présence des chevaux, Flore était toujours plus à son aise.

Elle l'attaqua hardiment.

– Madame Flore, c'est rapport au maître.

En actrice consommée, Catherine joua les vertus outragées. À l'entendre, Justin Delfolie avait des vues sur elle.

Flore se retourna, dévisagea froidement la fille de ferme.

– Crois-tu vraiment que je vais m'abaisser à écouter tes racontars ? Tu iras voir Marguerite, elle te donnera ce que nous te devons. Tu peux partir, je ne te retiens pas.

Bien sûr, Catherine n'aurait pas dû se laisser submerger par la colère. Le visage déformé par la haine, elle se mit à hurler :

– Allez-y, chassez-moi ! Vous crevez de jalousie parce que moi, je suis belle fille et que je sais donner du plaisir à votre homme !

Flore pâlit.

– Déguerpis, jeta-t-elle entre ses dents serrées. Je ne veux plus jamais te voir ici.

Catherine s'éloigna en balançant les hanches d'un air provocant. Elle se heurta à Justin, qui, debout dans l'encadrement de la porte, avait assisté à la scène.

– Tu n'as plus rien à faire à la ferme, lui lança-t-il rudement.

Marguerite, le visage fermé, l'attendait dehors.

– Tes gages, dit-elle en lui tendant quelques pièces.

Catherine les saisit sans souffler mot, les dents serrées sur sa rage.

Elle s'éloigna à grands pas sur la route de Boulogne. Flore, qui l'avait suivie des yeux, se retourna vers son mari.

– L'orage menace toujours, dit-elle simplement en levant les yeux vers le ciel lourd.

Tout le monde redoutait une pluie soudaine le 22 juillet, jour de la Sainte-Madeleine. Selon le dicton, en effet, la sainte femme « en pleurerait six longues semaines ». Une calamité !

Justin opina d'un signe de tête.

– Je vais presser un peu le mouvement. Nous devons rentrer les foins avant de prendre l'eau.

Le fourrage ne devait pas être humide, ni trop sec. Depuis plusieurs jours, les faneurs retournaient les andains pour sécher leurs deux faces avant de les dresser en monticules dans les champs. Un parfum épicé et rude s'en dégageait, imprégnant toute la campagne.

Justin et Flore avaient parlé comme si Catherine n'avait pas existé, n'était jamais venue travailler à la Cour aux Paons.

« Il y aura d'autres filles, pensa Flore avec une lucidité cruelle. Des filles libres, et belles. Justin passera un moment avec elles mais il me reviendra. Parce que sans moi il n'est rien et qu'il le sait. »

C'était un constat amer. Flore, d'un mouvement familier, rejeta les épaules en arrière. La phrase vengeresse prononcée par Catherine – « Vous crevez de jalousie parce que moi, je suis belle fille et que je sais donner du plaisir à votre homme » – n'avait pas fini de lui labourer le cœur.

Elle ne voulait plus y songer. Il y avait à faire.

10

1904.

La nuit, tombée depuis longtemps, gommait les points de repère familiers. Les maisons, noyées dans l'obscurité, paraissaient toutes hostiles. Thérèse marqua une hésitation avant de franchir le seuil de la porte cochère et de s'engager dans la rue. Soucieuse de terminer la robe de mariée promise, elle s'était trop attardée chez sa cliente.

Depuis six mois qu'elle travaillait comme couturière à façon, se déplaçant au domicile de ses pratiques, Thérèse ne ménageait pas sa peine. Elle avait longuement expliqué à sa mère que c'était le prix à payer pour sauvegarder son indépendance. Cela faisait peur à Célestine. Elle avait de la peine à comprendre le désir de liberté de sa fille.

D'un geste frileux, Thérèse remonta le col

de sa cape. Un brouillard épais enveloppait la cité des potiers, faisant naître en elle une désagréable sensation d'oppression. Fragile des bronches, Thérèse détestait le brouillard, l'humidité montée des marécages. Elle pressa le pas.

Ils fondirent sur elle à l'instant où elle abordait la zone la moins éclairée de la rue. Ils étaient trois, la casquette rabattue sur l'oreille, la bouche mauvaise.

– Ton argent, ordonna le plus grand d'une voix rude. Ton argent ou je te crève.

Saisie, elle hurla. On la bouscula, elle tomba sur les pavés, les mains en avant. Un volet claqua au-dessus de sa tête. Un grand gaillard tout vêtu de sombre se jeta au milieu de ses agresseurs. Thérèse, adossée au mur, fut sidérée par la rapidité avec laquelle l'inconnu mit en fuite les malfrats. Ceux-ci s'éloignèrent en courant vers l'église. L'homme se retourna vers Thérèse, lui tendit la main.

– Vous n'êtes pas blessée ?

Elle secoua la tête. Elle tremblait tant qu'elle ne parvenait pas à articuler un son. Il l'entraîna d'autorité vers l'Hôtel du Cygne, où Thérèse n'avait jamais pénétré.

Elle jeta un regard perdu au miroir qui lui renvoyait son reflet. Elle qui ne sortait jamais « en cheveux », pour avoir l'allure d'une dame, avait perdu son chapeau. C'était une inconnue aux yeux agrandis, aux cheveux emmêlés, qui lui faisait face. Thérèse esquissa le mouvement de se lever, pour fuir cet endroit qui n'était pas fait pour elle. La main de l'inconnu la retint.

– Restez, je vous en prie.

Il s'appelait Roger Leman et venait de Lille. Il travaillait aux cimenteries, indiqua-t-il. Thérèse l'observa à la dérobée. C'était un « monsieur », comme aurait dit sa mère. Vêtu d'un paletot gris foncé, il avait posé son chapeau sur la table et ôté ses gants de peau noirs.

Curieusement, elle se sentait bien, cependant, en sa compagnie. En confiance. Elle trempa ses lèvres dans le verre de cognac qu'il venait de lui faire servir, manqua s'étrangler. De nouveau, il posa la main sur son bras. Il voulait tout savoir. Son nom, la raison pour laquelle elle s'était trouvée dehors aussi tard... Il écouta attentivement quand Thérèse lui expliqua, gravement, qu'elle avait toujours refusé de travailler en fabrique ou dans un atelier. Elle éprouvait le désir de lui confier ses rêves, coudre, bien sûr, mais aussi dessiner, croquer, disait-elle d'une voix gourmande. Il ne sourit pas, ne se moqua pas. Il parla de lui à son tour. Il avait suivi un temps une instruction militaire avant de bifurquer vers l'industrie. Il s'intéressait aussi à l'art et à la musique.

– Je vais vous reconduire, proposa-t-il brusquement après avoir consulté sa montre-gousset.

Lui-même logeait à l'Hôtel du Cygne. Thérèse eut beau protester, il la raccompagna jusqu'à la maison Rousseaux. C'était peut-être mieux ainsi, se dit-elle. En voyant le quartier misérable, les maisons rigoureusement semblables et tristes, si tristes, il mesurerait le fossé qui les séparait.

Elle prit congé très vite, après avoir balbutié un vague remerciement. Pour la première fois de sa vie, elle avait eu honte de ce qu'elle était, du cadre dans lequel elle avait toujours vécu.

Le lendemain, il n'y paraissait plus. Elle avait lavé et soigné ses écorchures à l'alcool de lis, la panacée de Célestine, et rien ne reflétait son trouble intérieur lorsqu'en fin de journée elle franchit le seuil du Saint-Éloi.

– Viens donc embrasser marraine, dit Thérèse en se penchant vers son neveu.

C'était Gaspard qui avait eu l'idée de prendre sa sœur comme marraine. Il avait espéré ainsi favoriser un rapprochement entre Esther et Thérèse. En fin de compte, les deux femmes n'étaient pas devenues amies pour autant. Esther s'en souciait peu. Elle avait bien assez de souci depuis la congestion de grand-père Gustave. Immobilisé dans son lit, le vieil homme se laissait mourir doucement.

Esther avait dû argumenter pour convaincre Gaspard de la laisser venir à l'estaminet aider sa grand-mère. Il avait fini par se rendre à ses raisons, tout en marmonnant qu'il aurait préféré la voir rester à la maison. Célestine s'en était mêlée, arguant du fait que le Saint-Éloi était d'un bon rapport et qu'Esther ne pouvait pas abandonner ses grands-parents.

La vie s'était donc organisée entre leur maison et l'estaminet. Le matin, Esther, levée en même temps que son mari, partageait son casse-croûte puis se hâtait de faire son ménage, en maugréant contre cette maudite poussière, la hantise des femmes du quartier, contre laquelle il fallait mener chaque jour un combat perdu d'avance.

Elle courait ensuite avec Henri au Saint-Éloi, où elle accueillait les clients de la fin de matinée, quelques habitués. Madeleine, pendant ce temps, avait préparé le dîner qui mijotait sur la cuisinière. Elle pouvait alors monter auprès de Gustave et prendre un peu de repos. Esther courait toujours. Elle aimait la chaleureuse atmosphère de l'estaminet, la présence amicale des vieux clients, comme Bébert, qui la considéraient un peu comme leur fille. Gaspard le lui avait d'ailleurs fait remarquer un soir : « Tu es beaucoup plus gaie depuis que tu retournes au Saint-Éloi. À croire que tu n'étais pas vraiment heureuse dans notre maison... »

Elle n'avait rien trouvé à répondre, tous deux savaient qu'il avait raison. Esther avait beau s'appliquer aux tâches ménagères, celles-ci l'ennuyaient. Elle avait besoin de discuter, de partager les joies et les soucis de ses habitués. Au Saint-Éloi, on formait une grande famille.

Henri se blottit dans les bras de Thérèse. C'était un garçon robuste, brun, aux yeux bleu foncé. Il avait un caractère calme et obstiné. Adorant son père, il s'intéressait lui aussi aux pigeons.

– Tu m'as apporté des bonbons ? demanda-t-il.

Thérèse secoua la tête.

– Mieux que ça : une pièce pour aller les choisir chez mémère Lucette. On y va ?

Esther les regarda partir main dans la main en éprouvant comme un pincement au cœur.

– Elle va te le ramener, ton gamin, lui dit Bébert, qui avait vu son visage s'altérer.

– Oh, je ne suis pas jalouse, se défendit vivement Esther, le feu aux joues.

Pourtant, elle souffrait de constater l'affectueuse complicité unissant la marraine à son filleul. Elle adorait Henri, sans parvenir pour autant à surmonter une certaine réserve. Son fils l'intimidait quelquefois. Il aimait à s'isoler. Dans ces moments-là, son visage expressif reflétait une mélancolie si profonde qu'Esther prenait peur. Elle avait beau, alors, le câliner, Henri ne se déridait pas.

– Tu restes souper, proposa-t-elle à sa belle-sœur dès que celle-ci fut de retour, en lui servant d'autorité une tasse de café.

Thérèse fit non d'un signe de tête. Sa mère l'attendait. Elle était lasse, ces derniers temps.

Esther soupira. Gaspard avait bien tenté à plusieurs reprises d'inciter la vieille dame à prendre un peu de repos, mais Célestine lui avait ri au nez avec une belle insolence.

Elle riait encore lorsqu'elle avait rapporté la scène le lendemain à sa belle-fille. « Je vais te confier un secret, Esther, lui avait-elle dit, les yeux brillants. Nous sommes plus fortes que les hommes, mais ils ne l'ont pas encore compris. Nous n'avons pas de temps à perdre au café ou au jeu de boules. Nous avançons, toujours, avec l'entêtement des mules. »

Une ombre de mélancolie avait voilé le regard clair de Célestine. « Si seulement je savais pourquoi nous continuons à tracer notre sillon », avait-elle ajouté.

Esther sourit à Thérèse.

– Ta maman, c'est quelqu'un. Je l'aime beaucoup.

Elle s'interrompit, soucieuse de ne pas en dire plus. Elle se souvenait trop de la détresse éprouvée, un mois auparavant, lorsqu'Anselme, l'ancien commis de son père, avait franchi le seuil du Saint-Éloi. Esther, en le voyant, avait tout de suite compris qu'il s'était passé quelque chose de grave à la ferme. Anselme, triturant sa casquette, s'était approché du comptoir.

« C'est bien toi, Esther ? s'était-il assuré. Pour sûr, t'as changé. T'étais déjà bellotte, gamine. Je suis venu parce que... eh bien, c'est rapport à ta mère. Elle est comme qui dirait passée il y a maintenant plus de quinze jours. C'était juste avant la Saint-Michel. »

Esther avait pâli. Elle avait crispé les mains sur le comptoir.

Sa mère. Elle se souvenait d'Emma, lumineuse jeune femme heureuse avec Aimé. La ferme était alors une sorte de cocon protecteur pour Esther. Et puis, peu de temps après la mort d'Aimé, Verghem était apparu.

Il prétendait être un ami d'enfance d'Aimé. C'était un Flamand, lourd et paresseux. Esther l'avait détesté dès le premier jour. Pourquoi sa mère s'était-elle laissé prendre à ses belles paroles ? Elle avait peut-être pensé que Verghem saurait l'aider à maintenir la ferme à flot. Le soir même du mariage, il avait battu sa femme, parce qu'il n'avait pas apprécié le charivari des jeunes du village. Esther, cette nuit-là, réfugiée dans sa petite chambre, avait posé les mains sur ses oreilles et pleuré en appelant son père au secours.

Jetant un regard dur à Anselme, elle avait demandé : « Comment est-ce arrivé ? Pourquoi ne m'a-t-on pas prévenue ? »

Le commis avait haussé les épaules. « Tu connais Verghem. C'est lui qui s'est occupé de tout, si l'on peut dire, car ta pauvre mère a été enterrée pire qu'une misérable. Une pitié, quand on sait que la ferme était d'un bon rapport... Elle était... » Il s'était mis à rougir. « Enfin, tu es une mère de famille maintenant, tu comprends – elle était dans une situation intéressante, et ça s'est mal passé. Elle est morte en une nuit. »

Esther avait réprimé un sanglot. Emma, douce et fragile, qui n'avait pas quarante-cinq ans. Elle en était certaine, c'était Verghem qui l'avait tuée.

Elle avait servi une assiette de soupe et une triplette à Anselme avant d'ôter son tablier et de demander au commis : « Emmène-moi. »

Madeleine avait proposé de garder Henri et de prévenir Gaspard. Esther, jetant un châle sur ses épaules, était partie, en cheveux, avec Anselme.

Tout au long de la quinzaine de kilomètres la séparant de la ferme, les souvenirs l'avaient assaillie. Elle s'était réfugiée derrière cette haie vive, là, le jour où sa mère avait épousé Alfred Verghem. Elle avait prié dans cette petite chapelle blottie au creux d'un vallon la première fois qu'Alfred avait posé les mains sur elle. Une autre fois, elle avait pris son élan vers la rivière avec le désir de s'y noyer mais, au dernier moment, elle s'était ravisée. La vie bouillonnait en elle.

Anselme, qui menait sa carriole bon train, s'était tourné vers elle alors qu'ils abordaient le tournant menant à la ferme. Depuis le chemin, elle apercevait le vieux moulin, laissé à l'abandon.

« Tu veux y aller ? »

Elle avait fait non de la tête, très vite. De toute manière, ce qu'elle voyait des bâtiments montrait assez que Verghem avait tout laissé à vau-l'eau.

« C'est une misère, avait expliqué Anselme.

Ta pauvre mère s'est échinée à sauver ce qui pouvait l'être pendant que le Flamand buvait comme un trou. »

Esther n'avait rien répondu. Les mains croisées sur la poitrine, elle regardait le toit à demi effondré de la grange, l'amoncellement d'outils rouillés jonchant le sol, et elle se mordait les lèvres pour ne pas hurler sa révolte.

« Les petites ? » avait-elle demandé d'une voix tendue alors qu'Anselme arrêtait sa carriole devant le cimetière.

L'ancien commis de son père avait de nouveau haussé les épaules.

« Deux pauvres gamines. Avec un peu de chance, Verghem trouvera vite à se recaser et leur amènera une belle-mère à la ferme. Savoir si une femme voudra de lui... Bah, il y aura toujours une veuve ou une vieille fille qui se laissera prendre à ses boniments. À jeun, il est encore pas mal de sa personne, le bougre. »

« Les petites », pensait Esther. Lucie et Maria. Elle les avait bercées, cajolées, durant plusieurs années avant de prendre la fuite. Sa mère aurait-elle survécu si Esther était restée à la ferme ? Elle ne voulait pas se poser ce genre de question.

Il n'y avait pas de monument, pas de croix

ni d'inscription, et le corps d'Emma Verghem avait été enterré dans la fosse commune. Lorsqu'elle découvrit cette infamie, Esther blêmit.

« Je ne savais pas comment te le dire, bredouilla Anselme en tortillant les bords de sa casquette. Le Flamand a lancé comme ça qu'un beau cercueil ne changerait rien à l'affaire. Ça a jasé dans le village, tu peux me croire !

– Il fallait me prévenir, murmura Esther.

– Pour que Verghem te fasse un mauvais coup ? »

Anselme baissa la tête.

« Il te déteste, tu sais, Esther. Il... il dit des horreurs sur ton compte. Je suis allé trouver monsieur le curé et on a décidé, lui et moi, qu'il valait mieux te laisser à l'écart. Tu as ta vie. Ta pauvre mère a dû gagner son paradis sur terre, avec un malfaisant comme Verghem. Elle aurait été la première à nous dire de ne pas te faire venir le jour de l'enterrement.

– Je n'ai pas peur de lui », déclara Esther, farouche.

Elle pria, longtemps, sur la tombe encore fraîchement retournée. Il n'y avait pas de fleurs. Elle se promit d'en rapporter. Elle ne parvenait pas à imaginer sa mère morte. Elle avait fui la ferme plus de cinq ans auparavant en se jurant de ne jamais y revenir.

– Esther ! On a le gosier desséché par ton feu d'enfer. Vite, de la bière.

La jeune femme secoua la tête, comme pour chasser le souvenir de cette horrible journée. À son retour, Gaspard avait tenté de la réconforter, mais elle s'était murée dans un silence désespéré.

– Attends, je vais t'aider, proposa Thérèse.

La jeune fille éprouvait des sentiments ambivalents à l'égard de sa belle-sœur. Elle aurait bien voulu l'aimer, si seulement Esther avait été moins belle, moins fière. Parfois, elle pressentait qu'elle n'était pas vraiment heureuse et s'en inquiétait. Gaspard souffrait-il ? Depuis qu'il était marié, il était plus difficile pour elle de parler avec son frère. D'ailleurs, ces choses-là ne se confiaient pas.

Être heureux... Qu'est-ce que cela voulait dire exactement ?

Brusquement, elle songea au Lillois, Roger Leman. Et elle rougit.

Une buée irréelle ouatait les vitres de la lingerie. Le rideau de peupliers avait disparu, tout comme la rivière qui courait en pente douce au fond du jardin. Célestine, les joues rougies par la chaleur des fers, sursauta en voyant Jeanne Félix franchir le seuil de ce qu'elle considérait comme son domaine. La maîtresse de maison se mit aussitôt à lui raconter ses démêlés avec ses différents fournisseurs. Les préparatifs des fiançailles de sa fille l'épuisaient.

Célestine hocha la tête sans répondre. Elle était accoutumée au bavardage incessant de celle qu'elle avait connue adolescente. Madame Jeanne était toujours jolie femme et aimait à se l'entendre dire. Son mari, austère et taciturne, et elle formaient un couple mal assorti, pourtant uni.

– Mademoiselle Aldemonde est encore très jeune, risqua Célestine en tâtant la chaleur du fer sur son coude.

Elle se rappelait la naissance de la petite fille, un matin d'hiver. Aldemonde, qui devait son curieux prénom à une lointaine aïeule, avait grandi sans problème, contrairement à son jeune frère, Antoine, très fragile des bronches. Célestine entretenait peu de contacts avec elle. C'était une jeune personne coquette et particulièrement gâtée par son père.

– Je me suis mariée à dix-sept ans, glissa madame Jeanne, et, ma foi, je ne l'ai jamais regretté. Rien n'est encore officiel au sujet des fiançailles, précisa-t-elle soudain comme si elle craignait les bavardages.

Célestine songea à part elle que cela lui importait peu. Aldemonde pouvait bien se fiancer avec un prince polonais s'il lui en prenait la fantaisie, cela n'allégerait en rien son travail. Il lui venait parfois le désir de poser ses fers, de dire : « Je m'en retourne chez moi », pour le seul plaisir de voir la tête que ferait madame Jeanne. La maîtresse de maison n'avait pas la moindre idée de ce que pouvait représenter la journée d'un ouvrier.

Célestine reposa son fer sur les feux à repassage, un foyer autour duquel les fers étaient empilés, la semelle posée contre la fonte brûlante ; caressa, d'une chiquenaude, la berthe en dentelle du corsage qu'elle venait de repasser.

Elle rectifia un faux pli d'un geste sûr, redressa la tête.

– Et qui est le futur fiancé ? questionna-t-elle, plus par politesse que par intérêt réel.

Madame Jeanne sourit.

– Un homme tout ce qu'il y a de bien, natif de Cambrai. Et votre fille, Célestine ? Pas encore mariée ?

Célestine réprima un soupir.

– Thérèse n'est pas pressée, répondit-elle d'une voix unie.

Pas plus tard que la veille, Thérèse avait affirmé à sa mère attendre le grand amour.

Célestine avait levé les yeux au ciel. « Ça ne dure pas », avait-elle laissé tomber, péremptoire.

Elle ne voulait pas être amère, pourtant. Pierre lui avait écrit la semaine précédente qu'il « fréquentait » une jeune fille ardennaise. Elle s'appelait Marie-Reine et était « belle comme un cœur ».

« Marie-toi dans la rue », aurait-elle voulu conseiller à son fils, mais elle connaissait trop bien le caractère obstiné de Pierre pour s'y risquer. Cependant, avait-il idée de ce qu'une noce dans les lointaines Ardennes allait coûter ? Les Rousseaux ne pourraient pas faire le déplacement... Et cette Marie-Reine désirerait certainement vivre dans son pays. Célestine perdrait alors son fils. Pourtant, les premiers temps, Pierre s'était plaint de son poste. Un climat rude et particulièrement humide, des habitants contrebandiers dans l'âme, qui semblaient passer la plus grande partie de leur temps à aller chercher du tabac et du chocolat en Belgique, de l'autre côté de la frontière... À l'entendre, les douaniers ne faisaient pas de vieux os dans les Ardennes, et Célestine avait prié pour que son fils revienne vite au pays.

Désormais, la donne avait changé. Pierre parlait de la forêt, si belle, et de Marie-Reine. Son père était cloutier.

Célestine ruminait ces informations tout en s'appliquant à repasser.

L'avenir de ses enfants la tenait toujours en souci. Gaspard était marié, certes, et avec une belle fille, mais était-il heureux pour autant ? Célestine en doutait, parfois, lorsqu'elle croisait le regard mélancolique de son fils. Gaspard avait laissé ses coulons chez elle ; Esther ne supportait pas les pigeons. Lui, ce qu'il tolérait mal, c'étaient les absences de son épouse, qui travaillait toujours au Saint-Éloi. Célestine connaissait bien son aîné. Il lui fallait une femme à demeure ; il désirait être le seul à faire vivre sa famille. Gaspard était un garçon compliqué sous son allure paisible. Quelqu'un de tourmenté, comme son père. Étienne, lui, avait le caractère plus gai malgré son travail pénible. Marcheur de terre... il piétinait la boue argileuse à longueur de journée, comme le mulet. « Je suis une bête de somme, mais je m'en sors plutôt bien », affirmait-il. Il avait beaucoup de succès aux bals du samedi soir. Il pouvait valser des heures et des heures durant au bras des plus jolies filles. Il ne voulait pas se marier, pas encore, du moins.

Daniel, cimentier comme son aîné, était le plus falot des frères Rousseaux. Il avait épousé trois ans auparavant une jeune lingère, Angèle, qui lui avait donné une fille. Tous trois paraissaient heureux, même si Angèle se plaignait volontiers de ne pas parvenir à joindre les deux bouts.

Célestine replia avec soin les chemises de jour, ornées de dentelle de Calais, avant de choisir le fer à tuyauter destiné aux bonnets de la vieille madame Félix.

Et Thérèse... Elle était fière de sa fille, qui avait réussi à devenir couturière, ainsi qu'elle le souhaitait. Elle au moins avait su mener sa barque. C'était une fille bien, décidée et volontaire. Une vraie Rousseaux. Célestine se demandait qui elle lui amènerait comme gendre. Un faïencier, peut-être ? Les fabriques prenaient de plus en plus d'importance. Marcel, ouvrier modeleur chez Courtray, n'était pas malheureux. Tout au moins Célestine l'espérait-elle. Elle avait toujours de la peine à établir une véritable conversation avec lui. Une nouvelle fois, elle éprouva un fugitif sentiment de culpabilité. Elle n'avait pas désiré ce cinquième enfant, trop rapproché d'Étienne. Personne ne le savait, mais elle, Célestine, se rappelait avoir sauté à plusieurs reprises du haut de la table de la cuisine, au début de sa grossesse, dans l'espoir resté vain de « faire passer » l'enfant. Rien n'y avait fait... Marcel était bien accroché, et elle avait souffert mille morts pour accoucher. Il lui restait cependant de cet acte manqué une certaine gêne, qui avait toujours altéré ses relations avec son dernier fils.

Elle secoua la tête, comme pour chasser les pensées qui l'assaillaient. Ses enfants... elle aurait voulu le meilleur de la vie pour eux, tout en mesurant sa propre impuissance.

La vie, mon Dieu, on ne choisissait pas, on se contentait de suivre sa voie ou son destin. Même si de jeunes personnes comme Thérèse avaient l'illusion de vivre à leur guise.

11

Le lin arraché, couleur de terre brûlée sous le ciel opalisé, était couché sur le champ à l'abri d'une haie de peupliers. Les andains ainsi obtenus formaient une vaste succession de bandes dorées, frissonnantes sous le vent. Justin et les valets devraient les retourner plusieurs fois à la main pour les faire rouir sous l'action de la pluie, du soleil et du vent.

Flore avait eu beau lutter pied à pied contre son idée, Justin n'avait pas cédé d'un pouce. Ce champ de lin était comme un cadeau qu'il se serait accordé. Un désir ancien, né d'une confidence de Matthias : « Je ne connais rien de plus doux que des draps de lin. Et le lin en fleurs... le ciel sur la terre... du bleu clair qui se perd dans l'horizon. »

« Du gaspillage, ronchonnait Flore. Mon père n'aurait jamais accepté.

– Ton père est au cimetière, avait coupé Justin. J'ai bien le droit de satisfaire une envie. »

Il n'en avait pas dit plus, mais Flore avait baissé la tête. Elle savait bien à quoi Justin faisait allusion. Depuis près de cinq ans qu'ils étaient mariés, elle avait fait quatre fausses couches et le docteur Gagneur ne lui avait pas caché ses craintes.

« Il faut se résigner, ma pauvre grande, lui avait-il déclaré gravement. La nature conserve une partie de ses mystères, nous n'y pouvons rien. Tu es stérile, j'en ai peur. »

Stérile... le mot était porteur de sa condamnation. Déjà différente des autres à cause de son infirmité, Flore se voyait doublement rejetée, mise à l'écart. Elle n'avait pas osé aborder ce sujet avec son mari, mais la colère et la révolte couvaient entre eux.

« Quelle faute ai-je donc commise ? » gémissait parfois Flore. Dans ces moments-là, Marguerite était le seul témoin de ses crises de larmes. La gouvernante tentait de la consoler, en lui citant des femmes qui avaient enfanté passé trente-cinq ans, mais Flore secouait la tête avec un désespoir obstiné.

« J'ai plus de trente ans. Je suis déjà une vieille femme. Et je ne porterai jamais l'enfant de Justin. Sais-tu ce que cela représente pour lui ? »

Elle s'interrompait, vite ; les relations entre l'ancien carreton et la gouvernante de la Cour aux Paons ne s'étaient pas améliorées et elle ne voulait pas trahir son mari. Justin lui avait parlé, une seule fois, de son enfance douloureuse pour conclure, presque sèchement : « C'est le passé. »

Flore avait mal, et peur. Elle avait renoncé à se rendre aux pèlerinages recommandés par Marguerite. Au fond d'elle-même, elle savait qu'elle n'aurait jamais d'enfant.

Les mains dans les poches, Justin considéra les bâtiments d'un air satisfait. Sous son impulsion, la Cour aux Paons avait pris plus d'importance. Il avait veillé à ce que les communs les plus anciens soient réparés avec soin. Comme toujours dans les fermes d'élevage, les écuries représentaient la priorité. Impeccablement tenues, elles jouxtaient le corps d'habitation alors que la vacherie se trouvait de l'autre côté de la cour.

Cet héritage qui ne lui appartenait pas vraiment lui était précieux. Il avait fait de lui un propriétaire. Ardent, le fils de Joyeuse, était un étalon de premier ordre qu'il avait gardé à la ferme. Justin avait agrandi les écuries, acquis de jeunes pouliches et fait porter tous ses efforts sur l'élevage et la vente des poulains. Il avait des clients parisiens, normands et même anglais. Il fondait de grands espoirs sur le prochain marché aux chevaux de Desvres, qui devait, en toute logique, marquer la suprématie de la Cour aux Paons sur les autres fermes du Boulonnais.

S'il jetait un regard en arrière, l'enfant perdu de Marquise mesurait le chemin accompli. Grâce à son travail acharné et à sa volonté de revanche mais, aussi, grâce à Flore. Pour cette seule raison, Justin s'abstenait de lui faire des reproches à propos de ses fausses couches à répétition. Il souffrait, cependant, lui qui se voulait toujours le plus fort.

Maud avait déjà bu force bières, mais son regard aiguisé repéra tout de suite la silhouette du coulonneux qui discutait avec un responsable de l'amicale colombophile. D'un geste machinal, elle rejeta en arrière sa longue tresse auburn et se leva de la table. Ses compagnons, des voyageurs venus à Desvres pour assister au célèbre marché aux chevaux, tentèrent bien de protester, mais Maud les ignora.

Elle se rapprocha de la table de Gaspard, posa une main familière sur son épaule.

– Bonsoir, déclara-t-elle d'une voix chaude. Tu fais des infidélités au Saint-Éloi ? Qu'en dit ta femme ?

Gaspard se retourna vers son amie d'enfance sans chercher à dissimuler son agacement.

– Une seule question à la fois, Maud, si tu veux bien. Et plus tard. Je discute avec monsieur Samain.

Si n'importe quel autre homme l'avait rejetée de façon aussi cavalière, elle aurait haussé les épaules et serait retournée à sa table. Mais Gaspard n'était pas n'importe quel homme. Aussi tira-t-elle une chaise et s'installa-t-elle tout en jetant un regard chargé de défi autour d'elle. Elle savait qu'elle avait une réputation désastreuse et que personne, parmi les hommes présents dans la salle du Bruant Noir, ne lui proposerait de l'accompagner à la ducasse ou au marché. Maud Jacquet était une fille de l'ombre, une fille qui « faisait la noce », comme disait son père avec une moue méprisante. Peu lui importait. Puisque, de toute manière, le seul homme qu'elle ait jamais aimé était marié à une autre.

Gaspard salua son interlocuteur d'une solide poignée de main avant de se retourner vers Maud.

– Si tu tiens à me parler, accompagne-moi

dehors. J'en ai terminé ici et je retourne au Saint-Éloi chercher ma femme.

Il avait une façon de prononcer ces deux mots – « ma femme » qui donnait envie à Maud de se jeter dans la Lène.

Cependant, elle le suivit docilement après avoir posé d'un geste lent un châle rouge sur ses épaules. Au-dehors, un vent frisquet remontait la rue du Pilbois. Maud frissonna, resserra les pans de son châle autour d'elle. Elle vit à ses mâchoires crispées, à son regard assombri, que Gaspard était en colère. Elle ne parvenait pas à accepter le fait que ce soit contre elle. Il devait y avoir autre chose, se dit-elle. De nouveau, comme une demi-heure auparavant, elle se risqua à effleurer son bras de la main.

– Gaspard, es-tu heureux ? osa-t-elle demander.

Il ne répondit pas tout de suite. Heureux... était-ce le genre de question à se poser ? Son travail éreintant à la cimenterie lui laissait peu de temps pour penser. Il rentrait épuisé, la gorge desséchée par la poussière et par le calcaire. Il rêvait de retrouver alors sa femme, mais Esther courait toujours, entre leur maison et l'estaminet.

Heureusement, il y avait Henri. Le père et le fils se comprenaient à demi-mot, et partageaient la même passion pour les coulons. Le lendemain, dimanche, Gaspard emmènerait Henri à un lâcher de pigeons. Il le lui avait promis. C'était pour eux un plaisir sans cesse renouvelé d'attendre en frémissant d'impatience le retour de leurs champions.

– Heureux, oui, bien sûr, déclara-t-il enfin.

Maud secoua la tête. Ses cheveux roux se défirent. Elle s'en souciait peu à cet instant.

– Ne te raconte pas d'histoires, Gaspard Rousseaux, lança-t-elle d'une voix chargée de colère. Heureux, tu ne l'es pas vraiment, et tu le sais aussi bien que moi. Toi et moi, nous sommes pareils. Il nous manque quelqu'un. Tu aimes ta femme, oui, la belle brune. Mais elle, est-ce qu'elle t'aime ?

C'était une question cruelle, Maud en prit conscience en voyant le visage de Gaspard s'altérer. Elle esquissa un geste vers lui. Il la repoussa, fermement.

– Retourne voir tes éleveurs avec qui tu fais la noce, lui jeta-t-il rudement. Si tu crois mener la vie dont tu rêvais étant gamine...

Il se rappelait Maud enfant, avec ses cheveux rouges et cette façon qu'elle avait de ne jamais baisser la tête. Il l'admirait, alors, tout en étant attendri.

Maud jouait volontiers les chefs de bande, et entraînait les garçons dans des parties de cache-cache au fond des jardinets gris de poussière.

Une nouvelle fois, la jeune femme fit front.

– Je n'aurais jamais fait la noce, comme tu dis, si j'avais pu marier l'homme que j'aime. Malheur pour malheur, je préfère pouvoir m'acheter une belle robe et ne pas m'échiner au travail comme ma mère ou la tienne. Crois-tu que ce soit une vie ? À sept ans, ma mère partait aux champs toute la journée avec sa gamelle. À dix ans, elle était placée comme bonne à tout faire dans une famille de Desvres. Les filles de la campagne étaient recherchées, on les disait plus robustes, et dures à la peine. Calcule, ça fait cinquante ans que ma mère trime, tout ça pour quoi ? Elle n'arrive même pas à payer le docteur pour mon père ! Crois-moi, j'ai tiré la leçon. Moi, je veux vivre. À ma guise.

Gaspard se sentit ému, presque malgré lui. Il aimait bien Maud, sa camarade d'enfance, à qui le liait une foule de souvenirs.

– Je ne te jugerai jamais mal, lui dit-il gravement. Tu restes mon amie.

Il se pencha, l'embrassa sur la joue.

– Rentre vite, le vent est froid ce soir.

Elle haussa les épaules avec insouciance.

– Tu connais ma devise : « Jamais froid, jamais mourir ! » J'ai trop vu mon père étouffer à cause de ses poumons malades, empoisonnés par les poussières. Moi, je veux vivre. À ma guise.

Gaspard suivit la jeune femme des yeux jusqu'à ce qu'elle se retrouve à l'intérieur du cabaret. Il éprouvait une mélancolie vague, sans parvenir à définir pourquoi. Il aurait voulu l'empêcher de gâcher sa vie mais se sentait impuissant à le faire.

Il regagna à pas lents le Saint-Éloi. Il était déjà tard, il avait hâte de ramener Esther chez eux.

Il la trouva en train de balayer le sol de l'estaminet. Bébert « faisait la fermeture », comme chaque soir, et tirait les volets sur la nuit. Madeleine était montée. Gaspard éprouva un sentiment de fierté en remarquant que le Saint-Éloi était impeccablement tenu, les verres déjà lavés et rangés, le comptoir astiqué de frais. Pas étonnant qu'Esther paraisse lasse. Elle souriait, cependant, en entraînant son mari vers l'arrière-salle.

– Regarde !

Elle désigna d'un geste de la main un tableau, sobrement encadré, qu'elle avait posé sur une chaise. Gaspard reconnut tout de suite sa femme dans la belle fille se tenant derrière son comptoir.

– Tu as dû connaître Eugène Vaillant ? Mais

si, un jeune peintre, installé à Wimereux. Il avait fait mon portrait en 99. Il était charmant. Il m'a apporté son tableau ce tantôt. « J'espère qu'il vous portera bonheur », m'a-t-il dit.

Elle s'animait, le rose lui montait aux joues. Elle était belle. Gaspard éprouva un fugitif pincement au cœur.

– Je te l'accrocherai ce dimanche, promis. À présent, rentrons.

Bébert s'en allait sur un « Bonsoir, les enfants ! » assez guilleret.

– Il a encore dû forcer sur la gnôle, remarqua Gaspard d'un ton réprobateur.

Esther glissa familièrement le bras sous le bras de son mari.

– Que veux-tu, c'est la seule distraction qu'il lui reste. Et puis, je l'aime bien, moi, Bébert. Il m'a toujours aidée. Il me considère presque comme sa fille...

– Tu pourrais dire ça de tous les clients, ou presque ! explosa Gaspard. Quoique certains ne te regardent pas vraiment comme leur fille, si tu vois ce que je veux dire !

Saisie, Esther s'immobilisa au beau milieu de la route.

– Tu n'es pas juste, protesta-t-elle. Je n'ai jamais...

L'indignation la faisait suffoquer. Gaspard posa une main apaisante sur son bras.

– Toi, je ne dis pas. Seulement tous ces regards d'homme sur toi, à la longue, ça me hérisse le poil. J'aimerais...

Il n'alla pas jusqu'au bout de sa phrase. Comment, en effet, lui confier qu'il aurait voulu la garder pour lui seul ? Esther n'aurait pas compris. Elle n'était pas jalouse, ni possessive. Peut-être parce qu'elle savait que Gaspard l'aimait comme un fou.

Ils rentrèrent dans un silence lourd. Henri dormait chez sa marraine.

Gaspard attira Esther à lui dès qu'ils eurent franchi le seuil de leur chambre. Elle accepta ses caresses avec le détachement lointain qui était le sien depuis son accouchement.

Elle était belle, et inaccessible. Gaspard, le cœur lourd, se retourna vers le mur.

12

1905.

Un vent léger, venu de la mer, agitait les drapeaux. Des nuages à peine esquissés parsemaient le ciel très clair. Les collines fermant l'horizon paraissaient presque noires sous une telle luminosité.

Justin, qui montait Ardent, son meilleur étalon, éprouva un sentiment de fierté intense en débouchant sur la Grand-Place de Desvres. Toute la ville était là, massée le long des maisons serrées les unes contre les autres, et aussi les habitants des villages alentour, pour fêter le vingtième anniversaire de la création du syndicat agricole.

Justin savait, pour avoir écouté Flore, que le syndicat cantonal de Desvres avait été l'un des premiers formés après la promulgation de la loi de 1884 et que, sous la présidence de

Félicien Delattre, il était devenu l'un des plus prospères et des plus actifs. C'était indispensable, après la grande crise qui avait frappé le monde agricole dans les années 80. Dieu merci, les chevaux boulonnais étaient de plus en plus recherchés, et cette fête leur était dédiée.

Justin et Flore n'avaient pas été invités au banquet réunissant à l'Hôtel du Cygne près de cent cinquante convives, mais cela leur importait peu. Ils avaient eu fort à faire pour préparer leurs bêtes. Il avait fallu laver les jambes des boulonnais avec plus de soin encore que d'habitude, manier l'éponge et la brosse en soie, badigeonner les sabots à l'huile de foie de morue pour les faire briller, et sortir les plus belles selles, dont certaines avaient été confectionnées vers 1850.

Il faisait beau, en cette journée du 15 août, ce qui donnait un éclat supplémentaire aux festivités.

Le cortège du syndicat était impressionnant et, du haut d'Ardent, Justin éprouvait la sensation grisante d'être l'un des maîtres du monde. Quelle revanche pour lui, le bâtard, le fils de rien ! Il jeta un coup d'œil discret par-dessus son épaule. Flore se tenait derrière lui. Elle montait Joyeuse. Elle avait passé des habits masculins et dissimulé ses cheveux sous une casquette à carreaux. Elle avait du cran, pensa-t-il.

Les premiers applaudissements crépitèrent et puis ce fut comme une houle qui souleva l'assistance au passage des étalons boulonnais, d'une beauté majestueuse. Tête élégante et courte, œil doux, silhouette imposante mais nerveuse sous la robe presque blanche ou gris pommelé, en vérité, il n'existait pas de plus beaux chevaux au monde ! Plus de deux cents cavaliers défilaient en cortège dans un ordre impeccable, face au brouhaha de la foule.

– Du calme, mon vieux, enjoignit Justin à Ardent, qui bronchait.

Il aperçut alors un garçonnet qui tentait d'échapper à la main de sa mère pour s'avancer vers les chevaux, et tira sur les rênes. La jeune femme rattrapa son fils par la manche. Elle releva la tête. Justin éprouva une sensation étrange en la reconnaissant. Esther... cela faisait si longtemps qu'il refusait de penser à elle ! Il ne l'avait jamais revue, évitant soigneusement de fréquenter les abords du Saint-Éloi. Il vit qu'elle l'avait reconnu, elle aussi, en remarquant son regard assombri. Elle était toujours aussi belle, se dit-il avec une pointe d'amertume. Dans sa robe bleu paon, elle rayonnait.

Il abaissa son regard sur le gamin. Quel âge pouvait-il avoir ? Cinq ans, pas plus. Il levait sur lui des yeux étonnamment semblables aux siens. Esther l'entraîna. Elle paraissait furieuse et tança son fils, qui arbora aussitôt une expression butée, vaguement familière. Justin fronça les sourcils.

– Justin, fit derrière lui la voix de Flore.

Il sursauta, comme pris en faute. Il avait immobilisé le cortège. C'était à cause d'Esther, se dit-il, avec une parfaite mauvaise foi. Une idée lui trottait dans la tête. Il secoua les rênes, Ardent se remit en marche. Il ne vit pas que Flore suivait d'un regard songeur la jeune femme brune et son fils. Elle aussi avait remarqué la ressemblance troublante entre Justin et le gamin.

Esther en plein désarroi resserra ses bras autour d'Henri, comme pour l'empêcher d'échapper à son étreinte. Pour la première fois depuis longtemps, elle sentait qu'elle n'était pas maîtresse de la situation, et cette certitude la paniquait. Elle avait bien vu la manière dont Justin Delfolie avait regardé Henri. Qui d'autre l'avait remarqué ? Elle jeta un coup d'œil traqué autour d'elle. Gaspard, se tenant légèrement en retrait pour échanger quelques mots avec un copain mineur de retour au pays, paraissait absorbé par sa conversation. Les autres membres de la famille Rousseaux faisaient bloc autour d'Esther.

Thérèse se rapprocha de sa belle-sœur.

– Tu connais Justin Delfolie ? questionna-t-elle à mi-voix. On raconte qu'il est drôlement ambitieux. Il aura beaucoup de poulains à vendre sur le marché aux chevaux.

– Tu t'intéresses aux kvos, à cette heure ? répliqua Esther sans se laisser démonter.

Thérèse sourit.

– Mes clientes parlent beaucoup pendant les essayages. Alors, forcément, je connais des choses.

Que sous-entendait-elle exactement ? Esther ne voulut pas s'y arrêter.

– Regarde, marraine, s'écria Henri en sautant sur place. Regarde les kvos !

Esther se détourna du cortège. Une nausée lui tordait l'estomac. Elle avait peur, tout en se refusant à le reconnaître. Les commères qui savaient tout racontaient depuis déjà longtemps, au lavoir ou sur le marché, que Flore Chauchoy, de la Cour aux Paons, était stérile. « Comme quoi ceux qui ont du bien ne sont pas forcément heureux », concluaient-elles avec une satisfaction vengeresse.

Esther n'avait jamais voulu accorder foi à ces racontars. De toute manière, elle refusait de s'intéresser à la Cour aux Paons et à ses habitants. Elle avait tenu à chasser l'ancien carreton de sa mémoire, y était parvenue tant bien que mal.

Mais le regard de Justin fixé sur Henri lui avait fait peur. Elle crispa les mains sur les épaules de son fils, qui se dégagea avec un mouvement d'humeur. Parfois, elle reconnaissait en lui le caractère ombrageux de Justin.

La journée d'Esther était gâchée, et elle ne parvint pas à se dérider, même durant le feu d'artifice clôturant la fête anniversaire, qui arracha des « oh ! » et des « ah ! » admiratifs aux spectateurs.

Cette nuit-là, elle provoqua les caresses de son mari.

– Aime-moi, osa-t-elle lui dire, elle qui était toujours restée extrêmement pudique, de crainte qu'il ne lui reproche un jour son aventure avec le père d'Henri.

– Je t'aime, ma femme, lui déclara gravement Gaspard.

Esther, les cheveux dénoués sur l'oreiller, paraissait heureuse. Pour elle, Gaspard se sentait prêt à tous les sacrifices.

Cette nuit-là, ils eurent l'impression d'être réellement unis. Comme si Esther s'était enfin accordé le droit à un peu de bonheur.

– Tu vois, fils, le secret du lâcher de pigeons, c'est tout simplement de séparer le mâle de sa femelle. Je ne connais pas plus amoureux ni plus fidèle que le pigeon.

Gaspard caressa la tête de Beau Gosse, son plus beau pigeon, un mâle meunier à la robe beige. Âgé d'un an, Beau Gosse était fin prêt pour son premier concours. Les coulonneux desvrois étaient venus nombreux à Samer pour participer au lâcher de pigeons.

Beau Gosse était le fils d'un champion, Bel Ami, que Gaspard avait vendu un bon prix aux enchères.

Ce jour-là, il avait éprouvé de la peine, mais Esther avait besoin d'une nouvelle cuisinière et il n'avait pas hésité une seconde. Il espérait que Beau Gosse marcherait sur les traces de son père.

Il commençait à initier Henri aux secrets de l'élevage. « Tout est affaire d'amour », lui répétait-il en lui expliquant les différentes techniques utilisées – sifflet, boîte à graines agitée, appels – pour entraîner le pigeonneau au retour. Il lui avait aussi montré la manière dont il tenait son cahier d'élevage, en indiquant scrupuleusement les origines de chacun de ses pigeons, et ses annotations, qui lui permettaient d'effectuer les croisements qui lui paraissaient les plus judicieux.

Esther n'aimait pas les ramiers. Elle les accusait de provoquer des maladies. Pourtant, les coulons de Gaspard étaient impeccablement tenus, le colombier – la « gaïolle » – nettoyé à fond chaque jour et les oiseaux avaient droit régulièrement à leur petit bain de tilleul, récompense qu'ils prisaient fort.

Esther ne se sentait pas le courage de raconter à son mari pour quelle raison les pigeons lui inspiraient autant de réticences. Elle revoyait toujours le colombier de son père abattu à coups de masse, elle entendait les imprécations de Verghem et les gémissements de douleur de sa mère, et elle avait envie de pleurer.

Une affectueuse complicité unissait le père et le fils. « Je suis un vrai Rousseaux, moi ! proclamait fièrement Henri, du haut de ses cinq ans. J'aime les coulons ! » ajoutait-il quand il dormait parfois auprès des grands paniers destinés à l'enlogement des pigeons.

Dans ces moments-là, une crainte diffuse paralysait Esther. Henri ne devait jamais apprendre la vérité. Il ne s'en remettrait pas.

13

1906.

Ce soir-là, elle avait fermé plus tôt que d'ordinaire. Ses clients habituels avaient déserté le Saint-Éloi pour aller assister à un combat de coqs au Bruant Noir. Esther avait toujours refusé d'ouvrir son arrière-salle aux coqueleux, et Madeleine Feutry avait soutenu sa décision. Ce divertissement qu'elle jugeait barbare lui soulevait le cœur. Elle avait mis Bébert dehors en lui disant qu'elle était fatiguée, ce qui était vrai. Ses grands-parents dormaient déjà à l'étage lorsqu'elle avait tiré les volets. Gaspard n'était pas venu à sa rencontre. Cela l'étonnait et l'inquiétait. D'ordinaire, il venait toujours l'aider avant la fermeture et tous deux revenaient bras dessus bras dessous.

La nuit était profonde, chargée d'ombres

menaçantes. Esther courut presque pour regagner le quartier des cimenteries. Ses souliers claquaient sur les pavés humides.

Sa maison était éclairée. Un fanal dans l'obscurité. Célestine lui ouvrit la porte. Son visage était grave.

– Chut, Henri dort, annonça-t-elle en guise d'accueil.

Elle enchaîna :

– Gaspard est chez son ami Paulin. Il y a eu un terrible accident, en fin de journée. Paulin est mort, le pauvre garçon.

Esther vacilla sous le choc. Elle savait l'amitié qui unissait Gaspard à Paulin. Le jeune cimentier n'avait pas encore trente ans. Elle se mit à pleurer, sans même chercher à essuyer les larmes sur ses joues.

– Comment est-ce arrivé ? questionna-t-elle tout en ôtant sa cape de façon machinale.

Une ombre voila le regard de Célestine. Elle revoyait Basile venant lui annoncer l'accident mortel de Maurice, son mari. Il y avait à présent plus de vingt ans, mais elle n'avait rien oublié de sa révolte et de son désespoir.

– C'est arrivé, voilà tout, grommela-t-elle. Le malheur, ça ne prévient pas. Mère disait toujours : « Le chagrin tue l'homme et nourrit la femme. »

Esther ne répondit pas. Elle pensait à sa

mère, et à grand-père Gustave, qui s'en allait tout doucement. Elle n'avait qu'une hâte : rejoindre son mari.

Célestine, qui devinait beaucoup de choses, posa la main sur l'épaule d'Esther.

– Reste ici, ma fille. Gaspard et Paulin, c'étaient comme deux frères. Il faut laisser ton mari veiller son ami. Entre hommes.

C'était une règle incontournable, Esther le savait. Elle s'inclina.

L'accident dont Paulin avait été victime la révoltait. Elle l'aimait bien, tout en le jugeant un peu « chien fou », comme elle disait, toujours prompt à s'enflammer pour une cause perdue.

– Merci pour Henri. Allez vite vous coucher, Maninine.

Sa belle-mère la serra contre elle avant de s'emmitoufler dans son grand châle gris pour sortir.

– Prends soin de toi, ma fille. Tu es toute pâlotte.

Esther tint le chandelier haut levé sur le seuil jusqu'à ce que Célestine ait atteint sa propre maison. Thérèse n'y vivait plus avec sa mère. Ç'avait été un beau tollé dans la famille lorsqu'elle avait annoncé qu'elle prenait une chambre en ville, rue des Soupirs.

Angèle, l'épouse de Daniel, lui avait glissé,

perfide, qu'elle était devenue bien riche pour pouvoir se payer un loyer. Seule Esther n'avait rien dit. Elle s'était contentée de regarder attentivement sa jeune belle-sœur.

« Après tout, Thérèse est majeure, avait-elle fini par déclarer. Elle a bien le droit d'agir à sa guise. »

Le sujet avait été clos. Esther en imposait aux Rousseaux, toujours sensibles à sa beauté. Les relations entre les deux belles-sœurs ne s'étaient pas cependant améliorées pour autant.

Réprimant un soupir, Esther tira la porte sur la nuit. Elle se lava devant la pierre à évier. L'eau gardée au chaud dans le coquemar avait refroidi. Célestine, troublée, n'avait pas remarqué qu'il n'y avait plus de charbon dans la cuisinière. Esther se dévêtit dans la chambre, se glissa dans le lit glacé en frissonnant. Encore sous le coup de la mort brutale de Paulin, elle avait oublié de placer entre les draps l'habituelle brique réfractaire bien chaude. Il n'y avait pas de feu dans leur chambre ni dans celle d'Henri. Elle se releva. Son fils dormait paisiblement dans son lit de fer. Dans son sommeil, sa ressemblance avec Justin Delfolie apparaissait encore plus frappante. Cette similitude de traits faisait peur à Esther. Elle n'avait pas revu Justin depuis le défilé du 14 Juillet mais elle redoutait toujours qu'il ne vienne réclamer son fils.

Elle se pencha, déposa un baiser léger sur les cheveux d'Henri.

– Dors, mon fils, murmura-t-elle.

Elle désirait pour lui le meilleur de la vie.

La sonnerie des trompettes résonnait dans le cimetière, où toute la ville, ou presque, s'était réunie pour accompagner Paulin. Il n'y avait pas eu d'enterrement à l'église, Paulin ne l'aurait pas souhaité, lui qui aimait à répéter la devise chère aux anarchistes : « Ni Dieu, ni maître ! », seulement des obsèques civiles, poignantes dans leur sobriété.

Gaspard serra les lèvres sur l'embouchure de son instrument. Depuis deux jours, il revivait sans répit le tragique enchaînement de circonstances qui avait entraîné la mort de son ami. Paulin, pour une fois, ne « faisait pas le zouave », comme il le disait lui-même. Il expliquait à Gaspard et à Pierrot, un camarade, qu'il fallait lutter sans répit pour obtenir de meilleures conditions de travail. Et puis, tout s'était passé si rapidement que Gaspard ne parvenait toujours pas à reconstituer dans le détail les gestes, les mouvements qui avaient provoqué l'engrenage fatal. Il se rappelait seulement ce wagonnet qui arrivait beaucoup trop vite sur eux, et le recul de Paulin. Son ami avait basculé en arrière dans un bac de délayage. Pierrot et Gaspard s'étaient précipités, mais, même à deux, il leur avait fallu plusieurs minutes pour arracher Paulin au piège mortel. Ils l'avaient étendu sur le sol, avaient tenté d'ôter ses vêtements pour le débarrasser de cette gangue qui le paralysait.

Toute sa vie, Gaspard se souviendrait de cet instant durant lequel Paulin avait entrouvert les yeux. « Les trompettes, avait-il murmuré. N'oublie pas les trompettes. »

Ses paupières s'étaient abaissées. Il était mort dans les bras de Gaspard. Le médecin appelé par le contremaître n'avait pu que constater le décès. « Asphyxie », avait-il commenté d'un air las.

Sur le coup, Gaspard avait été trop accablé pour se révolter. C'était plus tard, avec Pierrot et les autres, que la colère avait grondé. Paulin n'était pas la première victime d'un accident du travail. Gaspard se souvenait de la mort de son père, écrasé par un wagonnet, et de tant d'autres. Il se rappelait les mots de Paulin. « Des bêtes de somme. C'est tout ce qu'on est pour eux. Ils se moquent bien de nos conditions d'existence, du moment qu'on travaille dur ! »

Les trompettes se turent. Henri se rapprocha de son père.

– Tu m'apprendras ? questionna-t-il, le visage plein d'espoir.

Gaspard promit.

La vie continuait. Même si rien, plus jamais, ne serait pareil. Celui qu'il appelait « frérot » était mort, trop jeune, parce qu'il n'y avait pas de grillage de protection autour des bacs.

Fernande, la bonne amie de Paulin, qui était ouvrière aux faïenceries, se rapprocha de Gaspard.

– Votre musique... ça m'a donné des frissons. Merci, Gaspard. Paulin vous aimait bien, vous savez.

– Moi aussi, souffla Gaspard, la bouche sèche.

Il s'éloigna à grands pas, entraînant Henri à sa suite. Il ne voulait pas participer au repas donné par la mère de Paulin, il n'avait qu'une hâte : ramener Henri à Esther et aller pleurer, comme un gamin, au bout du quartier des cimenteries, là où avec Paulin et tous les gosses du quartier il jouait étant enfant.

C'était leur territoire, leur unique horizon, barré par la voie de chemin de fer. Il se rappelait leurs jeux avec des cailloux en guise de ballons, leurs rires mêlés de gêne chaque après-midi, toujours à la même heure, lorsqu'ils voyaient la vieille Lalie pisser debout devant la barrière, en écartant les jambes. C'était leur univers.

Gaspard pensa avec force qu'il rêvait d'une autre vie.

Il savait bien, pourtant, que c'était impossible. Et cette certitude le désespérait.

14

1907.

La salle de l'estaminet était comble, comme toujours en fin de journée ; pourtant, Esther ressentait cruellement une impression de manque. Elle caressa d'une main furtive le comptoir en étain et sa gorge se serra. Elle avait vu grand-mère Madeleine accomplir ce geste tant et tant de fois qu'elle avait le sentiment de prendre la place de son aïeule.

Madeleine était morte la semaine précédente. Elle était tombée d'un coup, sans autre signe avant-coureur qu'une grande fatigue.

« Je n'ai plus de forces, grommelait-elle. Je m'en vais me confectionner un petit remontant. » Pas question pour elle, cependant, de boire de l'alcool. Elle avait vu trop d'hommes saouls et se défiait de ce qu'elle qualifiait de « poison ». Non, elle glissait des clous rouillés dans un récipient en verre rempli d'eau qu'elle laissait reposer un certain temps avant de filtrer le liquide obtenu. C'était là l'un des remèdes qu'elle connaissait pour lutter contre l'anémie, et elle le tenait de sa mère. Les coqueleux y avaient recours, eux aussi. Pour que leur champion soit un « sanguin », ils l'alimentaient d'eau de clous rouillés, appelée aussi en Flandres *gerusten pointen*. Cette fois, pourtant, rien n'y avait fait. Madeleine était morte d'une hausse brutale de tension, avait expliqué le docteur Martin à Esther. Elle aimait bien ce jeune médecin dont nombre de personnes se défiaient à Desvres. On le trouvait trop jeune, précisément. De plus, ne critiquait-il pas ouvertement le trop grand nombre de débits de boissons ? On voyait bien qu'il ne travaillait pas aux cimenteries ! Esther n'en avait cure. Elle avait confiance en lui.

Elle regarda autour d'elle d'un air un peu perdu. Elle avait bataillé durement pour convaincre Gaspard de garder l'estaminet. Il lui semblait que le Saint-Éloi lui garantissait une certaine indépendance, même si elle n'avait jamais eu à se plaindre de Gaspard. C'était un bon mari. Si seulement elle avait pu l'aimer comme il méritait de l'être...

Elle soupira, essuya, d'un geste machinal,

la table la plus proche, souillée d'un rond de bière.

Madeleine lui manquait, plus encore que Gustave. Son grand-père était mort doucement au début de l'hiver précédent. Les derniers jours, il avait perdu la tête et appelait désespérément son fils.

« Mon pauvre homme, murmurait Madeleine en le soignant comme un enfant. C'est trop de misère, parfois », avait-elle ajouté.

Elle avait alors confié à Esther qu'ils avaient eu une fille, Amélie, leur première-née, qui avait quitté la maison à l'âge de seize ans, pour ne jamais revenir.

« Dieu sait que nous l'avons cherchée, pourtant, avait-elle expliqué. Mais rien, à croire qu'elle s'était volatilisée ! »

Esther aurait dû, alors, poser des questions au sujet de cette tante Amélie dont elle ignorait tout. Si elle était encore en vie, c'était la seule famille qui lui restait. Il y avait aussi Lucie et Maria, ses deux demi-sœurs dont elle n'avait jamais eu de nouvelles.

Elle ne parvenait pas à retourner à la ferme ; elle avait toujours peur de Verghem. Et puis, désormais, sa vie était ailleurs, partagée entre le Saint-Éloi, son mari et son fils.

Henri fréquentait l'école mixte du Caraquet, tout en haut de Desvres. Il se montrait un élève taciturne, ne se liant pas facilement. Il n'était vraiment heureux qu'en compagnie de Gaspard et de leurs coulons. Il fallait les voir partir à vélo, avec leurs paniers d'osier abritant leurs volatiles, vers les lieux de lâcher de pigeons, rendez-vous de tous les passionnés comme eux. Esther se sentait exclue de leur cercle magique, et en souffrait en silence. Elle ne disait rien, cependant, même quand Gaspard et Henri consacraient beaucoup de temps à leurs coulons. En effet, les quatre mois de la saison des concours nécessitaient huit mois de préparation. Il fallait choisir les meilleurs reproducteurs, surveiller les œufs, baguer les pigeonneaux, examiner au quotidien les pigeons afin d'éviter toute maladie...

Il se passait quelque chose de bizarre en ville, se dit-elle en remarquant que la salle était pratiquement déserte. Le matin même, Gaspard lui avait annoncé que le mouvement de grève touchant Marquise, Rinxent, Blendecques et Arques allait certainement atteindre Desvres. Fille de la campagne, Esther avait peur des grèves, de l'agitation et de la violence.

« Nous ne pouvons continuer ainsi, lui avait expliqué son mari. Le manœuvre touche un salaire journalier de trois francs, l'ouvrier spécialisé, cinq francs. Comment veux-tu que les camarades s'en sortent ? Nous, encore, nous sommes privilégiés avec l'estaminet. Quoique... »

Esther savait très bien que son dernier mot visait ses vieux clients, comme Bébert, qui passaient une grande partie de leurs journées au Saint-Éloi sans régler toutes leurs consommations. Elle ne pouvait tout simplement pas les mettre dehors parce qu'ils faisaient pratiquement partie de la famille. Il y avait Bébert, bien sûr, et aussi Anselme, qu'elle avait recueilli en souvenir de ses parents, et Alcide, un vieil ami de grand-père Gustave qui avait sa table attitrée et vidait facilement un litre de fine par jour. « Ma seule distraction », disait-il avec un air d'enfant pris en faute.

La colère grondait dans la ville. Les ouvriers cimentiers réclamaient une augmentation de salaire de quinze pour cent. « Et encore, c'est un minimum », affirmait Gilles, un camarade de Gaspard.

Esther s'avança sur le seuil. La rue était déserte. D'ordinaire, elle résonnait du pas des lourds souliers cloutés des cimentiers, de retour de l'usine, qui ponctuaient la vie de Desvres.

Henri tira la main de sa mère.

– Regarde, maman, j'ai eu une bonne note en calcul.

Esther lui ébouriffa les cheveux, le félicita comme il se devait avant de lui demander d'aller voir au bout de la rue si son père arrivait.

La main en visière devant les yeux, elle suivit sa course le long du trottoir. Henri était grand pour son âge, et travaillait bien à l'école. Esther était fière de lui sans parvenir à établir une réelle complicité avec son fils. C'était le prix à payer, se disait-elle parfois, tout en se révoltant contre ce fatalisme, cette résignation qui ne lui ressemblaient guère. Elle réprima une furieuse envie de hausser les épaules. Qu'y pouvait-elle ? Coupable. Elle se sentait forcément coupable vis-à-vis d'Henri et de Gaspard.

Bébert la rejoignit sur le seuil du Saint-Éloi. Il avait beaucoup vieilli, et il buvait trop, comme Gaspard le lui faisait remarquer de plus en plus ouvertement. Ses mains trop maigres tremblaient sans répit.

Il tendit l'oreille.

– Tu entends, ma fille ? Écoute mieux, insista Bébert alors qu'Esther secouait la tête.

Ils apparurent brusquement au tournant de la rue. « Une armée en marche », disait le pauvre Paulin. C'était tout à fait ça. Cette fois, cependant, les ouvriers défilaient en portant le drapeau rouge et en chantant

L'Internationale. Henri, revenu devant le Saint-Éloi, trépigna de joie en reconnaissant son père dans le cortège. Esther prit peur.

– Seigneur ! murmura-t-elle en voyant apparaître les gendarmes à cheval, armés et casqués, à l'autre extrémité de la rue. Pourvu qu'ils ne tirent pas !

Le Nord et le Pas-de-Calais n'avaient pas oublié la tragique répression de Fourmies, survenue seize ans auparavant. C'était impossible. Il y avait eu trop de morts, le choc avait été trop profond pour la classe ouvrière. Une perte de confiance que rien, semblait-il, ne parviendrait à combler.

Gaspard lui adressa un petit signe de la main, comme pour la rassurer. Il dépassait d'une tête la plupart de ses camarades, et Esther songea que sa haute taille le faisait immédiatement remarquer. Elle serra les bras devant sa poitrine, comme pour se protéger.

Sa pâleur, son air perdu accentuaient sa beauté, et Gaspard aurait volontiers abandonné ses camarades pour l'entraîner à l'intérieur de l'estaminet, mais c'était impossible. Même s'il pressentait que la grève des ouvriers cimentiers était vouée à l'échec, il irait jusqu'au bout pour Paulin. Paulin, son ami, qui aimait tant la vie.

Le cortège grossissait au fur et à mesure. C'était comme une vague, qui traversait Desvres en grondant et en chantant. Sébastien, le frère de Maud, donna un coup de coude à Gaspard.

– Regarde les bourgeois qui ferment leurs volets ! Ma parole, on leur fait peur !

– C'est pour ça qu'il ne faut rien casser, déclara Gaspard avec fermeté. Nous revendiquons, nous ne détruisons pas.

La manifestation des cimentiers se poursuivit jusque tard dans la nuit.

– J'ai peur, souffla Esther quand Gaspard vint enfin la rejoindre. Il y a des gendarmes partout. Si jamais il leur prenait la fantaisie de tirer comme à Fourmies...

– Chut, ma femme !

Gaspard plaqua la main sur ses lèvres.

– Ne t'affole pas ainsi.

Il était las, mais déterminé. Un autre Gaspard, plus fort, comme si la participation à la grève lui avait rendu confiance en lui.

Esther se coula dans ses bras.

– Demain... commença-t-elle.

Il but la suite de sa phrase sur ses lèvres.

– Nous ne sommes pas encore demain.

Le plaisir éclata en elle avec une délicieuse violence.

Célestine grimaça en massant ses jambes lourdes. Toutes ces histoires de grève ne lui disaient rien qui vaille. Elle était persuadée que cela finirait mal.

Elle avait surpris des propos irrités chez les Félix, qui l'avaient blessée. Le propriétaire des cimenteries ne se gênait pas pour stigmatiser les excès de boisson auxquels se livraient les grévistes.

« S'ils ne dépensaient pas autant dans les estaminets, ils n'auraient pas besoin d'augmentations de salaire ! » avait-il conclu, péremptoire.

Célestine s'était mordu les lèvres pour ne pas répliquer vertement. Elle aurait voulu leur dire qu'ils ne pouvaient pas comprendre. Ils ne savaient pas que l'estaminet constituait un refuge pour l'ouvrier, l'endroit où il était à nouveau considéré comme un homme après avoir courbé le dos. Ils ignoraient que le fait de boire ensemble – que ce soit du café ou de la goutte – réconfortait les cimentiers, leur permettait de mieux supporter leurs conditions de travail.

Armande, sa voisine, réprima une grimace de douleur. Son dos la faisait de plus en plus souffrir. Elle se redressa en reconnaissant la robe rouge de sa fille sur le seuil.

– Gaspard...

Maud entra en coup de vent, sans même prendre la peine de saluer Célestine.

– Les gendarmes ont arrêté Gaspard, Sébastien et une vingtaine d'ouvriers, lâcha-t-elle d'un trait.

Roger Leman marqua une hésitation avant de franchir le seuil de l'Hôtel du Cygne et fit brusquement demi-tour. Il savait ce qui l'avait tracassé toute la journée. Ces assiettes rares au décor brun manganèse, datant de la fin du XVIIIe siècle, c'était Marie Lannoy qui les possédait. Bastien, un ouvrier proche de l'âge de la retraite, le lui avait dit. Un fameux personnage, cette Marie Lannoy ! C'était une vieille femme, couturière de son état, qui se rendait là où on l'appelait avec, dans son panier en osier, son nécessaire à couture et sa petite bouteille de gnôle. Pour le propriétaire des cimenteries, elle était un exemple de l'intempérance locale.

« Même les vieilles femmes boivent par ici », avait-il un jour fait remarquer à table d'un air dégoûté, alors qu'il recevait son directeur commercial. Sa mère, la vieille madame Félix, avait émis un drôle de ricanement. « C'est la seule distraction qu'il nous reste » avait-elle lancé, narquoise.

Depuis son arrivée à Desvres, trois ans

auparavant, Roger Leman s'était passionné pour le monde de la faïence. Il s'intéressait à l'histoire de la cité des potiers. Il aimait bien discuter avec Bastien, qui lui donnait l'impression de tout savoir. C'était Bastien qui lui avait expliqué que, dès la fin du XVIIIe siècle, les colporteurs, nommés écuelliers et cocassiers, quittaient Desvres chaque lundi matin avec une hotte contenant des œufs, des tasses et des assiettes en faïence. Parcourant les routes et chemins de la région, ils échangeaient leur charge contre du vieux plomb, de vieux chiffons ou de vieux habits et rentraient chez eux le samedi soir. Cette hotte faisait tellement partie d'eux-mêmes qu'on racontait que leurs enfants naissaient avec.

Roger, durant ses moments de loisir, allait souvent à la recherche de carreaux anciens, semblables à ceux qui étaient vendus en Amérique latine au siècle précédent. Un ami lettré lui avait raconté que, de l'autre côté de l'Atlantique, on trouvait des carreaux de Desvres aussi bien dans les cuisines que sur les dômes des églises. Il y en avait même dans la maison de George Sand aux Baléares...

Roger aurait aimé créer un musée de la Faïence, pour le plaisir de diffuser le savoir-faire des artisans de Desvres, sa cité d'adoption. Chaque fois qu'il essayait d'aborder ce sujet avec Émile Félix, ce dernier soupirait : « Nous sommes des cimentiers, Roger. Pas des faïenciers. Chacun son métier. »

Il frappa à la porte de la petite maison de Marie Lannoy. Il ne chercha même pas à dissimuler sa surprise en reconnaissant la jeune femme blonde venue lui ouvrir.

– Thérèse ? Enfin... mademoiselle Rousseaux ?

Elle ne parut pas étonnée de le revoir, lui dit simplement que Marie souffrait d'une bronchite, avec ce temps humide, avant de l'inviter à entrer.

Il aurait dû repartir sur un bref salut mais il avait envie d'en apprendre un peu plus sur cette jeune femme qu'il n'avait pas oubliée.

Il baissa la tête pour pénétrer à l'intérieur de la maison de Marie. Le sol de terre battue, le mobilier rudimentaire criaient misère. Mais, derrière le poêle, il apercevait des carreaux anciens, de ce brun manganèse qui était la seule note de couleur au XVIIIe siècle.

Thérèse surprit son regard et sourit.

– Vous aussi, vous aimez la faïence, constata-t-elle. Je vais ôter à Marie son cataplasme et je reviens.

Il l'entendait aller et venir dans la pièce voisine, une sorte d'alcôve.

– Elle vient de s'endormir, dit-elle en rapportant un torchon de lin.

Elle enleva soigneusement la mixture qu'il contenait, et le lava sur la pierre à évier avant de le mettre à sécher au-dessus du poêle.

– Venez voir, dit-elle.

Elle leva haut la chandelle qu'elle tenait à la main, éclaira une paire d'assiettes à l'émail vieilli, à l'extraordinaire couleur de terre.

– Le trésor de Marie Lannoy, murmura-t-elle d'une voix enrouée. Des pièces très rares, signées et datées de 1795. Personne, pas même elle, ne sait comment elles sont arrivées dans sa famille, mais elle y tient plus qu'à tout le reste. Touchez...

Elle avait une façon sensuelle d'évoquer la faïence. Sentant le regard de Roger Leman qui pesait sur elle, Thérèse se détourna.

– Je ne sais pas si vous pouvez me comprendre, enchaîna-t-elle. Je suis née à Desvres, mon père extrayait le calcaire de la carrière du mont Pelé, mon frère est marcheur de terre... Je suis une fille de la terre à céramique, j'ai besoin de son contact. Même si j'ai refusé de travailler à la fabrique, je ne pourrais jamais vivre ailleurs qu'ici.

Roger Leman sourit.

– La question se pose-t-elle ?

Confuse, elle rougit. Elle n'avait pas l'intention de lui raconter les déboires de Gaspard, renvoyé, avec une quinzaine d'autres ouvriers, considérés, à tort ou à raison, comme les meneurs de la grève. Cette sévérité avait fâcheusement impressionné les habitants de Desvres. Célestine avait cru suffoquer d'indignation. Son fils condamné à une lourde amende et renvoyé comme un malpropre... Dieu juste ! C'était incroyable ! Heureusement, Daniel n'avait pas fait grève, lui, et avait conservé sa place. Gaspard, Esther et Henri, mis à la porte de leur logement, avaient dû déménager en toute hâte pour aller s'installer au-dessus de l'estaminet. Thérèse se demandait avec angoisse comment Gaspard allait supporter ce changement de vie.

Elle secoua la tête.

– Mais que veniez-vous faire chez Marie ? osa-t-elle demander.

Roger Leman sourit à nouveau pour lui expliquer qu'un ouvrier des cimenteries, Bastien Lecrique, lui avait parlé un jour de cette dame et de ses assiettes. Il avait oublié, pour brusquement s'en souvenir ce soir. Et, comme il était lui aussi passionné de céramique, il avait fallu qu'il se rende sur-le-champ à son domicile.

Il savait rire de lui-même. Cela plut à

Thérèse. Elle devait rentrer, cependant. Elle n'aimait pas sortir la nuit, d'autant moins depuis le soir où elle avait été agressée. Roger Leman proposa tout naturellement de la raccompagner.

Une brume légère montait de la rivière. Thérèse, frissonnante, pressa le pas. Son compagnon marcha à côté d'elle jusqu'à la rue des Soupirs, où elle logeait. Elle ne savait comment prendre congé. Il lui serra la main. Il avait une poigne franche et décidée.

– Il faudra que nous découvrions ensemble d'autres faïences du temps passé, lui dit-il.

Thérèse esquissa une moue, comme pour lui faire comprendre qu'ils avaient peu de chances de se rencontrer une nouvelle fois.

Ils appartenaient à deux mondes différents, tenta-t-elle d'expliquer. Il ne la laissa pas achever sa phrase.

– Nous aimons tous deux les faïences anciennes. Le reste importe peu.

Il se faisait des illusions, mais elle n'avait pas le courage de le détromper. Pas ce soir.

Elle s'esquiva sur un léger signe de la main.

Flore se retourna dans le lit en réprimant un gémissement de douleur. À chaque changement de saison, elle souffrait de plus en plus de sa jambe et de sa hanche. Il lui semblait que l'humidité montée des marais gagnait tout son corps.

La place de Justin était encore tiède. Il était quatre heures trente. Elle soupira. Elle n'avait pas envie de se lever, pas encore. Les dents serrées sur sa douleur, elle s'efforça de songer à des choses agréables. La Cour aux Paons était devenue une ferme renommée en matière d'élevage. Leurs acheteurs étaient fidèles d'année en année. Justin était désormais un notable de la région, même si Marguerite reniflait toujours d'un air méprisant dans son dos en marmonnant : « Pour moi, il restera toujours un carreton ! » Elle était bien la seule à dire ouvertement ce qu'elle pensait. Le gamin de l'Assistance avait fait son chemin. « Grâce à l'héritage du Juste », grommelait Marguerite. La gouvernante devait reconnaître, cependant, que l'ancien carreton ne rechignait pas à la tâche. Il était partout, gardait l'œil sur tout. Un maître exigeant, mais juste. De la trempe de son prédécesseur.

Flore s'essuya les yeux d'un geste rageur. Pourquoi son ventre restait-il obstinément plat ? Elle avait tout essayé. Les potions amères des guérisseurs, les pèlerinages, jusqu'à Liesse, une véritable expédition. Rien n'y avait fait. Au point que, désormais, elle avait l'impression que Justin la rejetait. Il n'était pas brutal avec elle, non, d'une certaine manière c'était presque pire. Même s'ils partageaient toujours le même lit, ils vivaient comme frère et sœur. Une équipe, solidement unie par l'amour des chevaux et le désir de faire de la Cour aux Paons le domaine le plus important de la région. Justin ne parlait même plus de ce fils à naître, sur qui il avait fondé tant d'espoirs. Et cela, Flore ne parvenait pas à le supporter. Elle avait trente-trois ans. Marguerite avait beau lui répéter que rien n'était perdu, Flore savait qu'elle n'avait plus beaucoup de temps devant elle.

Elle se leva, alla se planter devant la psyché en levant haut sa chandelle. Les années l'avaient plutôt embellie, se dit-elle avec cette lucidité qui était son trait principal de caractère. Ses traits étaient moins anguleux, son corps s'était un peu arrondi. Justin lui aurait rendu confiance en elle si seulement elle avait eu un enfant.

Elle posa sa chandelle sur un guéridon et s'habilla. Le travail n'attendait pas. Une longue journée, comme les autres. Avec, toujours, la même question : « Pourquoi moi ? »

15

1908.

La rue de la Gare était grise sous le ciel plombé, couleur de suie. Un vent frisquet pénétra par la porte ouverte, soulevant les rideaux de dentelle au crochet qui ornaient les fenêtres.

« Calme-toi, ma fille », se répéta Esther en serrant ses mains l'une contre l'autre.

Elle *savait* que cela arriverait un jour. Dans sa vie, il en avait toujours été ainsi. Des périodes de bonheur, brèves comme un ciel lumineux d'été, alternant avec des tempêtes. Or, depuis quelques mois, elle savourait un répit. Pourtant, l'été 1907 avait été assombri par le renvoi de Gaspard des cimenteries. Ç'avait été atroce. Toute la famille Rousseaux avait été déstabilisée. La ville entière avait estimé que la sanction frappant Gaspard était injuste. À trente-cinq ans, Gaspard s'était retrouvé au chômage, situation qu'il supportait mal.

« C'est à cause de sa femme, chuchotait-on. Elle travaille, elle. Comme il fallait faire un exemple et que l'aîné des Rousseaux jouait le meneur depuis la mort de Paulin... »

Esther, blessée, avait remué ciel et terre pour retrouver du travail à Gaspard. Il lui fallait agir discrètement, son mari ne tolérerait pas longtemps de vivre à ses crochets. Il n'avait déjà que trop tendance à se replier sur lui-même et à consacrer toute son attention à ses coulons.

Grâce à l'entremise de Bébert, elle avait appris que monsieur Lhomme, voiturier, recherchait un conducteur. L'affaire avait été rondement menée, l'entrepreneur désirant des personnes de confiance et connaissant de réputation tous les Rousseaux. C'était ainsi que Gaspard sillonnait les chemins du Boulonnais, transportant faïences, linge, livres ou tissus.

Curieusement, cette nouvelle vie lui avait tout de suite plu. Même s'il devait se plier aux consignes de son patron, il était son propre maître sur sa tournée. Et cette sensation de liberté toute neuve le réconfortait.

Après une période difficile, leur couple

s'était renforcé. Esther était enfin heureuse auprès de son mari et de son fils. Ou, du moins, en avait-elle l'impression.

Et puis, il avait fallu qu'*il* pousse la porte du Saint-Éloi. Elle l'avait tout de suite reconnu, même si sa silhouette s'était un peu épaissie. Il était devenu un notable, à présent. *Monsieur* Justin Delfolie, de la Cour aux Paons. Plus personne ne se serait hasardé à lui rappeler qu'il avait débuté comme carreton. Il était puissant, et respecté. Même si Esther refusait de se laisser impressionner.

– Bonjour, dit-elle simplement, comme s'il s'était agi d'un client ordinaire.

Par chance, la salle du Saint-Éloi était presque déserte. Bébert occupait sa place habituelle, devant le poêle, mais il avait déjà ingurgité plusieurs triplettes, et il souleva à peine les paupières pour jeter un coup d'œil distrait à l'arrivant.

Justin ôta sa casquette, qu'il posa sur la table la plus proche du comptoir.

– Il faut que je te parle, attaqua-t-il d'une voix basse, contenue.

Esther fronça les sourcils.

– *Vous* voulez me parler ? répondit-elle, insistant sur le vouvoiement.

Justin haussa les épaules.

– Tu, vous... quelle importance ? Quoi que tu en penses, les formules de politesse n'effaceront pas ce qui s'est produit entre nous il y a... oui, il y a près de neuf ans, je venais tout juste d'arriver à la Cour aux Paons.

– C'est du passé.

Esther crispa les mains sur le comptoir. Elle ne voulait pas se rappeler.

– Un café ? proposa-t-elle pour se donner une contenance.

Justin acquiesça de la tête. Son regard fit le tour de la salle.

– Rien n'a vraiment changé ici, constata-t-il d'un air étonné.

À la ferme, il avait rénové de fond en comble les écuries. Marguerite possédait une cuisinière flambant neuve, qui, prétendait-elle, n'égalerait jamais la précédente. Justin l'avait pourtant surprise un après-midi en train de l'astiquer avec un soin jaloux.

C'était comme un duel permanent entre eux deux afin de déterminer qui, de Justin ou de Marguerite, aurait le plus grand ascendant sur Flore. Flore, cependant, n'était pas femme à se laisser dicter sa conduite. Pour cette seule raison, Justin admirait sa femme.

– Changé ? Pour quoi faire ? répliqua vivement Esther. Ceux qui viennent au Saint-Éloi sont attachés à l'atmosphère, aux marques sur les tables. Ils ont leur place réservée, comme à l'église...

– Drôle d'office ! coupa Justin en jetant un regard chargé de mépris à la silhouette de Bébert, à moitié affalée sur la table.

Esther vit rouge.

– Vous buvez votre café et vous déguerpissez, lança-t-elle sèchement à l'adresse de Justin en lui tendant sa tasse. Non, c'est offert par la maison, ajouta-t-elle alors qu'il portait la main à son gousset.

Un lent sourire étira les lèvres de Justin.

– Merci, Esther.

Il était toujours séduisant. On racontait que la pauvre Flore avait plus d'une rivale. Le maître de la Cour aux Paons troussait volontiers les filles de ferme et venait s'encanailler en ville les jours de marché.

Justin vida sa tasse d'un trait, la reposa sur la table.

– Ton fils... c'est le mien, n'est-ce pas ? attaqua-t-il.

Esther sursauta.

– Henri est le fils de Gaspard. Un Rousseaux.

Le regard de Justin s'assombrit.

– Ne mens pas, Esther. Je l'ai vu, cet enfant. Il me ressemble. Il me faut un fils, reprit-il d'un ton âpre.

– Ne vous attaquez pas au mien, déclara vivement Esther. Henri a un père et une mère.

– Henri, répéta Justin. Ça lui va bien. Je reviendrai à la charge, n'aie crainte. Quitte à crier haut et fort dans toute la ville qu'Henri est mon fils.

Il avait élevé la voix. Esther pâlit, sans pour autant se laisser démonter.

– C'est votre femme qui sera heureuse, répliqua-t-elle d'une voix unie. Elle comprendra alors que vous l'avez mariée uniquement pour devenir le maître de la Cour aux Paons.

Le regard qu'il lui jeta à cet instant la troubla. Il exprimait de la haine mais aussi quelque chose d'indéfinissable, comme du désir, et de l'admiration.

« Oui, je suis devenue forte, Justin Delfolie, pensa-t-elle. C'est en partie grâce à toi. »

La porte claqua violemment. Esther se détourna, revint se placer derrière le comptoir, comme pour y trouver refuge.

Bébert se racla la gorge.

– Encore une petite, ma fille, réclama-t-il. Et... n'aie pas la main trop légère. Il fait soif, avec la « drache » qui va nous tomber dessus.

Qu'avait-il entendu ? Esther, le cœur en déroute, prit une longue inspiration avant de s'exécuter. Elle avait peur. Pas pour elle. Pour Henri, et pour Gaspard. Elle pressentait que

Justin était capable de tout pour s'approprier son fils.

Flore se tenait toute droite sur la chaise à haut dossier de son père. Son visage défait révélait l'intensité de sa souffrance. Le docteur Martin, qui avait succédé au vieux docteur Gagneur, se redressa en soupirant.

– Madame Delfolie, vous saviez, n'est-ce pas, que vous n'auriez jamais dû monter avec votre mauvaise jambe ?

Flore haussa les épaules.

– Je le savais, mais je n'ai pas pu m'y résoudre. Les chevaux, c'est toute ma vie.

Justin, qui se tenait debout dans l'encadrement de la porte, opina du chef.

– Ma femme est plus entêtée qu'un troupeau de mules.

– C'est une forte personnalité, nuança le médecin.

Quelqu'un de bien. Madame Flore, comme on l'appelait, était respectée dans tout le canton, en souvenir de son père. Elle était aussi considérée comme une patronne juste. Elle tempérait souvent le caractère emporté de « Delfolie », ainsi que les gens s'obstinaient à nommer Justin. Lui était seulement craint. On le disait dur pour lui et pour ses valets, et Marguerite ne se privait pas de distiller son venin chaque fois qu'elle se rendait dans sa famille.

– On peut faire quelque chose ? questionna Justin d'une voix lasse.

Le médecin soupira.

– Calmer la douleur avec de l'aspirine, ce remède désormais universel. Du repos, bien sûr, impérativement. Mais... je ne puis accomplir de prodige.

Le visage de Flore se ferma. Elle avait toujours au fond d'elle-même l'espoir de guérir, comme lorsqu'elle était enfant, et qu'elle priait, inlassablement. Elle ne croyait plus, à présent. Elle avait cessé le jour de sa dernière fausse couche.

« Cette fois, nous n'aurons plus d'enfant », s'était borné à déclarer Justin.

Flore, réfugiée au fond de son lit, avait sangloté, tempêté, à s'en casser la voix. Il lui était impossible de se résigner.

Elle avait trop monté, dès qu'elle avait recouvré ses forces. C'était pour elle un exutoire, un moyen d'oublier. Elle sourit au docteur Martin.

Elle allait se ménager, promit-elle. Elle ne voulait surtout pas se retrouver clouée sur un fauteuil comme une vieille femme.

De son côté, le médecin était persuadé qu'elle monterait à nouveau.

Elle était presque jolie quand elle souriait, se dit-il. Non, pas jolie, rectifia-t-il aussitôt, ce qualificatif était trop mièvre pour elle. Elle avait du charme, avec ces yeux gris qui vous sondaient et cette volonté qui tendait son corps. Justin avait épousé la femme qu'il lui fallait, une personne droite et fière.

Une femme de caractère.

16

1909.

De longues écharpes de brume se déchiraient du côté de Wierre-au-Bois, laissant entrevoir un ciel couleur de lin. Une animation fébrile parcourait les rangs de l'assistance tandis que l'on se communiquait les dernières informations. La ville tout entière s'était donné rendez-vous le long de l'itinéraire du circuit du Boulonnais. Les rues en pente de Desvres offraient un parcours contrasté, qu'on aurait dit conçu sur mesure pour les pilotes de voiturettes, qui avaient pris le départ le matin même à Boulogne.

Thérèse, inquiète, agrippa la main de son filleul. Elle lui recommanda une nouvelle fois de ne pas trop se pencher.

Henri soupira.

– Je reste près de toi derrière les palissades

et je ne respire même plus, répliqua-t-il avec un soupçon d'insolence.

– À ta guise, lança Thérèse, piquée.

Henri avait beaucoup changé. Il affichait une certaine provocation, comme s'il avait voulu défier ses parents et les autres membres de sa famille.

Heureusement, sa complicité avec sa marraine ne s'était pas démentie. Comme Esther était retenue au Saint-Éloi et que Gaspard l'aidait à servir, c'était tout naturellement que Thérèse avait invité son neveu à venir assister avec elle au passage du circuit du Boulonnais, qui traversait Desvres. Un véritable événement, cette course automobile ! Le circuit, calqué sur celui de Dieppe du grand prix de l'Automobile Club de France, était long de trente-sept kilomètres huit cent soixante-quinze. Il comprenait vingt-cinq descentes et trente-neuf montées, dont l'une des plus marquantes était celle du Caraquet, à Desvres, avec une inclinaison moyenne de onze pour cent.

Thérèse et Henri s'étaient placés au sommet du Caraquet, afin de bénéficier d'une vue d'ensemble. Une brume tenace noyait le bas de la ville. Le temps maussade, déroutant en ce dimanche 20 juin, avait d'ailleurs retardé le départ de la course. Thérèse, mal remise de sa dernière bronchite, se mit à tousser.

– Tu veux rentrer ? proposa Henri.

Elle lut l'inquiétude dans ses yeux bleu foncé, le serra contre elle pour le rassurer.

Elle ne voulait surtout pas manquer le passage des voitures participant à la course. Roger Leman avait décidé de s'inscrire, et ce malgré les mises en garde de son patron, qui n'appréciait guère le fait de le voir participer à cette épreuve. Il était passionné d'automobiles, chuchotaient les ouvriers qui le voyaient chaque jour se rendre à la cimenterie dans sa Lion Peugeot surbaissée.

Cramponné à la barrière en bois destinée à protéger le public, Henri reconnut la Lion Peugeot du Piémontais Giuppone, son héros préféré, qui portait le dossard numéro huit. Il trépigna.

– Vas-y ! s'écria-t-il.

Thérèse le laissa faire. Elle cherchait à apercevoir Roger Leman. Pour elle, les voiturettes se ressemblaient toutes. De plus, les Lion Peugeot participaient nombreuses à la compétition. Vingt véhicules avaient pris le départ à Saint-Martin-Boulogne. Parmi eux, l'on recensait onze voiturettes françaises, trois anglaises, trois espagnoles et trois belges.

– Regarde, reprit Henri, pointant le doigt vers une voiture surbaissée qui parut fragile comme un jouet d'enfant à Thérèse. Le dossard numéro trois, c'est monsieur Leman !

Elle se surprit à agiter la main à son passage, comme les autres spectateurs.

Les voiturettes, après avoir atteint le sommet du Caraquet, filaient déjà vers Wirwignes. Giuppone était en tête. On racontait qu'il allait dépasser la moyenne époustouflante de quatre-vingt-cinq kilomètres/heure s'il poursuivait à ce rythme, d'autant que certaines portions du circuit étaient particulièrement « roulantes ».

– Monsieur Leman n'a pas une seule chance contre Giuppone, affirma Henri avec l'assurance de celui qui sait.

Thérèse lui ébouriffa les cheveux.

– Qu'il aille au moins jusqu'au bout. C'est important pour lui.

Elle s'intéressait trop à lui, se dit-elle avec une pointe d'irritation.

Henri tira sur son bras en lui enjoignant de se hâter. S'ils avançaient, ils verraient les voiturettes suivantes à pleine vitesse quand elles auraient « avalé » la montée du Caraquet.

Son enthousiasme était contagieux. Thérèse se laissa entraîner sans réfléchir. Ensuite, tout se déroula si rapidement que, par la suite, elle fut incapable d'expliquer ce qui s'était réellement passé. Henri, qui avait posé les pieds sur la barrière inférieure et se penchait imprudemment, malgré les multiples recommandations de sa tante, bascula soudain, tête la première, sur les pavés. Thérèse hurla, car deux voiturettes arrivaient à toute vitesse. Elle voulut se précipiter à son tour sur la chaussée mais ce n'était pas chose aisée avec sa jupe entravée. Elle eut juste le temps d'apercevoir un homme qui s'élançait sous les barrières et courait vers Henri. Il arracha littéralement l'enfant dans ses bras quelques secondes seulement avant le passage de la première voiture.

– Merci, dit Thérèse d'une voix tremblante.

Henri avait les yeux mi-clos.

– Il va avoir une sacrée bosse, fit remarquer son sauveteur.

Il était pâle, lui aussi. Thérèse le regarda et, ébahie, recula d'un pas. Son filleul ressemblait de façon troublante à l'inconnu.

Thérèse, saisie par la chaleureuse atmosphère régnant à l'intérieur de l'estaminet, s'immobilisa sur le seuil du Saint-Éloi. Esther, les joues rougies, les manches retroussées jusqu'aux coudes, paraissait à son affaire parmi ses clients, dont la plupart, ce soir-là, étaient des « étrangers » venus assister à la course des voiturettes. Tartes au maroilles, flamiches, gaufres « levées » à la bière régalaient les consommateurs.

L'espace d'un instant, Thérèse admira sa belle-sœur. Le Saint-Éloi était son royaume. Elle remercia son frère Daniel, qui l'avait aidée à ramener Henri chez lui. Esther les aperçut alors et s'élança vers eux.

Son fils s'écarta légèrement lorsqu'elle voulut le serrer contre elle.

– Je suis fatigué, maman, et j'ai mal à la tête. Je monte me coucher.

Thérèse adressa un sourire apaisant à Esther, qui tournait vers elle un regard perdu.

– Ne t'inquiète pas. Je peux te parler tranquillement ?

Esther jeta un coup d'œil circulaire à la salle.

– Pas longtemps, répondit-elle, l'air soucieuse. Gaspard s'occupe de l'arrière-salle et, ici, ils ne vont pas tarder à réclamer de nouveaux verres. Nous avons même des journalistes venus de Paris qui ont trouvé la triplette « follement exotique ». Tu connaissais cette expression, toi ? Ils m'ont aussi réclamé des boissons dont ils n'auraient jamais entendu parler. J'ai pensé à leur servir le fameux quinquina du Sourcier. Qu'en dis-tu ?

– Viens, dit Thérèse sans répondre.

Elle entraîna Esther dans l'arrière-cuisine, la fit asseoir devant la table de bois patiné. Là, calmement, elle lui raconta ce qui s'était passé durant l'après-midi. Elle expliqua qu'elle avait eu très peur. Daniel, appelé en renfort, les avait conduits, Henri et elle, chez le docteur Martin. Le médecin l'avait rassurée après avoir procédé à un examen complet. Henri s'en tirait avec une bosse, réduite si l'on posait dessus une pièce de monnaie et, ensuite, de l'arnica.

– Mon Dieu ! soupira Esther, entrecroisant ses doigts pour empêcher ses mains de trembler.

Il y avait autre chose, elle le pressentait à l'air soucieux de sa belle-sœur.

– Il faut que je te dise, poursuivit Thérèse, cherchant ses mots. L'homme qui a sauvé Henri est un éleveur de chevaux. Un « seigneur », comme on dit. Et... c'est stupide, je ne sais pas comment t'expliquer ce que j'ai ressenti, j'ai été frappée par sa ressemblance avec le petit. Ça va ?

Esther, très pâle, cilla.

– Ça irait mieux si tu n'inventais pas d'énormes sottises, marmonna-t-elle.

Elle paraissait si désarmée que Thérèse eut honte de ses soupçons.

– Je me demandais seulement comment

cela pouvait être possible, risqua-t-elle en posant la main sur le bras nu de sa belle-sœur. Mais j'ai dû me faire des idées, j'étais tellement affolée.

– Cet homme, enchaîna Esther d'une voix dangereusement calme, il est parti aussitôt ou bien il est resté auprès de vous ?

Thérèse esquissa un geste d'impuissance avant d'expliquer que, vu l'affluence, elle n'avait même pas pu le remercier comme elle l'aurait souhaité.

– Je le reconnaîtrai, moi, glissa Henri qui n'était pas encore monté. Il a les yeux très bleus, et il est fort. Moins grand que papa, mais plus costaud. Ça ne te dit rien, maman ?

– C'est un signalement un peu vague, répondit prudemment Esther.

Cela devait arriver, se dit-elle. Un jour ou l'autre, quelqu'un remarquerait cette ressemblance. Quoiqu'elle ne fût pas si évidente. C'étaient plutôt des expressions semblables. Un air de famille, en quelque sorte.

– Esther ! cria Gaspard depuis l'arrière-salle. Je manque de bière.

– J'arrive, répondit-elle, soulagée d'avoir une excuse pour mettre fin à cette conversation.

Thérèse prit rapidement congé.

Elle fit un détour par la maison de sa mère.

Célestine n'avait pas voulu venir voir la course des voiturettes, elle prétendait que ces distractions n'étaient plus de son âge. La mère de Thérèse souffrait de rhumatismes déformants et d'une lassitude qui la culpabilisait. « Je ne suis pas paresseuse, pourtant », répétait-elle.

Ses enfants s'ingéniaient à tenter de la soulager. Esther lui confectionnait des cataplasmes de feuilles de chou, réputés souverains pour les douleurs. Célestine refusait, naturellement, de consulter, tout comme elle s'obstinait à continuer de travailler chez les Félix.

« Je ne suis pas encore impotente », protestait-elle lorsque ses enfants lui reprochaient de ne pas se montrer raisonnable.

Célestine s'empressa auprès de sa fille, lui proposa l'inévitable tasse de café, accompagnée de biscuits secs, cadeaux de mademoiselle Honora.

– Assieds-toi, tu es toute pâle.

Thérèse marqua une hésitation avant de raconter à sa mère ce qui l'avait si fortement troublée durant l'après-midi. Célestine, qui l'avait écoutée attentivement, fronça les sourcils.

– Ne va pas te mettre martel en tête avec cette histoire, Thérèse, lui recommanda-t-elle. Dis-toi bien qu'Henri est un Rousseaux. Gaspard a su lui transmettre sa passion des coulons. N'est-ce pas la meilleure preuve ?

– Oui, bien sûr, reconnut Thérèse. Je ne sais pas ce que je suis allée chercher.

« La vérité, ma fille, rien que la vérité », songea tristement Célestine. La fatigue lui pesait doublement, tout à coup. Elle avait peur aussi, elle avait déjà entendu parler du « Delfolie », ce n'était pas un homme facile. Et, surtout, il se chuchotait que madame Flore, sa femme, ne pouvait pas avoir d'enfants. Toutes ces informations l'inquiétaient, faisant naître en elle une angoisse diffuse.

Elle secoua la tête, comme pour chasser ces sombres pensées. Son chignon ébranlé vacilla. Célestine le remit vivement en place à coups d'épingles. Lorsqu'elle était enfant, Thérèse, qui partageait la chambre de sa mère, imaginait que les longues épingles noires qu'elle piquait dans son chignon s'enfonçaient dans son crâne et la petite faisait de terrifiants cauchemars à ce sujet.

– Tu soupes avec moi ? proposa la mère.

Elle avait prévu pour elle seule du potage au vermicelle et des tartines beurrées. Thérèse accepta. Ce soir, elle n'avait pas envie de rester seule avec ses doutes et ses interrogations.

Elle retournait chez elle à pas pressés, soucieuse de ne pas croiser le chemin d'un des hommes qui avaient trop largement célébré le passage du circuit du Boulonnais, quand elle reconnut une haute silhouette qui contemplait pensivement la façade de l'Hôtel du Cygne. Roger Leman paraissait si solitaire que Thérèse ne put résister au désir de le héler.

Il se retourna vers elle.

– C'est vous, mademoiselle Rousseaux ? Du diable si je m'attendais à vous trouver ici ! Il est tard, il faut rentrer.

– Je ne suis pas pressée, répondit-elle doucement.

Elle pressentait confusément qu'il avait besoin de parler à une personne amicale.

– Faisons quelques pas ensemble, proposa-t-elle.

La brume estompait les toits de la Grand-Place. Cette journée de juin déroutante préfigurait l'automne, pourtant encore lointain. Roger Leman frissonna.

– Je crains que vous ne preniez froid.

– Eh bien, venez chez moi, reprit Thérèse sans réfléchir. J'habite tout près, vous le savez.

Célestine n'aurait pas manqué de se répandre en récriminations contre ce grave manquement aux règles établies, pensa Thérèse, mais elle n'avait pas l'intention de tenir sa mère au courant de ses moindres faits et gestes. Elle recommanda seulement à son compagnon de faire très attention à la troisième marche de l'escalier, qui grinçait traîtreusement si l'on posait franchement le pied dessus.

Il ôta son manteau. Le vent de la course avait rougi son visage, marqué des cernes blancs des lunettes. Il paraissait las et désenchanté.

– Asseyez-vous, proposa Thérèse, désignant les trois chaises autour de la table ronde. Vous n'êtes pas habitué à ce genre de mobilier, c'est sûr, ajouta-t-elle. Je l'ai acheté à une « foire à tout ».

Et d'expliquer en quoi consistaient ces fameuses brocantes où l'on trouvait n'importe quel objet, pourvu qu'on prenne le temps de chercher son bonheur.

Roger Leman haussa les épaules.

– Je ne suis pas d'ici. On me l'a encore fait remarquer tantôt, après la proclamation des résultats. « Puisque vous teniez tant à participer à cette course, il fallait vous arranger pour figurer au palmarès, m'a lancé monsieur Félix. Qu'on parle au moins des cimenteries... » Que voulez-vous... Je suis un étranger, ici. Un Lillois.

– Ce n'est pas vrai, protesta Thérèse. Vous vous démenez sans compter pour l'entreprise.

Elle lui proposa du café, qu'elle préparait suivant la recette immuable de sa mère.

Il la regarda s'affairer au-dessus de la cuisinière qui diffusait une douce chaleur. Son logis, s'il était modeste, révélait un talent certain de coloriste. Les murs étaient tapissés d'un papier couleur de soleil et ornés de dessins au fusain épurés.

– Je peux ? demanda Roger en se levant.

Il contempla attentivement ces études avant de se retourner vers la jeune fille.

– Où avez-vous donc appris à dessiner ? Car c'est vous, n'est-ce pas, qui avez réalisé ces esquisses ?

Elle hocha la tête avant d'expliquer. C'était un ami de son père, Antonin, qui « gribouillait », comme il disait, le soir et le dimanche. Étant enfant, elle était toujours réfugiée chez lui, lui réclamant du papier et du charbon. Elle avait appris à dessiner avec du charbon de bois. Elle revenait à la maison les mains, le visage et les vêtements tout noirs.

Roger imaginait l'enfant obstinée qu'elle avait dû être. Il la regarda avec plus d'attention. Thérèse Rousseaux était une jeune fille piquante. Une impression de sérénité émanait d'elle, accentuée par la gravité de ses yeux gris.

– Vous avez du talent, déclara-t-il gravement.

Thérèse sourit.

– Je ne sais pas. Peut-être... En tout cas, j'ai dû apprendre un autre métier. J'aurais aimé dessiner...

Ils échangèrent leurs idées, tout en buvant plusieurs tasses du café de Thérèse, fort sans être amer.

– On est bien chez vous, remarqua Roger d'un air étonné après avoir consulté sa montre.

De nouveau, Thérèse sourit. Elle aussi avait apprécié cette paire d'heures volée, tout en sachant que Roger Leman ne reviendrait pas chez elle. Elle le lui expliqua à mots prudents. Elle et lui appartenaient à deux mondes différents.

Il haussa les épaules.

– Quelle importance ? Vous et moi ne nous arrêtons pas à ce genre de détail.

Il repoussa sa chaise, se leva. Elle eut le sentiment de l'avoir blessé et se le reprocha.

Ils se serrèrent la main, un peu gauchement.

– Eh bien, bonsoir, Thérèse, reprit-il.

Elle aurait voulu le retenir auprès d'elle, tout en sachant que c'était impossible. Quoi qu'il en dise, il avait sa situation, une place à tenir dans leur petite ville. Elle, Thérèse, n'était qu'une jeune couturière qui rêvait trop. Elle imaginait le commentaire lapidaire de sa mère si jamais elle avait eu l'imprudence de se confier à elle : « Marie-toi dans ta rue, ma fille ! »

Elle réprima un soupir, écouta le bruit des pas de Roger décroître dans l'escalier. « Jacopattin », qui sonnait le couvre-feu à dix heures du soir, était passé depuis longtemps. Les derniers fêtards rentraient chez eux.

Elle serra contre elle son chat Valentin.

– Tu t'étais caché, garnement. C'est un ami, pourtant.

Un ami. Rien d'autre.

17

Des lambeaux de givre restaient accrochés aux talus. Il avait gelé blanc pour la première fois durant la nuit. L'hiver serait rude, annonçait Marguerite en tisonnant son feu.

– Doucement, Joyeuse !

Flore tira sur les rênes en parvenant à la hauteur de Célina. Personne ne connaissait son nom de famille, à moins que tout le monde ne l'eût oublié. Peu de gens, d'ailleurs, accordaient quelque intérêt à cette vieille femme au visage buriné, au dos ployé sous sa charge. Depuis sa plus tendre enfance, Célina allait ramasser du bois mort dans la forêt domaniale de Desvres. Elle vivait dans une cahute avec une chèvre. Les enfants lui jetaient parfois des pierres, par jeu, mais rien, semblait-il, ne pouvait l'arrêter. Tel un automate, elle parcourait sans relâche les quelques kilomètres séparant la forêt de la cité des potiers, avec son fardeau sur les épaules.

– Attends, cria Flore. J'ai quelque chose pour toi.

Elle venait de livrer le lait en ville mais avait toujours dans le coffre de sa charrette un pot de beurre, « au cas où... », comme elle disait à Marguerite.

Elle se pencha, le tendit à Célina. La vieille s'en saisit prestement.

– Merci, ma jolie, le Bon Dieu te le rendra !

Ce n'était qu'une formule toute faite, se dit Flore, songeuse, utilisée par tous les mendiants sillonnant les routes. Pourtant, elle avait bien besoin d'y croire.

Elle secoua légèrement les rênes. Joyeuse redressa les oreilles.

– Oui, ma belle, nous passons chez Anatole, lui dit Flore. J'ai besoin de te faire faire un collier neuf.

Elle aimait bien Anatole, son ami le bourrelier, qui occupait une longue maison basse à l'entrée de Desvres. Une odeur puissante, cuir, colle, poix et graisse, imprégnait son échoppe dont les murs étaient couverts de colliers, de croupières, de sous-ventrières et de brides.

Anatole s'affairait devant sa table, sur

laquelle des peaux de bœuf côtoyaient pelotes de fil, bocaux de poix et rouleaux de sangles.

Elle n'aurait jamais pu vivre ailleurs qu'ici, se dit-elle, debout sur le seuil, en enveloppant le paysage vallonné si familier d'un regard ému. Elle était de ce pays, fille d'une lignée de Chauchoy, et elle était heureuse d'avoir réussi à préserver son héritage.

Heureuse... oui, malgré tout, elle était heureuse, songea-t-elle. Un sourire éclaira son visage, tandis qu'elle écoutait Anatole lui raconter les dernières nouvelles du canton.

– Qu'est-ce qu'il te faut ? reprit le bourrelier en posant son ouvrage.

Flore lui expliqua que le collier de Joyeuse la blessait. Anatole secoua la tête.

– Cette Joyeuse, tout de même ! Que deviendras-tu quand tu ne l'auras plus ?

Flore se rembrunit. Elle n'aimait pas s'entendre rappeler que sa jument prenait de l'âge. Joyeuse et elle, c'était une histoire un peu particulière, une amitié indéfectible.

– Viens là, ma belle, reprit Anatole à l'adresse de la jument.

Depuis le temps qu'il la connaissait, il savait tout d'elle, jusqu'à sa manière de travailler, tête fièrement dressée, déterminante pour la confection du collier. Joyeuse, frémissante, se laissa flatter. Anatole sourit.

– Je te préparerai un collier neuf pour la semaine prochaine. C'est bien pour toi, Flore, reprit-il en se tournant vers la jeune femme. J'ai du travail par-dessus la tête.

– Prends un apprenti.

– Hé ! Qu'est-ce que tu crois ? Que je roule sur l'or ? Et puis, j'aime mieux rester maître chez moi. Je sais ce que je fais, mes clients ne sont pas déçus.

L'amour du travail bien fait, Flore connaissait. D'un geste familier, elle tapota l'épaule du bourrelier.

– Merci, Anatole. Je repasserai la semaine prochaine.

– Prie bien le bonjour à Justin, lui recommanda-t-il en continuant à découper ses bandes de cuir.

Flore acquiesça distraitement. Elle reprit le chemin de la ferme. Le ciel était clair, les champs de betteraves d'un vert profond. Bientôt, il faudrait les arracher. C'était une période éprouvante, de la mi-octobre à la Noël.

Deux bons mois passés dans la boue, sous la pluie. Flore avait retenu la leçon de son père : mieux valait attendre le plus longtemps possible pour arracher la « bettrape » qui « faisait » son sucre à la fin du cycle de végétation. Pour un profit supplémentaire, maîtres et valets courbaient le dos sous les pluies venteuses de novembre. Les chevaux souffraient eux aussi des mauvaises conditions climatiques. Deux autres chevaux attelés en flèche devaient souvent venir en renfort des tombereaux et de leurs attelages embourbés. Les genoux et les mains pleins de crevasses, Flore souffrait encore plus que les autres à cause de sa mauvaise jambe, mais elle refusait de laisser sa place.

Elle croisa son amie Joséphine au carrefour des Quatre-Vents. La jeune femme avait les yeux brillants, le visage tuméfié. Flore s'en inquiéta immédiatement.

– Ce n'est rien, la rassura-t-elle aussitôt. J'ai attrapé froid et puis je me suis encore cognée. Je suis si maladroite...

Elle mentait, toutes deux le savaient. Amédée, le mari de Joséphine, était connu pour sa violence.

Flore posa timidement la main sur le bras de son amie.

– Ça me fait mal pour toi. Je peux t'aider ?

– Non, jeta la jeune femme, farouche. De toute manière, je crois qu'il me fera payer toute ma vie d'avoir eu les restes de Laurent.

Laurent, son unique amour, l'homme qu'elle devait épouser précisément le jour de sa fête, était mort une semaine avant le mariage, sous un arbre qu'il « bûcheronnait ». Joséphine avait dû se résigner un an plus tard à épouser Amédée Delmau, qui possédait l'Abbaye. C'était la seule ferme du canton capable de rivaliser avec la Cour aux Paons. Ses poulains étaient renommés pour leur robustesse. Jusqu'à ce qu'Amédée, fils mal-aimé, toujours critiqué par un père trop exigeant, ne se mette à boire et à laisser l'élevage partir à vau-l'eau. C'était cet homme aigri que Joséphine, poussée par ses parents âpres au gain, avait dû se résigner à épouser. Et, comme elle venait de le dire avec une lucidité cruelle, Amédée n'avait pas fini de le lui faire payer.

– On peut peut-être lui parler, insista Flore. Il n'a pas le droit de te traiter ainsi.

La jeune femme haussa les épaules d'un mouvement las.

– Moi, peu importe. Tant qu'il ne touche pas à Roselyne.

Roselyne, la fille unique du couple, avait dix ans. C'était une enfant vive et solitaire, que Flore recevait volontiers à la Cour aux Paons. Elle avait parfois l'impression de se retrouver un peu en elle.

– Envoie-la-moi, proposa-t-elle. Marguerite et moi avons rangé des livres de mon père, l'autre jour. Comme je sais que Roselyne adore la lecture...

– En sortant de l’école, peut-être, acquiesça Joséphine.

Le cœur de Flore se serra tandis qu’elle suivait du regard la silhouette malingre de Joséphine poussant son cabrouet, une charrette à bras. Dire qu’elle avait eu le front de se plaindre de son propre sort, quelques minutes auparavant… S’il pouvait faire preuve de dureté, Justin n’avait jamais levé la main sur Flore. Elle ne l’aurait d’ailleurs pas supporté. De par son éducation, elle en imposait à tous, y compris à son mari.

« Madame Flore, de la Cour aux Paons », disait-on d’elle. Justin était fier de sa femme, même s’il ne le lui disait pas.

– Allons, ma belle, on rentre à la maison, fit doucement Flore à l’adresse de Joyeuse.

Il ne fallait jamais brusquer un boulonnais. Justin, comme Auguste Chauchoy l’avait fait avant lui, en était convaincu.

« Ils ont besoin d’être menés en douceur, aimait-il à remarquer. Si l’on élève la voix, ils sont effrayés et perdent confiance en leur maître. »

Douceur et fermeté... c’était de cette manière que Flore avait su s’imposer face à son mari pour ne pas perdre un pouce de ses prérogatives.

De nouveau, elle songea à Joséphine. Le

sort de son amie la tourmentait. Elle en parlerait au père Baptiste, se dit-elle. Le curé avait encore quelque influence sur ses paroissiens.

– Fichu temps ! grommela Justin en ôtant ses galoches.

Depuis une semaine, une pluie fine et obstinée perçait les vêtements des habitants de la Cour aux Paons, occupés à arracher les betteraves. Tout le monde avait les mains crevassées, à un point tel que chaque geste se faisait douloureux. Le soir, Marguerite distribuait de la graisse à traire en guise d'onguent.

« Si c'est pas malheureux de vous voir dans cet état », grommelait-elle. Avant de conclure, vengeresse : « De toute manière, il n'y a jamais rien de bon à attendre du mois de novembre. »

Marguerite détestait cette période et Flore partageait son avis. Le jour de la Toussaint, elle s'était rendue seule au cimetière. Justin était athée. « J'ai trop vu de chienneries dans mon enfance, lui avait-il confié un jour. Je ne sais pas comment je pourrais encore croire en un Dieu d'amour et de justice. »

Dans ces moments-là, Flore se sentait très proche de son mari. Elle aussi doutait fréquemment de l'existence de Dieu, mais Marguerite lui avait si bien inculqué les traditions ancestrales qu'elle n'aurait jamais eu l'idée d'y déroger. Le jour de la Toussaint, on se devait d'honorer ses morts en déposant une bougie allumée sur chaque tombe.

Justin, lui, n'avait pas de famille. Seulement Flore, et les kvos.

– Lucien, tu atteleras Revanche et Coquette, ordonna-t-il au carreton. J'ai l'impression que Joyeuse peinait un peu, aujourd'hui.

L'inquiétude se peignit aussitôt sur le visage de Flore.

– Il m'a semblé, à moi aussi, mais j'étais si fatiguée que je n'y ai pas vraiment fait attention. Je vais la voir tout de suite.

Flore s'élançait déjà vers l'écurie. Justin la retint en posant la main sur son bras.

– Attends un peu, Flore. Va mettre des vêtements secs. Pas question que tu attrapes mal, toi aussi.

Elle obéit, elle savait qu'il avait raison. Malade, elle représenterait un poids mort. Le travail n'attendait pas. Malgré les conditions climatiques désastreuses, ils devaient récolter toutes les betteraves.

– Bois ça, lui dit Marguerite en lui tendant un verre de genièvre.

Flore l'avala d'un trait avant de courir se changer. Ses grosses chaussettes de laine étaient détrempées, tout comme l'espèce de sarrau qu'elle portait par-dessus sa jupe et son châle.

Justin la rejoignit dans la chambre alors qu'elle se frottait vigoureusement le corps. Les flammes du feu allumé par Marguerite jouaient sur sa peau claire.

– Tu deviens belle, lui dit-il d'une voix assourdie.

Elle ne se formalisa pas de ce compliment. Elle savait assez qu'elle avait été une jeune fille ingrate. La trentaine lui allait bien. Justin l'embrassa avant de la faire basculer sur le lit. Au moment où leurs corps s'unirent, elle pensa à Catherine, la fille de ferme, de façon fugitive.

« Peut-être bien qu'il réussira à m'aimer un jour », se dit-elle.

Presque malgré elle, Flore jeta un coup d'œil par-dessus son épaule, pour vérifier la présence de Joyeuse. Sa vieille amie ne se trouvait plus derrière elle. Elle était morte au bout de deux jours et deux nuits durant lesquels Flore était restée auprès d'elle. Joyeuse avait cessé de lutter le jour de la naissance de Cafougnette, une pouliche fragile ainsi nommée par dérision.

Flore l'avait accompagnée jusqu'au bout,

lui chuchotant des mots d'amitié à l'oreille, lui flattant l'encolure, tandis que de longs frissons parcouraient le corps de la jument.

Le vétérinaire appelé en renfort par Justin n'avait pu qu'avouer son impuissance : « Ma pauvre Flore, ta Joyeuse est au bout du rouleau. »

Jusqu'au dernier moment, elle avait pensé qu'il se trompait. Ils se trompaient tous, d'ailleurs, même Justin, qui affirmait comprendre, mais ne le pouvait pas vraiment. Et puis, il y avait eu cet échange de regards, entre Flore et sa jument, alors que l'aube pâlissait, là-bas, du côté du pré cornu.

Flore, le cœur serré, avait alors compris que Joyeuse lui indiquait l'attitude à adopter.

« Maintenant, nos chemins se séparent », disaient les yeux voilés de l'animal.

Flore avait crispé la main sur le poitrail velouté. Joyeuse avait eu un soubresaut, avant de s'affaisser lentement, comme à regret.

Ensuite... Flore se rappelait les bras de Justin autour d'elle, sa voix, un peu rauque, lui répétant que c'était mieux ainsi, que Joyeuse n'avait pas eu le temps de souffrir, et qu'elle, Flore, était forte. La voix de la raison, que la jeune femme se refusait à écouter. Justin l'avait couchée dans l'alcôve et elle avait sangloté de plus belle en pensant que jamais plus elle n'ouvrirait l'œil-de-bœuf donnant sur l'écurie pour héler sa jument préférée.

« Elle n'a pas pleuré comme ça pour son père », marmonnait Marguerite en heurtant ses fait-tout en fonte.

– Ça n'est pas pareil.

Justin comprenait, lui, qu'avec la mort de Joyeuse Flore disait adieu à toute une partie de sa vie.

Marguerite secoua la tête d'un air irrité.

– Elle ne va quand même pas se rendre malade. Pour un kvo...

Justin haussa les épaules avant de demander à la gouvernante d'où elle venait :

– De Saint-Pol, répondit Marguerite, presque machinalement.

C'était bien la première fois qu'elle avait une conversation un peu personnelle avec le « carreton » !

Justin esquissa un sourire moqueur.

– Vous n'avez pas été élevée dans l'amour des kvos. Flore et moi, on se ressemble.

C'était vrai, devait reconnaître Marguerite. Malgré toutes les préventions qu'elle nourrissait à son égard, Justin Delfolie n'avait pas rendu Flore vraiment malheureuse. Certes, il y avait bien ce problème d'enfant, mais qu'y pouvait-il ? Marguerite savait également que

Justin ne se gênait pas pour culbuter les filles de ferme ou les servantes qui se louaient pour la saison, mais cela ne la choquait pas outre mesure. Un homme, n'est-ce pas, cela ne portait pas à conséquence... Et puis, il fallait voir l'insolence et le culot de certaines de ces filles, qui retroussaient effrontément leurs cottes pour mieux montrer leurs jambes aux beaux jours.

De tout temps, la moisson avait favorisé les rapprochements fugitifs, quelques instants de plaisir volés au labeur exténuant. Ça, Marguerite pouvait le comprendre, du moment que Justin sauvegardait les apparences et n'avait pas de maîtresse attitrée. La vieille femme esquissa un sourire. Avec l'âge, elle devenait plus indulgente, son caractère s'adoucissait un peu.

Elle tisonna sa cuisinière pour dissimuler son émotion avant de se retourner vers Justin.

– Faut pas croire, fit-elle d'une voix bourrue, Flore est plus fragile qu'elle n'en a l'air. Elle a souffert depuis toute petite à cause de sa jambe, et tout...

Marguerite, le feu aux joues, s'interrompit. Elle n'aurait jamais imaginé faire ce genre de confidence à Justin Delfolie. Et s'il s'en allait tout raconter à Flore...

Il se contenta de hocher la tête.

– Je sais, Marguerite. Je crois même l'avoir compris dès le jour de mon arrivée ici. Veillez sur Flore, ajouta-t-il. Il faut que je m'occupe des dernières livraisons de betteraves à la distillerie.

Marguerite le suivit d'un regard rêveur. « Il n'est pas si mauvais, après tout, se dit-elle. Peut-être bien qu'il aime un peu la petite... »

L'amour... elle avait tendance à s'en défier, après avoir espéré des années durant que le Juste referait sa vie avec elle.

D'un geste décidé, elle plongea les mains dans sa bassine à vaisselle.

Le drame survint par une nuit de décembre venteuse et glaciale. Lorsque Roselyne, échevelée, hagarde, vint frapper à la porte de la Cour aux Paons, Flore comprit tout de suite que quelque chose de grave venait d'arriver. Elle n'imaginait pas, cependant, en sortant de son lit, découvrir ce spectacle d'épouvante.

– Le feu, balbutia Roselyne en tremblant. Le feu a pris d'un coup dans la salle quand le père a jeté sa bouteille dans l'âtre. Mère...

Déjà, Justin avait passé des vêtements à la hâte, chaussé ses galoches, et foncé en direction de la ferme de l'Abbaye, distante d'environ six cents mètres. Flore le suivit après avoir enfilé une jupe et s'être enveloppée d'une cape. Marguerite, la lampe à pétrole à la main, surgit dans la salle.

– Le feu à l'Abbaye, lui expliqua Flore. Occupe-toi de la petite et envoie-nous les valets en renfort.

Dans la cour de l'Abbaye, des flammes immenses jetaient des ombres fantasmagoriques sur les pavés disjoints. Justin se précipita aux écuries pour libérer les deux derniers chevaux qu'Amédée possédait encore tandis que Flore s'élançait à l'intérieur.

Elle recula, saisie, suffoquée par la chaleur et la force de l'incendie.

– Viens m'aider, cria-t-elle à l'adresse de Justin.

Joséphine avait basculé la tête la première sur le pavé. Elle était inconsciente. Flore, les lèvres crispées sur un gémissement de douleur, réussit à tirer son amie au-dehors. Justin la retint quelques instants contre lui en lui recommandant de rester dans la cour.

– Ne retourne pas là-dedans. C'est beaucoup trop dangereux.

Les valets, arrivés en renfort, accompagnèrent Justin à l'intérieur de la ferme. Ils se virent contraints de rebrousser chemin. L'atmosphère était suffocante et les poutres s'effondraient dans un fracas assourdissant.

Les hommes firent la chaîne jusqu'au puits pour tenter d'éteindre l'incendie. Au loin, le tocsin sonnait.

– Quelle misère ! commenta Justin au petit matin devant les ruines de ce qui avait été au siècle précédent un des plus beaux domaines du Boulonnais.

Le feu s'était propagé à une vitesse inouïe dans les combles. L'ancienne abbaye, occupée par des moines au XVe siècle avant de devenir une ferme prospère, n'était plus que décombres noircis. Joséphine, gravement brûlée, était toujours inconsciente et Amédée n'avait pu être sauvé. Roselyne, profondément choquée, restait muette, les yeux agrandis, la bouche à demi ouverte sur un cri de terreur qu'elle ne parvenait pas à extérioriser. Flore et Marguerite s'ingéniaient à la réconforter tandis que le docteur Martin, arrivé en catastrophe, tentait de soigner les brûlures profondes de Joséphine.

– Il faut la transporter à Boulogne, déclara-t-il au petit jour.

Il était épuisé et désemparé. C'était un homme idéaliste qui croyait aux progrès de la médecine et supportait mal son impuissance. Cette femme qui gisait sur le lit lui rappelait de façon brutale les limites de la science.

Justin se chargea de tenir les curieux à distance. Le drame avait bouleversé les fermiers des alentours. Tout le monde voulait apporter son aide.

« À quoi bon ? pensait Flore avec une certaine amertume. C'était *avant* qu'il aurait fallu faire quelque chose. Quand Joséphine était trop terrorisée par son ivrogne de mari pour s'enfuir avec sa fille. »

Elle-même se sentait coupable. Elle aurait dû intervenir, se montrer plus persuasive avec son amie. Elle avait essayé, à plusieurs reprises, sans pour autant y parvenir. Joséphine voulait avant tout préserver l'héritage de Roselyne.

Flore l'entendait encore lui dire : « Si nous nous sauvons, il aura beau jeu de me salir et de me traiter de moins que rien. Il boira le peu qu'il reste de la ferme et, alors, que deviendra ma petite ? »

Flore frissonna. C'était trop injuste, comme souvent, hélas. Les fermiers considéraient leur femme comme une main-d'œuvre gratuite, taillable et corvéable à merci.

Le docteur Martin passa la tête dans l'entrebâillement de la porte.

– Elle a repris conscience. Hélas, devrais-je dire, la malheureuse souffre le martyre. Pouvez-vous venir ?

Flore avait eu beau tenter de se cuirasser, elle ne put réprimer un sursaut en découvrant Joséphine. Son visage, ses bras et ses mains bandés avec soin ne laissaient voir qu'un regard nu, brûlant de fièvre et de douleur.

– Flore, articula-t-elle avec peine.

Sa respiration était sifflante. Le cœur étreint de compassion, Flore se pencha au-dessus de son amie.

– Roselyne est sauvée, lui dit-elle.

Joséphine battit des paupières.

– Roselyne, occupe-toi d'elle. Promets.

Flore s'exécuta, sans même avoir conscience de l'engagement qu'elle prenait. À cet instant, seules comptaient pour elle Joséphine, et cette souffrance nue, intolérable, qui la crucifiait.

– Je vais lui administrer une nouvelle dose de morphine, dit le médecin. Pourvu que le cœur tienne.

Joséphine mourut au cours de la nuit suivante, dans une salle de l'hôpital de Boulogne. Flore ne l'avait pas quittée, et Roselyne non plus.

Lorsque la religieuse eut recouvert le corps supplicié d'un drap blanc, les deux femmes quittèrent la salle en se serrant l'une contre l'autre.

– C'est de ma faute, sanglotait la fillette, je n'aurais pas dû la laisser seule.

– Ne dis pas de sottises, voyons. Il n’y a qu’un responsable, et c’est ton père.

Flore se reprocha cette mise au point brutale aussitôt après l’avoir prononcée, mais Roselyne opina du chef.

– Ma mère voulait partir, c’était devenu intenable.

Elles finirent par se réfugier à l’intérieur de Notre-Dame de Boulogne. Lorsqu’elles sortirent de la basilique, les pleurs de Roselyne s’étaient apaisés.

– Tu vas vivre avec nous à la ferme, lui assura Flore.

Elle espérait seulement que Justin ne s’opposerait pas à sa décision.

18

Thérèse Rousseaux s'arrêta un instant, le souffle court, avant d'attaquer la dernière volée de marches menant à ce qu'elle nommait son « pigeonnier ». Elle habitait une ville superbe, certes, dont les natifs s'enorgueillissaient à juste titre, mais la cité des potiers lui manquait de plus en plus.

Elle avait cherché un logement durant plusieurs jours avant de découvrir l'affichette « À louer » accrochée à la porte cochère d'une des maisons de la rue Saint-Auber, tout près d'une des plus anciennes demeures d'Arras, en brique jaune et pierre blanche.

Dès qu'elle avait découvert les trois pièces et la vue donnant sur la petite place du Wetz-d'Amain, elle avait su qu'elle habiterait là et nulle part ailleurs. À Arras, personne ne les connaissait, Roger et elle. C'était plus facile pour eux.

Le soir où elle l'avait découvert sur son palier, le regard perdu, elle avait compris qu'il venait de franchir un pas décisif. « Bonsoir, Thérèse. Acceptez-vous de m'héberger ? » lui avait-il dit.

Thérèse, sans hésiter, avait ouvert toute grande sa porte. Ils n'étaient pas restés longtemps à Desvres, cependant. Il était quasiment impossible de garder une relation secrète dans la cité des potiers. Les commères avaient tôt fait de tirer des conclusions, qu'elles échangeaient au lavoir ou sur le marché. Thérèse, fille et sœur d'ouvriers, ne pouvait pas fréquenter l'un des directeurs des cimenteries. « Cela ne se fait pas », répétait-on d'un air gourmand. Les clientes de Thérèse glissaient quelques allusions dans la conversation, mine de rien, histoire de montrer qu'elles n'étaient pas dupes de la situation. D'autres avaient cessé brutalement de recourir à ses services, pour bien manifester leur réprobation.

Célestine ne s'était pas montrée vraiment surprise quand Thérèse était venue lui faire ses adieux.

« Que comptes-tu faire, ma pauvre fille ? »

La jeune femme avait soutenu le regard courroucé de sa mère.

« Je ne sais pas, maman. Ce n'est pas le plus important. J'aime Roger, et il m'aime. »

Célestine avait vu rouge.

« C'est parce qu'il t'aime, sans doute, qu'il vient chez toi à la nuit tombée, comme un voleur ? Ça n'est pas un homme pour toi. C'est un « monsieur », lui. Quand il sera lassé de toi, tu te retrouveras avec tes yeux pour pleurer.

– Maman, tu es toujours si... terre à terre. »

Le visage de Célestine s'était fermé.

« C'est la vie qui m'a rendue ainsi, ma fille. Avant, j'ai peut-être bien eu des idées folles qui m'ont traversé l'esprit, moi aussi, mais jamais, au grand jamais, je n'ai manqué. Chez nous, on est droit. »

Le moyen de discuter ? avait pensé Thérèse. Mère et fille campaient fermement sur leurs positions. C'était la première fois qu'elles s'affrontaient aussi rudement.

« Ce n'est pas la peine de revenir chez moi tant que tu seras avec cet homme », avait conclu Célestine. Thérèse avait encaissé la décision de sa mère sans répliquer.

« Ne me demande pas l'impossible, maman », avait-elle simplement déclaré d'une voix blanche avant de franchir le seuil de la maison de son enfance sans se retourner. Le jour où elle avait pris un logement en ville avait constitué son premier pas vers l'indépendance. Roger et elle n'avaient alors échangé que quelques mots, mais toute leur relation était en devenir.

Elle aimait bien cette expression – « en devenir » – comme si, contrairement à ce qu'on lui avait inculqué depuis l'enfance, rien n'avait été réellement joué.

Maud l'attendait dans la rue, ce jour-là. Thérèse et elle avaient toujours entretenu des relations assez distantes, chacune désirant être la préférée de Gaspard. Le mariage de ce dernier avec Esther avait un peu atténué leur rivalité mais elles n'étaient pas devenues pour autant des amies. Maud esquissa un sourire moqueur en voyant Thérèse presser le pas.

– Eh bien, sainte-nitouche, tu fais moins la fière maintenant que tu es une fille de rien, toi aussi !

Thérèse ne répondit pas. Elle avait les yeux pleins de larmes lorsqu'elle regagna son meublé. Le lendemain, Roger et elle quittaient Desvres pour Arras.

Roger trouva assez rapidement un emploi à Orchies et se mit à parcourir la région pour vanter les mérites de la chicorée Leroux. C'était une solution d'attente, qui leur permettait de vivre dans une relative aisance.

Thérèse, qui supportait mal l'inactivité, se mit à réaliser des portraits d'enfants. Roger n'aimait pas l'idée qu'elle travaille comme couturière à domicile. Elle imaginait le sourire entendu de sa mère. Célestine ne manquerait pas de lui faire remarquer leurs différences d'éducation, de milieu. « Chez ces gens-là, petite, les femmes ne travaillent pas. Ils en profitent parfois pour moins les respecter. Nous, les Rousseaux, avons toujours été indépendantes. Regarde Esther, regarde-moi... »

Elle se constitua une clientèle, grâce au bouche-à-oreille. Elle racontait des histoires aux enfants durant les séances de pose. Ils l'écoutaient, passionnés par ses récits, notamment lorsqu'il était question de son frère Étienne, le « mulet », qui piétinait la terre à longueur de journée.

– Il sait tout de même parler, malgré tout ? lui demanda un jour Aurélie, une fillette au regard angélique.

Thérèse en eut les larmes aux yeux.

– Bien sûr, qu'il parle ! s'écria-t-elle avec une révolte contenue.

Était-ce ainsi qu'on les considérait ? Comme des êtres privés de la parole parce qu'ils exerçaient un travail dont personne ne voulait ?

Le soir même, elle jeta ces mots empreints de fureur et de peine au visage de Roger. Il recula légèrement.

– Du calme, voyons, Thérèse. Ce n'est pas parce que cette enfant a fait une réflexion stupide...

Il ne comprenait pas. Il ne pouvait pas comprendre, il n'avait pas joué, enfant, dans la boue et la poussière du quartier des cimenteries.

Il ignorait les « repas de petotes », comme disait Célestine, des pommes de terre, toujours des pommes de terre, qui tenaient au corps et coûtaient beaucoup moins cher que la viande. Roger ignorait tout de la honte brûlante éprouvée lorsque mademoiselle Honora glissait dans le cabas noir de sa mère des biscuits trop secs.

Il fallait dire merci, Célestine y tenait. Thérèse parlait, parlait, tout en s'essuyant rageusement les yeux, et Roger se sentait impuissant à endiguer ce déferlement de paroles.

Elle jeta un regard perdu à Roger. Ne pouvait-il donc comprendre ce qu'elle ressentait ?

– Thérèse, murmura Roger d'une voix changée.

Il tendit la main vers elle. Son visage était ravagé. Il désirait épouser la jeune femme et comprenait mal ses refus obstinés.

Thérèse butait sur les mots, ne trouvant pas en elle la force de lui expliquer la colère qui l'avait saisie en songeant à Étienne. Paulin, l'ami de Gaspard, aurait utilisé ces grandes phrases qu'il affectionnait. La « classe ouvrière », disait-il d'un air gourmand.

Thérèse soupira. Brusquement, elle prit conscience du fait que le bonheur leur était compté. Un jour ou l'autre, Roger et elle se sépareraient. C'était dans l'ordre des choses. Ils étaient trop différents, appartenaient à des mondes que tout opposait. Un fils de bourgeois et une fille d'ouvrier. Tous deux avaient pris soin de ne pas officialiser leur relation par une présentation à la famille. C'était trop compliqué. Ils connaissaient à l'avance les arguments qu'on leur opposerait pour les convaincre de ne pas se marier.

Ils préféraient vivre dans l'ombre. Heureux. Tant que le monde extérieur les oubliait.

19

1912.

Roselyne prit une longue inspiration et ne détourna pas les yeux en passant à la hauteur de ce qui avait été la ferme de l'Abbaye. La vue des décombres noircis lui soulevait le cœur. Durant plusieurs mois, elle avait été victime d'horribles cauchemars dans lesquels elle était cernée par les flammes. Elle se reprochait toujours de n'avoir pu sauver sa mère, mais la chaleureuse affection que Flore lui témoignait l'aidait peu à peu à retrouver le goût de vivre.

Un toussotement dans son dos la fit tressaillir. Elle sursauta, comme prise en faute, fut rassurée en reconnaissant Célina, la vieille femme qui ramassait du bois mort dans la forêt et que sa mère, comme Flore, hébergeait souvent l'hiver au chaud dans une grange.

– Bonjour, Célina, dit-elle gentiment.

– Bonjour, ma fille. Tu es revenue chez toi ? Cette ferme est à toi, ne l'oublie pas. Ne laisse pas le bâtard te la prendre.

Le bâtard... Roselyne savait que les ennemis de Justin l'appelaient ainsi. Roselyne se défiait de Justin. Il faisait preuve à son égard d'une indifférence distraite. L'adolescente avait compris que, si Flore l'avait accueillie comme sa fille à la Cour aux Paons, Justin Delfolie, lui, la considérerait toujours comme une étrangère.

Célina posa sa main, sale et ridée, sur le bras de Roselyne.

– Je sais beaucoup de choses, moi, marmonna-t-elle. Je te dirai, un jour...

– C'est ça, répondit Roselyne.

Célina l'effrayait toujours un peu. Elle n'aurait pas dû passer par la ferme de l'Abbaye, se dit-elle, mais c'était plus fort qu'elle. Chaque fois qu'elle avait un moment de libre, elle revenait dans cet endroit qui avait trop souvent résonné de cris et d'altercations. Elle se rappelait son père, buvant jusqu'à perdre la tête, jusqu'à insulter sa mère, et la battre. Elle s'était révoltée, une fois, avait reçu un coup de poing qui l'avait expédiée contre la cheminée.

« Jamais plus », s'était-elle juré. Calme et

posée en apparence, Roselyne bouillonnait de révolte et de désir d'une autre vie. Lorsqu'elle se réveillait, la nuit, dans sa chambre de la Cour aux Paons, elle tendait instinctivement l'oreille, pour guetter les échos des terribles colères de son père. Elle n'entendait que le bruit rassurant de l'horloge de la salle et, de temps à autre, un hennissement provenant des écuries toutes proches.

« Un jour, se promettait-elle, un jour, j'aurai des chevaux, moi aussi, et la ferme de l'Abbaye renaîtra. »

Elle avait en elle l'amour viscéral du cheval boulonnais. C'était son grand-père qui le lui avait transmis avant de mourir. Il était tombé dans son champ en tenant la bride de Marquise, sa jument préférée. Ce jour-là, malgré le chagrin éprouvé, Roselyne avait pensé que grand-père Kleber était mort comme il l'aurait souhaité. Au travail, parmi ses chevaux... Après sa disparition, plus rien n'avait été pareil.

– Rappelle-toi, lui dit Célina. Tu viendras me voir, quand tu seras prête.

Roselyne fit oui de la tête avant de s'esquiver. Elle devait aller chercher les œufs frais au poulailler, donner à manger aux lapins avant de tenter de convaincre Flore de l'accompagner à Desvres. Depuis plusieurs jours, de grandes affiches annonçaient la présence dans la ville, le vendredi 5 juillet, des « géants des Alpes », Baptiste et Antoine Hugo. Leur photographie avait impressionné Roselyne. Elle, toujours assaillie de terreurs nocturnes, avait pensé que ces géants devaient être particulièrement rassurants.

Roselyne s'acquitta de ses tâches avant de venir adresser sa requête à celle qu'elle appelait « marraine ». Flore ne lui laissa pas le loisir de s'expliquer. Elle avait mis sa robe bleue des grands jours, lissé ses cheveux à la bière.

– Prépare-toi vite, je t'emmène à Desvres, lui annonça-t-elle.

Une animation joyeuse régnait dans la cité des potiers. La foule se pressait pour voir de plus près les géants Hugo et le tarif de quarante centimes ne dissuadait pas les curieux. Flore ne déboursa que vingt centimes, demi-tarif, pour Roselyne. L'adolescente, qui rêvait pourtant depuis plusieurs jours d'assister à cette exhibition, fut déçue. Certes, les géants étaient impressionnants avec leur taille plus qu'imposante. L'aîné, âgé de trente ans, ne dépassait-il pas deux mètres trente pour un poids de deux cent quinze kilos, alors que le cadet, âgé de vingt et un ans, était grand de deux mètres vingt-cinq et pesait cent cinquante kilos ? Les enfants, ébahis, se poussaient du coude en montrant que chaque frère couvrait de son pouce une pièce de cinq francs. Pour accentuer le contraste, les géants Baptiste et Antoine Hugo étaient accompagnés d'un homme minuscule tel que l'on n'avait pas eu l'occasion d'en voir depuis des siècles, comme le disaient les placards publicitaires. Il s'agissait d'un nain, Adriens, qui, à vingt ans, mesurait soixante-neuf centimètres pour un poids de neuf kilos.

– Excusez-moi, balbutia Roselyne en tournant les talons.

Une nausée horrible lui soulevait le cœur. Les frères Hugo pouvaient se défendre, lui semblait-il, alors qu'Adriens lui était apparu extrêmement vulnérable. Elle n'avait pu supporter de le voir ainsi exhibé sous les commentaires plus ou moins désobligeants qui fusaient de toutes parts.

Elle bouscula plusieurs personnes, se réfugia devant l'Hôtel du Cygne. La curiosité avide de la foule lui rappelait la violence dont son père pouvait faire preuve. Une forte douleur dans le ventre la plia en deux. Elle pâlit.

– Ça va ?

Le garçon qui venait de l'interpeller était grand. Il avait des yeux bleu foncé, un visage grave. Roselyne se redressa. Brusquement, elle avait envie de parler à cet inconnu.

– J'ai détesté ce... spectacle, tenta-t-elle d'expliquer. C'est cruel.

– Moins que les combats de coqs. Personne ne les force.

Roselyne esquissa une moue. Elle ne pensait pas que les frères Hugo et le nain Adriens aient vraiment eu le choix.

– Je m'appelle Roselyne, et toi ? enchaîna-t-elle.

– Henri Rousseaux. Tu ne vas pas à l'école du Caraquet ?

Elle secoua la tête, avant de répondre avec une certaine réticence qu'elle avait arrêté l'année du certificat.

Son visage se ferma. Elle ne voulait pas s'expliquer plus avant, raconter qu'elle n'avait pu supporter de retourner à l'école après l'incendie. Elle imaginait trop bien les questions plus ou moins indiscrètes, les plaisanteries acerbes dont elle aurait pu faire l'objet.

– Moi, je suis apprenti modeleur chez Courtray, reprit Henri.

Son travail avait provoqué une sérieuse dispute, au Saint-Éloi. Sa mère désirait qu'il poursuive ses études après sa brillante réussite au certificat d'études. Pour l'occasion, la municipalité de Desvres avait offert un voyage à Boulogne aux jeunes lauréats.

Henri, cependant, avait refusé de « continuer », comme disait sa mère. À quoi bon ? pensait-il. Il aimait étudier, certes, tout en sachant qu'il ne pourrait jamais devenir médecin, le métier dont il rêvait secrètement.

À tout prendre, il avait choisi l'apprentissage à la faïencerie. Il lui fallait un contact manuel, il avait en lui le besoin de créer quelque chose. L'apprentissage était rude, mais Henri n'était pas malheureux. Peut-être pas vraiment heureux non plus, mais ce dernier point ne regardait que lui.

Les deux adolescents échangèrent quelques phrases. Roselyne parla des chevaux, qui la passionnaient. Henri évoqua les coulons dont il s'occupait avec son père. Leur champion, Balthazar, avait gagné une coupe le dimanche précédent. Les Rousseaux en étaient particulièrement fiers.

Une grande femme au visage sérieux s'arrêta à leur hauteur.

– Roselyne ! Je te cherchais partout. Que s'est-il donc passé ?

– Je ne pouvais pas rester, répondit simplement la fille de Joséphine.

Flore abaissa les paupières pour dire qu'elle comprenait. Elle aussi, qui souffrait depuis l'enfance de son infirmité, avait mal supporté l'exhibition du nain et des géants.

Elle proposa de rentrer à la ferme d'une voix douce.

Roselyne acquiesça, avant de se retourner vers le jeune Rousseaux.

– Eh bien... au revoir, Henri, lui dit-elle, un peu gauchement, en lui tendant la main.

Henri ôta sa casquette.

Il avait encore une foule de choses à confier à Roselyne, mais la femme vêtue de bleu l'impressionnait. Elle avait une façon de le regarder un peu bizarre, comme si elle se demandait où elle l'avait déjà vu.

Roselyne s'en alla, bien droite, au côté de sa compagne, qui boitait bas. Les deux femmes ne se ressemblaient pas. Pourtant, Henri pressentait qu'une affectueuse complicité les unissait.

Songeur, il reprit le chemin du Saint-Éloi. Soudain, il s'était senti moins seul.

Henri avait souvent l'impression d'être un garçon un peu à part. Lorsque son père travaillait encore aux cimenteries, c'était différent. Il avait plus de temps à lui consacrer. Désormais, Gaspard acceptait des courses de plus en plus longues, pour gagner plus d'argent. Que leur était-il arrivé ? se demandait parfois Henri. Les liens entre les différents membres de la famille Rousseaux s'étaient effilochés depuis le départ de Thérèse. Angèle, la femme de Daniel, avait violemment critiqué sa belle-sœur, l'accusant de « faire la noce » à Arras. Esther avait alors pris la défense de la fille unique de Célestine.

Sa marraine manquait à Henri. Certes, elle lui écrivait régulièrement, mais plus rien n'était pareil. Tous deux avaient toujours été complices. Il fallait peut-être chercher là la raison de sa solitude.

Pierre s'était marié dans ses lointaines Ardennes, malgré les réticences de sa mère. Personne n'avait pu se rendre à ses noces. Célestine pressait son cadet de venir lui présenter sa femme, mais Pierre répondait qu'il n'était pas assez riche. Plus tard, peut-être... Pour l'instant, Marie-Reine attendait un petit. Il se disait heureux et fier. Sa belle-famille le considérait comme le fils de la maison. Cette précision avait glacé le cœur de Célestine. Ce jour-là, elle avait compris que Pierre ne reviendrait jamais au pays.

Henri poussa la porte du Saint-Éloi. Sa mère s'affairait derrière le comptoir, vive et efficace, comme toujours. Elle était belle. Il aurait voulu lui dire qu'il l'aimait, mais quelque chose au fond de lui l'en empêchait.

Elle leva la tête, le regarda.

– Eh bien ? Ces géants ? questionna-t-elle.

Il haussa les épaules sans répondre. Elle ne comprendrait pas s'il tentait de lui expliquer sa rencontre avec Roselyne, cette attirance mutuelle qu'ils avaient ressentie l'un pour l'autre. Sa mère faisait passer l'estaminet avant tout.

– Henri, murmura Esther.

Elle se désespérait de ne pas parvenir à gagner la confiance de son fils. Quelque part au fond d'elle-même, elle se disait parfois qu'elle payait pour la faute commise l'année de ses dix-sept ans. Elle en souffrait, mais acceptait cette souffrance du moment qu'Henri ne devinait pas la vérité sur ses origines.

20

1913.

Le ciel pleurait sans discontinuer. L'humidité s'infiltrait partout. Avec un soupir, Roselyne redressa son dos douloureux. Depuis un mois, les valets et elle arrachaient les betteraves dans la boue, sous une pluie fine et persistante, et elle avait les genoux et les mains couverts d'engelures.

Le travail était bien réparti : les hommes arrachaient les « bettrapes » au « pied-de-biche » avant de les secouer pour ôter toute la terre qui collait aux racines. Les femmes se chargeaient ensuite de les « câtrer » en séparant les feuilles de la racine. Une tâche longue et pénible, rendue encore plus éprouvante par le mauvais temps.

Le soir, Flore appliquait sur les gerçures

de Roselyne de la graisse à traire, qui sentait horriblement mauvais, mais rien n'y faisait. Ses mains restaient abîmées.

« Maudites betteraves », disait parfois Flore, tout en sachant que leur arrachage procurait à la Cour aux Paons un revenu non négligeable. On s'épuisait tout l'automne pour pouvoir garder un cheval supplémentaire. Parce que tout, à la ferme, était subordonné aux boulonnais. « Mes kvos passeront toujours avant tout », disait Justin.

Depuis longtemps, Flore l'avait compris. Il lui arrivait de froncer les sourcils lorsqu'elle entendait son mari dire « mes kvos », et puis elle songeait qu'il l'avait mérité. Depuis leur mariage, il avait consacré sa vie aux boulonnais de la Cour aux Paons. « Ces kvos-là ont un caractère en or, disait aussi Justin. Doux et nerveux à la fois. »

Flore pensait parfois qu'il donnait à ses chers chevaux plus de son temps et de son affection qu'à elle-même. C'était une idée qui lui venait lorsqu'elle était mélancolique, ou que le vent et la pluie s'abattaient en rafales. Elle se disait alors que sa vie était gâchée et que c'était entièrement sa faute. Elle l'avait assez désiré, son carreton ! Marguerite, qui était exaspérante à force de lire dans les pensées, remarquait dans ces moments-là, en faisant claquer sa langue : « Comme on fait son lit... on se couche. »

Roselyne jeta un regard dégoûté à sa jupe maculée de boue.

– Demain, je mets un pantalon, décida-t-elle. Et tant pis pour ce que dira Justin.

Marguerite et Flore assistaient, amusées, à ce qu'elles avaient nommé la « bagarre des culottes ». Justin, en effet, interdisait à Roselyne de porter le pantalon pour aller arracher les betteraves.

« On n'a jamais vu ça », marmonnait-il. Ce à quoi Flore répondait : « J'ai toujours monté en pantalon. C'est bien plus commode. »

Monter, c'était différent, ergotait Justin. De toute manière, il était de très mauvaise foi, comme la plupart des hommes. Avec des idées arrêtées sur les choses qui se faisaient et celles qui ne se faisaient pas. Avec l'âge, un désir soudain de respectabilité le taraudait. Les éleveurs de chevaux étaient des seigneurs, et Justin Delfolie savourait trop le goût de la revanche pour ne pas chercher à grimper toujours plus haut dans l'échelle sociale.

Roselyne se releva, secoua son tablier. Les betteraves mises en monts étaient chargées sur des tombereaux que les boulonnais de la Cour aux Paons tiraient vaillamment jusqu'à la gare de Desvres. De là, les betteraves partaient pour les usines sucrières de la région.

– Tu montes ? cria Antoine, un valet, en la hélant depuis le siège du tombereau.

Roselyne secoua la tête.

– Merci bien ! Je ne veux plus voir une betterave de ma journée ! Je rentre à pied, ça nettoiera peut-être mes loques.

Le ciel et la terre se rejoignaient sous la ligne de l'horizon. Roselyne aimait profondément son pays. Elle aimait jusqu'à ce ciel mouillé qui donnait l'impression de courir se jeter à la mer. Sous les assauts du vent d'ouest, les maisons basses, chaulées de frais, se recroquevillaient à l'abri des vallons. Elle avait trouvé la force de vivre quand même en travaillant à la Cour aux Paons. Elle n'oubliait pas pour autant la ferme de l'Abbaye, son héritage. « Un jour... » se disait-elle. Elle s'était promis de reconstruire les bâtiments.

Une sourde mélancolie l'envahissait à l'idée qu'elle ne pourrait jamais venir seule à bout de cette tâche. Il faudrait qu'elle en parle avec Flore. Sa marraine comprenait beaucoup de choses.

Coquet, le ratier, se précipita à sa rencontre dès qu'elle eut franchi le portail de la Cour aux Paons. Roselyne se pencha, le caressa d'une main distraite. Le couple de paons, indifférent, la regarda passer. Ils ne se dérangeaient que pour Flore.

– Je suis vannée, s'écria l'adolescente en pénétrant dans la cuisine, où régnait une douce chaleur.

Marguerite se retourna vers elle, son écumoire à la main. Ses yeux pétillaient.

– C'est le métier qui rentre, ma fille. Fais voir tes mains... Ça fait mal, hein ? Viens, tu vas te récurer, mais bois d'abord un bon café.

– Au lait, s'il vous plaît, Marguerite. Avec plein de tartines.

– Tu auras encore faim pour le souper ? Oui, bien sûr, à ton âge, on a toujours faim. Flore est allée à Desvres, un rendez-vous chez le notaire, je crois. Elle guigne un terrain. Je me demande...

La vieille femme s'interrompit. Elle avait beau éprouver de l'affection pour Roselyne, elle n'allait tout de même pas lui confier les secrets de Flore.

– Tu te fais belle, ma fille, se surprit-elle à dire à Roselyne.

L'enfant farouche, trop maigre, était devenue une adolescente séduisante au teint très clair, à la silhouette fine et bien proportionnée. Marguerite se disait parfois que, sans l'incendie ayant ravagé la ferme de l'Abbaye, Roselyne ne se serait pas épanouie de cette manière. L'amour dont Flore l'avait entourée l'avait aidée à surmonter la tragédie. Elle gardait cependant une certaine mélancolie au fond des yeux. Parfois, Marguerite se demandait ce qu'elle allait devenir. Justin utilisait des terres appartenant à l'Abbaye. Il n'avait pas touché aux ruines, cependant, mais Marguerite savait que Roselyne rêvait de reconstruire la ferme familiale. Pour ce faire, il lui faudrait vendre des terrains. L'adolescente avait-elle conscience de l'ampleur de la tâche qui l'attendait ?

En soupirant, Marguerite tisonna la cuisinière. Les valets venaient de lui apporter une nouvelle « récolte », comme ils disaient : une douzaine de rats capturés grâce aux pièges qu'ils plaçaient dans les communs. Les ouvriers agricoles, quand ils ne les noyaient pas dans la fosse à purin au moyen d'une nasse, présentaient les rats à Marguerite, liés avec une ficelle. Elle les jetait aussitôt dans le feu mais elle détestait ça. Elle allait suggérer à Flore de se rendre à un concours de chiens ratiers et d'acheter le champion. À moins que Roselyne ne veuille s'en charger ? Elle aimait bien la « petite », comme elle disait avec une note affectueuse dans la voix. Elle savait que Flore considérait sa filleule comme sa fille. Pas Justin. Et une sourde inquiétude la rongeait à l'idée que l'ancien carreton n'avait pas d'héritier. Au fond d'elle-même, elle commençait à le comprendre.

Lorsqu'elle reconnut la silhouette dégingandée et les yeux bleus d'Henri Rousseaux, Roselyne éprouva un sentiment bizarre. Une certaine excitation, mêlée d'appréhension. Cela faisait plusieurs mois qu'elle ne l'avait pas revu et, pourtant, elle ne l'avait pas oublié.

– Bonjour, dit-elle en s'avançant vers lui, main tendue.

Elle livrait le lait, comme chaque matin, et commençait sa tournée par la maison des Galloy, qui étaient les meilleurs clients de Flore.

Elle lui demanda s'il travaillait toujours à la faïencerie Courtray.

Henri fit la moue. Il s'ennuyait ferme à la fabrique, où le métier de modeleur ne le passionnait guère.

Roselyne sourit. Il lui semblait qu'elle comprenait ce qu'il ne parvenait pas à exprimer.

– Peux-tu venir un dimanche après-midi ? reprit-elle en prenant l'initiative de le tutoyer. J'aimerais te montrer quelque chose.

Depuis que Célina lui avait révélé l'existence du souterrain passant sous le cimetière et reliant les deux fermes, Roselyne se demandait quels liens mystérieux avaient uni, autrefois, la ferme de l'Abbaye à la Cour aux Paons. Elle n'avait pas trouvé les mots pour se confier à Flore. Sa marraine n'allait pas bien.

« Encore à cause des foucades de Justin », grommelait Marguerite. Il se chuchotait en effet que l'éleveur avait une bonne amie. D'ordinaire, il se montrait plus discret mais, cette fois, il allait jusqu'à s'afficher avec une belle fille blonde, plantureuse. On murmurait qu'elle pouvait bien être enceinte. Et Flore se rongeait les sangs.

Roselyne n'osait pas intervenir. Elle avait assisté à trop de scènes de violence, dans sa petite enfance, pour ne pas se défier des hommes.

« Tous des bons à rien, marmonnait Marguerite en remuant le contenu de son coquemar et de ses fait-tout. Sans Flore, il en serait encore à casser les cailloux. »

C'était vrai que Justin avait changé. Il semblait être en proie à quelque tourment secret qui lui aurait rongé l'âme.

« Pardi, pensait Marguerite. Il voit le temps passer, et il n'a toujours pas d'héritier. La Simone guigne la Cour aux Paons, ça serait une belle opération pour elle. »

Roselyne sourit à son camarade. Elle ne

pouvait pas lui faire part de ses craintes au sujet du ménage de Flore. En revanche, le secret du souterrain lui appartenait. À elle seule.

– Tu viendras ? insista-t-elle.

Il hocha la tête.

– Mon père a un lâcher de pigeons. Je ne l'accompagnerai pas. Tu m'as manqué, Roselyne.

– Toi aussi, avoua-t-elle.

Enfants solitaires l'un et l'autre, ils se reconnaissaient comme amis, avec cependant une certaine précaution.

Les cloches sonnèrent dans la brume. Henri sursauta, pris en faute.

– L'atelier ! Je suis en retard. À dimanche, Roselyne.

Il s'éloigna en courant. Roselyne le suivit des yeux avant d'inciter d'un encouragement Gédéon, le grand chien attelé à la « carrette », à reprendre la tournée.

– À dimanche, répéta-t-elle pour elle-même.

21

1914.

Les cloches sonnaient le glas à toute volée. Le ciel de février était bas, noyé de bruine. Une brume tenace diluait le paysage familier dans un halo cotonneux, troublant et angoissant.

Tout le village s'était déplacé pour assister à l'enterrement d'Émilienne.

– Quel malheur, une fille pleine de santé... murmuraient les bonnes âmes en jetant des coups d'œil en coulisse du côté de Justin Delfolie.

On avait assez jasé, en effet, ces derniers mois, à propos du maître de la Cour aux Paons et de la ramasseuse de betteraves. Personne n'était dupe. Il suffisait d'observer la façon dont elle le regardait pour comprendre qu'Émilienne était amoureuse. Que s'était-il passé ? De quoi était-elle morte ? On l'avait retrouvée flottant dans la rivière. Une mort mystérieuse, qui réveillait de lointaines terreurs liées aux nuits de février, durant lesquelles les « Longs-Tchis » et autres « Verrous », les loups-garous, étaient réputés venir effrayer les mortels.

Les murmures augmentèrent quand Justin s'approcha du cercueil pour le bénir. Le prêtre s'avança vers lui, lui glissa quelques mots.

Justin se raidit.

– Je n'ai rien à me reprocher, répliqua-t-il d'une voix forte qui résonna dans la nef de l'église.

Flore se rapprocha de lui. Côte à côte, les deux époux regagnèrent leur banc. Les murmures se turent. Les parents d'Émilienne paraissaient absents, comme statufiés dans leurs vêtements de deuil. Le prêtre expédia la cérémonie. Toute l'assistance avait hâte que ce soit terminé. Ce genre de drame était particulièrement dérangeant. C'était le docteur Martin, de retour d'une visite nocturne, qui avait aperçu le corps sans vie d'Émilienne. Il avait gelé, il était pratiquement impossible de déterminer la cause de la mort de la jeune fille. Il n'y avait pas de trace de coups, ni de lutte, sur la berge couverte de givre. Dans le doute, et pour faire taire les rumeurs, on avait conclu à une chute dans l'eau glacée. On n'osait pas évoquer l'éventualité d'un suicide, ne serait-ce que par égard pour la famille d'Émilienne. Les Delfolie ne suivirent pas le cortège funèbre jusqu'au cimetière.

Un grand gaillard blond se rapprocha de Justin.

– Si jamais je trouve que t'es responsable de sa mort, je te ferai la peau, Delfolie ! menaça-t-il.

Justin haussa les épaules.

– Tu penses ce que tu veux, Follin, mais tu te trompes. Émilienne travaillait à la Cour aux Paons. C'est tout.

Il se détourna d'un air las. Cette histoire lui laissait un sentiment de gâchis. Il n'avait pas aimé Émilienne, non, c'était une fille trop placide pour lui, mais il avait usé de son corps jeune, aux courbes pleines, avec la sensation de retrouver une nouvelle vigueur. À trente-neuf ans, Justin était effrayé et amer de se retrouver sans descendance. Émilienne était enceinte. Il lui avait annoncé sans ambages qu'il ne se séparerait jamais de sa femme mais qu'il prendrait soin de l'enfant. Il ne tenait pas à ce que l'histoire, sa propre histoire, se répète. Émilienne s'était-elle jetée volontairement dans la rivière ? Il ne supportait pas cette idée. « Elle n'avait pas le droit de tuer mon fils », pensa-t-il avec une sorte de rage.

Flore posa la main sur son bras. Il se dégagea, l'air mauvais.

– Je rentrerai tard, lui dit-il en la laissant regagner seule la Cour aux Paons.

Il lui fallait une certitude. Et il savait où la trouver.

L'estaminet était désert au milieu de l'après-midi. Seul Bébert occupait sa place habituelle, près du poêle, et fumait mélancoliquement son toubac. Il leva à peine la tête et considéra Justin d'un air indéfinissable.

– La patronne n'est pas là ? jeta Justin en laissant claquer la porte derrière lui.

Il avait mené Brunehaut à un train d'enfer pour rejoindre plus vite le Saint-Éloi. Une colère froide le possédait. Il fallait qu'il voie Esther. Tout de suite.

Bébert esquissa un geste vague de la main.

– Esther doit être dans la cave, avec le livreur de bière. Tu n'as pas vu sa carriole devant la porte ?

Justin haussa les épaules et sortit.

La « cave » était en fait une sorte de cellier, accessible par une trappe qu'on soulevait. Une volée de marches menait à une pièce de vastes proportions, voûtée, contenant les bouteilles de l'estaminet. Esther était seule. Elle se retourna, recula d'un pas en reconnaissant

Justin. La lampe à pétrole posée sur une caisse de bière jetait des ombres sur le visage de l'ancien carreton.

– Vous n'avez rien à faire ici, lança-t-elle, mordante.

Justin sourit.

– Je veux mon fils. Non, ne proteste pas, nous connaissons toi et moi la vérité. Je le veux, te dis-je. Il aura l'or, et les terres. La Cour aux Paons... tu imagines ce que ça représente ?

– Va-t'en, cria Esther. Henri n'est rien pour toi.

– Jure-le, gronda Justin.

Il se rapprocha, saisit Esther par le bras.

– Jure qu'il n'est pas mon fils ! répéta-t-il, la bouche mauvaise. Nous avons même pris du plaisir à le faire, toi et moi.

Il s'était rapproché d'Esther. Il plaqua sa bouche contre la sienne. Esther rejeta la tête en arrière. Ses yeux flambaient de colère.

– Tu ne me fais pas peur, Justin Delfolie.

Justin, sans répondre, l'attira contre lui. D'un geste vif, il remonta la jupe d'Esther, lui caressa les jambes, sans tenir compte des soubresauts de la jeune femme.

– Calme, ma belle, calme, lui dit-il d'une voix apaisante, comme il l'eût fait pour une jument rétive. Tu as beau lutter, tu n'es pas de force. Et je sais que tu en as envie autant que moi.

Tout en la maintenant plaquée contre le mur couvert de salpêtre, il s'était penché pour des caresses plus audacieuses. Esther ferma les yeux. Elle n'avait rien oublié, en effet, et, horrifiée, elle réalisait que Justin avait toujours le pouvoir de la troubler, de faire monter la chaleur au creux de son ventre.

– Laisse-moi, murmura-t-elle d'une voix changée.

Elle aurait voulu crier, le repousser, l'assommer même, et elle ne savait que gémir, une plainte sourde qui mourait sur ses lèvres.

– Tu te rappelles, reprit Justin, poussant son avantage. Tu m'as aimé, il y a quinze ans. Jusqu'à venir me relancer au quillier de Ringhen...

– Je ne vous aime pas, articula Esther avec peine, les lèvres serrées.

De nouveau, elle gémit sous les caresses de celui qu'elle haïssait.

« Ce n'est pas possible, se dit-elle. Gaspard... » Mais plus rien ne comptait, tandis que les mains douces et calleuses de Justin couraient sur son corps, qu'il l'allongeait sur des sacs de charbon, qu'il la prenait, avec un grognement de plaisir. Ce grognement dégrisa Esther, elle se débattit. Justin pesa sur elle.

– Tu es à moi, martela-t-il.

Il prit son plaisir, lentement, avec un sentiment de revanche et de jouissance tel qu'il ne voulut pas voir les yeux emplis de larmes d'Esther.

Lorsqu'il la laissa enfin aller, elle se recroquevilla sur elle-même et, bouleversé, il posa la main sur son épaule. Elle tressaillit violemment.

– Va-t'en ! hurla-t-elle. Tu as tout gâché, et le pire, c'est que je me suis laissé faire. Seigneur ! Gaspard. Comment ai-je pu faire ça à Gaspard ?

Elle sanglotait, à présent. Justin s'était toujours senti mal à l'aise lorsqu'une femme pleurait. Il n'avait pas l'habitude. Dans son enfance, il ne fallait jamais laisser voir sa faiblesse.

– Calme-toi, reprit-il.

Esther se redressa. Elle était belle, et Justin tendit la main vers elle. Elle recula, farouche.

– Ne me touche pas ! hurla-t-elle. Jamais plus. Sinon, je te jure sur la tête d'Henri que je me tue. J'en suis capable, tu le sais.

Il hocha lentement la tête.

– Oui, je t'en crois capable, articula-t-il lentement. Tu es forte, comme Flore. N'aie pas peur, je ne reviendrai pas. Mais je n'oublie pas, pour Henri. Tu ne pourras pas lui cacher éternellement la vérité.

– Henri est un Rousseaux. Je suis une Rousseaux. Le reste importe peu. Adieu, Justin !

Elle attendit qu'il soit remonté pour se rajuster. Elle rangea tant bien que mal les sacs de charbon, rattacha ses cheveux. Elle tremblait si fort qu'elle dut s'y reprendre à deux fois pour refermer la trappe sur l'escalier. Bébert n'avait pas bougé à l'intérieur de l'estaminet. Esther passa devant lui sans mot dire, se faufila dans l'arrière-cuisine. Elle marqua un recul en croisant son reflet dans la glace surmontant la pierre à évier. Elle avait l'air d'une folle, le regard halluciné, les lèvres meurtries.

Elle actionna la pompe, fit couler de l'eau froide dans la cuvette d'émail et se lava entièrement, pour chasser jusqu'au souvenir de ce qui s'était passé dans le cellier. Elle savait bien, pourtant, que rien n'y ferait. Même si c'était Gaspard, son mari, qu'elle aimait, elle n'avait pas résisté à Justin. Et cette trahison, elle ne se la pardonnerait jamais.

Chaque fois qu'elle fermait les yeux, Célestine avait l'impression de revivre le même cauchemar. Le malaise l'avait prise dans la lingerie, à la maison des Peupliers. Elle avait eu le sentiment que le sol se rapprochait d'elle à une vitesse vertigineuse. Ensuite, ç'avait été le trou noir.

Elle avait repris conscience dans l'arrière-salle de l'estaminet. Esther et Gaspard y avaient placé un lit, certainement pour pouvoir s'occuper d'elle plus facilement. Sur le coup, elle en avait été soulagée, elle qui redoutait tant de se retrouver un jour à l'hospice. Gaspard s'était penché au-dessus d'elle.

– Ça va aller, Maninine. Tu verras, avec un peu de patience...

Elle aurait pu lui dire, à cet instant, qu'elle ne sentait plus sa jambe ni son bras droits, mais elle n'avait pas voulu l'inquiéter. Elle était si fatiguée, lasse à en mourir. Et Thérèse... pourquoi était-elle partie ? « Marie-toi dans ta rue, ma fille », aurait-elle voulu lui recommander, mais sa bouche ne parvenait pas à lui obéir. Elle avait ouvert la main gauche, comme pour appeler au secours, tout en se doutant bien que personne ne comprendrait son désarroi. Esther s'occupait d'elle avec beaucoup de gentillesse et de dévouement, pourtant. Elle avait toujours été sa belle-fille préférée. Ses autres enfants étaient tous venus lui rendre visite, à l'exception de Pierre et de Thérèse. Personne ne connaissait son adresse à Arras. Célestine soupira. Elle entendait les échos des conversations des clients du café, le bruit des chopes de bière heurtant les tables, le raclement des chaises... Elle les percevait de façon à la fois nette et lointaine, comme si elle n'avait pas été vraiment concernée. Pour l'instant, elle rassemblait ses forces. Elle voulait vivre encore. Pour revoir sa fille et lui dire qu'elle l'aimait.

Elle ferma les yeux. Dormir. Oublier. Elle se sentait si fatiguée.

Le docteur Martin poussa un long soupir avant d'annoncer à Gaspard et Esther Rousseaux que l'organisme de leur mère était usé. L'attaque qu'elle venait de subir laisserait des séquelles irréversibles.

Gaspard fronça les sourcils.

– Si je vous comprends bien, docteur, elle ne sera jamais plus comme avant ?

Le médecin opina d'un signe de tête.

– Combien de temps ? questionna Esther d'une voix durcie.

Elle avait changé, pensa le docteur Martin. Elle semblait être sur la défensive, elle qui, d'ordinaire, se montrait particulièrement chaleureuse.

Il haussa les épaules.

– Combien de temps ? répéta-t-il. Quelques semaines... plusieurs mois... comment vous répondre avec certitude ? Ce sera dur, je ne vous le cache pas. La pauvre femme ne peut plus parler, ni maîtriser ses fonctions. Vous comprenez ce que cela signifie ?

Esther soutint son regard.

– Le travail ne me fait pas peur, affirma-t-elle sans détour. Je voudrais tant aider Maninine !

Elle s'interrompit. Gaspard lui pressa l'épaule pour la réconforter. Elle se dégagea. Oui, décidément, Esther Rousseaux avait changé, songea le docteur Martin. Elle souffrait, c'était évident.

Il secoua la tête, comme pour chasser cette idée. Il avait bien assez d'ouvrage pour ne pas avoir le temps de se préoccuper des états d'âme de la belle brune.

Il avait donc fallu s'organiser. Installer Célestine dans l'arrière-cuisine, près du poêle. Esther avait remarqué que sa belle-mère suivait des yeux ses allées et venues. Tous les jours, elle changeait les draps souillés sans manifester le moindre dégoût. Elle parlait à Célestine, lui racontant les menus faits de la journée. D'une certaine manière, cela l'aidait à ne pas remâcher les mêmes pensées. Elle avait trouvé le moyen d'alimenter Célestine en écrasant des biscuits dans du lait sucré. Cette sorte de panade permettait à la vieille dame de ne pas trop s'affaiblir. Esther lui donnait la becquée, comme à un petit enfant, et faisait appel aux services de Roselyne, de la Cour aux Paons, qui lui livrait tous les matins du lait frais.

Des liens étroits s'étaient tissés entre Célestine et sa belle-fille. Gaspard, qui en était conscient, murmura un jour un « merci » ému à sa femme. Esther tressaillit.

– Ne me remercie pas, jeta-t-elle, farouche. Je voudrais tant que rien ne se soit passé !

Elle ne faisait pas seulement allusion à l'attaque de Célestine, mais aussi à ce moment d'égarement dans la cave. Les remords l'empoisonnaient. Il faudrait bien qu'un jour elle trouve le moyen de tout avouer à Gaspard. Elle reculait ce moment cependant ; elle savait que, ce jour-là, elle le perdrait à jamais. Gaspard était un homme droit, il ne pourrait pas comprendre. D'ailleurs, Esther elle-même n'y parvenait pas. Elle avait failli. Cette certitude la minait.

Les frères de Gaspard venaient régulièrement rendre visite à leur mère, à l'exception de Pierre, toujours au loin. La plupart du temps, Célestine ne laissait rien voir de ses sentiments. Lorsque Pierre fit enfin le voyage, plus d'un mois après son attaque, une larme coula le long de la joue ridée de la vieille femme. Esther, qui était présente, songea qu'il devenait urgent de prévenir Thérèse.

Henri et son père partirent pour Arras le dimanche suivant. Le garçon était tout excité. C'était la première fois qu'il prenait le train. Il avait fallu demander l'adresse de Thérèse à son amie Annette, avec qui elle correspondait de loin en loin. Gaspard resta silencieux durant la majeure partie du trajet. Il songeait à sa mère, et à Esther, sa belle brune, qui lui semblait être de plus en plus lointaine et inaccessible. Ils ne parvenaient plus à partager quoi que ce soit, elle l'évitait même au lit. Il en souffrait sans se décider à aborder ce sujet avec elle. Henri, de son côté, se demandait ce qu'il allait dire à sa marraine. Thérèse et lui avaient toujours entretenu des relations privilégiées et elle lui avait beaucoup manqué. Depuis qu'il avait fait la connaissance de Roselyne, c'était différent.

À Arras, tout lui parut démesuré. La capitale de l'Artois était une ville particulièrement animée, pleine de vie, fière de son passé historique et de son architecture. Ses draps et ses tapisseries étaient réputés dans l'Europe entière depuis le Moyen Âge, ainsi que la fameuse pourpre d'Arras, dont la teinture était fixée dans une rivière souterraine, le Crinchon. Thérèse avait changé d'adresse. Elle habitait un appartement dont les fenêtres ouvraient sur la Grand-Place. Gaspard expliqua à son fils que les étals des marchands se déployaient sous les arcades de la Grand-Place et que toutes les maisons se devaient d'arborer deux niveaux et d'être surmontées d'un pignon à volutes baroques.

Gaspard et Henri, intimidés, frappèrent à la porte. Thérèse vint leur ouvrir. Elle marqua une hésitation avant de se jeter au cou de son filleul et de son frère avec sa spontanéité d'antan.

– Tu es belle, lui dit Henri sans réfléchir.

Elle lui sourit, avant de se retourner vers Gaspard.

– Je suis heureuse.

Il n'y avait pas besoin d'autre explication. La présence de Roger Leman était palpable jusque dans le sourire lumineux de Thérèse. Elle s'alarma soudain, cependant, en voyant Gaspard et Henri qui s'obstinaient à demeurer plantés devant elle.

– Il est arrivé quelque chose ? questionna-t-elle d'une voix mal assurée.

Il fallut bien lui parler de Célestine. La jeune femme les avait invités à pénétrer dans ce qu'elle nommait le « salon », une pièce aux murs couleur de soleil, dans laquelle deux fauteuils crapauds étaient placés l'un en face de l'autre devant la cheminée. Une pipe était négligemment posée sur le guéridon, à côté d'un livre. L'ensemble dégageait une atmosphère d'intimité paisible qui frappa Gaspard.

– Maman... murmura Thérèse.

Ses yeux étaient pleins de larmes. Henri, ému, se rapprocha de la fenêtre qui ouvrait sur la Grand-Place. Le panorama était impressionnant.

– C'est beau, remarqua-t-il presque malgré lui.

Gaspard, lui, songeait qu'il n'aurait jamais eu les moyens d'offrir un logement de ce genre à Esther. Il n'était pas jaloux, non, seulement circonspect. Il aurait voulu condamner la situation dans laquelle vivait Thérèse et, en même temps, il ne se sentait pas le droit de le faire parce que, de toute évidence, sa sœur était heureuse.

L'arrivée de Roger Leman provoqua quelques instants de gêne. Il sut trouver les mots, cependant, pour mettre à l'aise les visiteurs. Il proposa tout de suite d'emmener Thérèse, Gaspard et Henri à Desvres en voiture.

– Oui, bien sûr, c'est la meilleure solution, s'écria Thérèse.

Son visage s'altéra.

– Gaspard... la dernière fois que nous nous sommes vues, maman et moi, cela s'est mal passé. Tu crois que...

Gaspard n'hésita pas.

– Je suis certain que vous devez vous revoir. Sinon, tu le regretteras toute ta vie.

Il savait qu'Esther éprouvait toujours des remords de ne pas avoir pu accompagner sa mère au cours de ses derniers instants. Il voulait épargner ce chagrin à sa sœur.

Roger l'approuva.

– Il faut y aller, Thérèse.

C'était un homme solide, sur qui Thérèse pouvait s'appuyer. En d'autres circonstances, si leur condition sociale ne les avait pas séparés, Gaspard aurait aimé devenir son ami. Impression qui se confirma tout au long du trajet de retour, dans la voiture de Roger Leman. Ce dernier s'évertuait en effet à bavarder de choses et d'autres dans le but de distraire Thérèse de ses sombres pensées.

Leur arrivée en voiture ne passa pas inaperçue, mais Thérèse ne remarqua pas les regards curieux, n'entendit pas les chuchotements plus ou moins malveillants. Esther et elle s'étreignirent dans la salle du Saint-Éloi.

– Elle t'attend, dit simplement Esther à sa jeune belle-sœur.

Célestine, accotée à ses oreillers, fixait la porte. Son regard s'éclaira lorsqu'elle reconnut la silhouette de sa fille, vêtue de velours bleu roi.

Elle ne pouvait toujours pas parler, mais de sa main valide elle serra très fort celle de Thérèse.

– Laissons-les seules toutes les deux, suggéra Esther en refermant doucement la porte de l'arrière-cuisine.

Elle offrit aux hommes un café additionné de cognac. Henri, lui, se contenta de café. Il avait l'air un peu perdu. Esther aurait voulu le rassurer, le réconforter, mais elle ne parvenait pas à trouver les mots. Bébert se rapprocha de leur table.

– C'est bien que Thérèse soit revenue, dit-il, la voix pâteuse.

Gaspard le suivit d'un regard réprobateur tandis qu'il regagnait sa place, le plus près possible du poêle. Un jour, prétendait son vieux camarade Alcide, il finirait par se roussir le peu de cheveux qu'il lui restait.

– Pourquoi t'obstines-tu à servir ce vieux poivrot ? Il a l'alcool mauvais.

– Seulement avec les étrangers. C'est notre ami.

Gaspard fit une moue dubitative. Le regard

vitreux de Bébert le mettait parfois mal à l'aise.

Curieusement, la situation inhabituelle – Roger Leman n'avait jamais, auparavant, franchi le seuil de l'estaminet contribua à dissiper la gêne entre les Rousseaux et le Lillois. Roger sut trouver les mots pour évoquer avec beaucoup de pudeur son amour pour Thérèse. Il parla de son intention d'épouser la jeune femme.

– Qu'est-ce que Thérèse en dit ? questionna seulement Gaspard.

Roger sourit.

– Cela semblerait incroyable à qui ne la connaîtrait pas. J'ai l'impression qu'elle s'en moque éperdument. Nous nous aimons, voyez-vous. Avant de nous décider à vivre ensemble, nous avons traversé quelques tempêtes. Nous sommes plus forts, désormais.

Lorsque Thérèse revint s'asseoir dans la salle, elle était très pâle mais paraissait apaisée.

– Maman et moi nous sommes retrouvées, confia-t-elle en aparté à son frère.

Il avait suffi de deux mains qui se cherchent sur la couverture, et se trouvent, de deux regards complices, malgré le handicap et la maladie. Thérèse savait que Célestine lui avait pardonné et l'aimait. Désormais, elle se sentait plus forte.

– Merci, dit-elle à Esther au moment de prendre congé. Sans toi, maman serait à l'hospice.

– Sois tranquille, Gaspard et moi la garderons ici jusqu'au bout.

Les deux femmes n'en dirent pas plus. Thérèse avait conscience du fait que les jours de sa mère étaient comptés. Célestine, toujours si vaillante, paraissait comme recroquevillée sous la couverture.

– Merci, répéta Thérèse en embrassant Esther.

Les deux belles-sœurs étaient enfin devenues amies.

– Tu viens quand tu veux à Arras, dit Roger à Henri. Tu connais le chemin, à présent.

Thérèse lui avait glissé deux pièces dans la main. Il protesta, gauchement. Elle lui sourit avec tendresse.

– N'oublie pas que je suis ta marraine.

Rentrée à Arras, dans cet appartement que Roger et elle avaient décoré ensemble, elle se mit à dessiner avec une sorte de fièvre. Au fusain, bien sûr, pour représenter sa mère, Célestine, telle qu'elle se souvenait d'elle au temps de son enfance.

Elle travailla une partie de la nuit, sans que Roger l'interrompe. Lorsqu'elle s'estima enfin satisfaite, la pendule indiquait quatre heures.

Dans la journée, Thérèse reçut un télégramme de son frère. Célestine était morte à l'aube. Un peu après quatre heures.

22

1914.

La récolte promettait d'être exceptionnelle, en cet été 1914 particulièrement chaud et ensoleillé. La Sainte-Madeleine, le 22 juillet, et la Saint-Jacques-le-Majeur, le 25, n'avaient point été mouillées, ce qui laissait espérer « noisettes pleines, raisin coloré et surtout blé ferme ».

Justin, cependant, se sentait comme en attente. De quoi, exactement ? se demandait-il parfois, avec une sourde angoisse. Depuis l'enfance, il avait appris à maîtriser ses sentiments, à ne pas se laisser dominer par les émotions. Il n'aurait jamais dû revoir Esther. Chaque fois qu'il pensait à elle, une onde de chaleur parcourait son corps. Il savait, cependant, qu'il avait tout gâché. Elle ne l'aimait pas. Elle était bourrelée de remords vis-à-vis de son mari. Elle... Il donna du poing contre le mur de l'écurie. Bon sang ! Maudit Rousseaux, qui avait Esther, et son fils ! Le plus riche des deux n'était pas celui qu'on pensait.

– Bonjour, Justin.

Roselyne, qui avait passé une partie de la nuit auprès de Rosette, souffrant de coliques, le regardait avec inquiétude.

– Bonjour, répéta-t-il, bourru.

Cette gamine qui n'en était plus une l'agaçait. Elle n'avait pas sa place à la Cour aux Paons. C'était Henri qui aurait dû y vivre. Henri, qui ignorait tout du monde des chevaux.

– Rosette va mieux, annonça Roselyne d'un ton triomphant.

Elle aurait pu être la fille de Flore, pensa Justin avec un soupçon de colère. Passionnée de kvos, et ayant la manière. À croire qu'à la ferme le don se transmettait de femme en femme.

Il regagna la salle à pas lents. Flore, qui avait déjà trait les vaches, avait préparé les bidons de lait pour la livraison dont Roselyne se chargeait chaque matin. Elle avait les traits un peu tirés. Sa jambe la faisait souffrir, même si elle ne se plaignait jamais. Une femme forte. Comme Esther. Justin, mal à l'aise, se détourna.

Il but son café au lait debout devant la cheminée, sans manger. Marguerite ne lui fit aucune remarque bien qu'elle aimât à répéter aux autres : « Boire du café debout, c'est pour disputer ou tomber malade. » La journée allait être longue. En constatant la veille que la tige du blé avait viré du vert à l'abricot, il avait décidé d'« attaquer la moisson ». Régis, Victor et Lucien étaient les piqueurs, chargés de faucher le blé à la sape. Justin ne dédaignait pas de leur prêter main-forte. Derrière les piqueurs s'activaient les femmes, habiles à glaner, courbées sur les brassées d'épis qu'elles liaient en gerbes. À intervalles réguliers, les travailleurs suspendaient leurs gestes pour s'éponger le front.

Sur le coup de dix heures, les valets, les journaliers et Justin s'octroyèrent une pause à l'ombre pour manger leurs tartines accompagnées de lard et boire de la tisane de feuilles de groseilliers noirs. Il eut une pensée fugitive pour Catherine, la fille de ferme qui avait voulu le placer dans une situation délicate. Il ne l'avait jamais revue, ne s'était plus soucié d'elle. C'était une fille facile avec qui il avait pris un peu de plaisir durant les foins. La chose était courante. Le dur labeur, les corps à demi dénudés, la chaleur, tout concourait aux étreintes fugaces. Flore avait eu l'intelligence de ne pas en prendre ombrage. Il la respectait. Peut-être même qu'il l'aimait.

Les cloches se mirent à sonner le tocsin, en plein midi. C'était un bruit assourdissant, qui semblait se répercuter de village en village.

Victor, le plus âgé des valets, se signa précipitamment, lui qui se disait volontiers mécréant.

– La guerre, marmonna-t-il en pâlissant sous son hâle.

Les moissonneurs s'entre-regardèrent. Justin avait bien lu, dans *L'Écho du mont Hulin*, une histoire compliquée d'assassinat d'archiduc, dans un pays dont il n'avait pas retenu le nom, mais du diable s'il avait pensé que cette affaire lointaine pourrait déboucher sur une guerre !

La guerre... Dieu juste !

Flore arriva une dizaine de minutes plus tard, montée sur Ardent. Elle était très pâle.

– Justin ! Tu as entendu ? Marguerite dit que c'est la guerre.

Les moissonneurs, pétrifiés, échangeaient des regards lourds d'incompréhension.

– Allons, les gars, vous me chargez cette dernière charrette et puis vous rentrez aux nouvelles chez vous, proposa Justin.

Il se sentait hébété. Une récolte qui promettait d'être si belle... Il haussa les épaules.

– C'est pas la peine de te mettre dans tous tes états, Flore. La guerre... eh bien, nous allons nous battre, puisqu'il le faut. Ça m'ennuie plutôt de te laisser avec tout le travail en plan.

– Je me débrouillerai, affirma-t-elle.

Elle en était capable, il le savait. Elle connaissait les chevaux au moins aussi bien que lui. Il lui faudrait simplement un chef de culture. Le vieux Victor serait à même de tenir ce rôle. À son âge, il ne risquait plus d'être mobilisé. Justin réfléchissait à toute vitesse, pour ne pas être pris au dépourvu.

Plus rien, cependant, n'était pareil et les moissonneurs n'eurent même pas le cœur de planter au centre de la dernière charretée la branche traditionnelle, le « maie », symbole de contentement devant le travail accompli. Chacun voulait rentrer chez soi le plus vite possible, « mettre ses affaires en ordre », comme le disait Lucien.

Flore frissonna, malgré la chaleur. Justin, à trente-neuf ans, était encore mobilisable. Le temps qu'ils reprennent le chemin de la Cour aux Paons, les gendarmes avaient déjà apposé des affiches officielles annonçant l'ordre de mobilisation générale.

– Seigneur ! À croire que tout était prêt à l'avance, gémit Flore.

– Tu t'en tireras, lui affirma Justin. Je le sais.

Elle avait besoin de son assurance. Sans lui à ses côtés, elle se sentait perdue. Il lui était impossible, cependant, de le laisser voir au personnel de la ferme ou à Roselyne. Marguerite seule connaîtrait ses doutes et ses interrogations. C'était bien assez.

– Dieu merci, tu ne pars pas, s'écria Esther en se jetant dans les bras de Gaspard.

Elle bénissait soudain le grisonnement de ses tempes.

Gaspard la repoussa légèrement.

– Il vaudrait peut-être mieux que je sois mobilisé. Ça nous permettrait d'y voir un peu plus clair.

– Comment cela ? questionna Esther d'une voix blanche.

Gaspard l'enveloppa d'un regard désenchanté.

– Esther.... Je te sens si lointaine, si triste... Comme si tu te rongeais de l'intérieur.

Si seulement elle avait pu se livrer à lui... Il lui était impossible de lui confier ce coup de folie qui l'avait empêchée d'assommer Justin Delfolie. Cent fois, durant ses nuits blanches, elle avait revécu la scène dans le cellier, imaginant ce qu'elle aurait dû faire et répondre.

– Je veux m'engager, de toute manière, reprit Gaspard.

– Tu es fou ? Je te garde près de moi.

– Comme un lâche ou un planqué ? Esther, tu sais très bien que je ne suis pas homme à me défiler.

Célestine aurait peut-être trouvé les mots pour le retenir. Esther ne savait plus. Il lui semblait que Justin avait tout détruit entre Gaspard et elle, et cette idée la paniquait.

– Je t'aime, murmura-t-elle très bas.

C'était sa seule certitude. Justin demeurait un homme de passage dans sa vie, son premier amour, forcément idéalisé, tandis que Gaspard et elle avaient patiemment tissé une relation misant sur la durée.

Gaspard hocha la tête.

– Je t'aime, Esther. Et c'est parce que je t'aime que je veux te rendre heureuse.

Elle se coula dans ses bras. Les larmes ruisselaient sur son visage, sans qu'elle y prêtât vraiment attention.

– Reste, Gaspard, ne t'en va pas, pria-t-elle. Si tu pars, je sais que tu ne reviendras pas.

Ce serait sa punition. Parce qu'elle l'avait

trahi avec Justin. Mais cela, elle ne pouvait pas le lui dire.

– Si tu m'aimes vraiment, insista-t-elle.

Était-ce bien elle qui se livrait à cette sorte de chantage amoureux ? Gaspard poussa un long soupir, tandis qu'Esther l'entraînait vers leur chambre. Il se laissa faire pendant qu'elle le déshabillait puis, brusquement, emprisonna le poignet d'Esther entre ses mains calleuses.

– Arrête ce jeu-là, ordonna-t-il d'une voix durcie. Ma femme ne se comporte pas comme une putain. Nous deux, c'est autre chose.

Figée, les joues empourprées, Esther eut l'impression qu'elle allait mourir, là, sur le lit à demi défait. C'était ce qu'elle désirait, d'ailleurs. Mourir, pour ne plus voir cette expression méprisante sur le visage de Gaspard.

Il tendit la main vers elle, mais c'était trop tard. Elle se rajusta avec des gestes lents, se redressa. Ses mouvements étaient mécaniques, dépourvus d'âme. Une putain... le mot infamant la renvoyait aux injures de Verghem qui lui répétait : « C'est de ta faute, aussi. Tu m'aguiches, sale petite putain ! » Le cœur en déroute, elle se réfugia derrière son comptoir. Là au moins elle se sentait chez elle. En sécurité.

À l'étage, dans la chambre, Gaspard pleurait.

Roger se pencha et, avec un amour et une tendresse infinis, baisa le ventre légèrement bombé de Thérèse.

– Je reviendrai. Pour vous deux.

Elle abaissa les paupières en guise d'acquiescement. Elle ne pouvait pas articuler un son. Roger qui s'engageait, c'était pour elle un arrachement. Un double arrachement, avec l'enfant qu'elle attendait.

Elle avait voulu cet enfant pour tenter de conjurer la mort de sa mère. Roger parti, elle allait se retrouver seule face à une situation difficile, mais cela lui importait peu. Elle n'avait qu'un désir : le voir revenir sain et sauf.

– Pourquoi ? s'agita-t-elle soudain. Pour un archiduc qui n'est même pas français !

Roger sourit.

– Même si François-Ferdinand d'Autriche n'avait pas été assassiné, l'Allemagne aurait trouvé un autre prétexte. Elle veut la guerre ; elle est prête et se croit la plus forte.

– Mais tu as quarante et un ans, reprit-elle, obstinée. Tu n'es pas obligé...

– Thérèse, mon petit, je suis sûr que tu me comprends. Je ne suis pas mobilisable, certes, mais rien ne m'empêche de m'engager. Je suis en bonne santé, j'ai suivi les cours de l'école militaire dans ma jeunesse et j'ai même le grade de sous-lieutenant.

Elle l'ignorait. Il sourit, un peu tristement. Cela n'avait pas d'importance, avant les dernières semaines. Ils pouvaient fort bien vivre heureux sans qu'elle ait connaissance de ce détail.

Vivre heureux... Depuis plusieurs mois, ils se séparaient le moins possible, s'efforçant de passer l'essentiel de leurs journées et de leurs nuits ensemble.

« Comme si le temps nous était compté... » pensait parfois Thérèse avec un sursaut d'effroi.

– Écoute-moi bien, reprit Roger. Je ne veux pas que tu m'accompagnes, ni que tu agites ton mouchoir. J'aurais l'impression que tu dis au revoir à toute la ville !

Il réussit à lui arracher un sourire.

– Tu n'as rien à m'interdire, répliqua vivement Thérèse. Je suis une femme libre.

Elle regretta aussitôt cette dernière phrase en voyant le visage de Roger qui s'altérait. C'était peut-être lui qui souffrait le plus de leur situation en marge. Thérèse, pour sa part, avait résolu de ne pas prêter attention aux commérages. D'ailleurs, à Arras, elle se faisait appeler « madame Leman » pour couper court à toute indiscrétion.

Certains moments, elle croyait entendre la voix moqueuse de Célestine. « Libre, ma fille, je ne sais pas si tu l'es tant que ça, puisque tu te caches derrière un nom qui n'est pas le tien... »

– Si les choses se gâtent, promets-moi de retourner à Desvres, insista-t-il. Esther et Gaspard ne t'abandonneront pas.

Roger la serra contre lui.

– Aie confiance. Je t'aime.

Le cœur serré, elle le regarda franchir le seuil de leur appartement. Toujours habillé de gris, comme la première fois où elle l'avait vu. Dix ans, déjà. Elle était loin d'imaginer, alors, qu'elle l'aimerait assez pour braver les conventions et les règles de la société.

Le nez contre la vitre, elle le suivit des yeux tandis qu'il traversait la place. Une peur atroce lui mordait le cœur.

La peur de ne jamais le revoir.

Flore retroussa ses manches avant de pétrir à pleines mains son pâton. Elle suivait en tous points une vieille recette transmise par Marguerite. Elle incorporait toujours à sa pâte de la pulpe de pomme de terre cuite au four. Les miches de six livres levaient dans des panières en paille de seigle tressée. Flore veillait à les placer en quinconce sur la table du fournil et à les recouvrir d'une couverture piquée pour ne pas laisser échapper la chaleur de la fermentation. Elle enfourna ensuite ses miches dans le four chauffé avec des fagots de genêts, une autre touche personnelle de Marguerite. Son pain, prétendait-elle, avait ainsi un goût bien particulier. Roselyne suivait chacun de ses gestes. Flore l'avait prévenue, dès le lendemain, elle devrait se lancer seule dans la confection du pain. Il en fallait beaucoup pour nourrir tous les réfugiés.

Ils arrivaient comme un flot continu, hagards, les pieds en sang. Ils racontaient des histoires abominables sur les scènes de barbarie auxquelles ils avaient assisté. Fusillades, exécutions, assassinats à la baïonnette de femmes et de vieillards incapables de se défendre... Flore n'avait pas hésité longtemps. Elle avait ouvert la Cour aux Paons aux réfugiés, installant des paillasses dans les communs et les chambres inoccupées, cuisinant des plats reconstituants pour ces femmes et ces enfants au ventre creux qui gardaient au fond des yeux le souvenir horrifié de scènes insoutenables. Pour une fois, Marguerite n'avait pas protesté.

Flore s'activait pour ne pas penser. Justin était parti avec un fatalisme résigné qui ne lui ressemblait pas. Il n'y avait pas eu de déclarations revanchardes sur le quai de la gare de Desvres. Les hommes s'acquittaient de leur devoir en cherchant encore à comprendre à la suite de quel monstrueux engrenage ils s'étaient retrouvés mobilisés.

La rapidité de l'offensive allemande avait stupéfié les observateurs. L'afflux de réfugiés venus de Belgique et du Nord tout proche matérialisait cette avance inexorable des troupes allemandes, lui conférant une réalité angoissante.

– Marraine...

Roselyne se tenait devant Flore. Elle avait l'air déterminée. Elle lui annonça d'un trait son intention de reconstruire la ferme de l'Abbaye. De nombreux réfugiés pourraient y trouver un abri.

Flore interrompit son mouvement.

– Reconstruire... comme tu y vas ! Tu n'imagines pas ce que ça coûterait.

La présence de Justin à ses côtés lui manquait. Lui saurait les conseiller.

Roselyne la regardait, avec espoir et inquiétude.

– Justin est parti se battre. Et nous devons nous débrouiller seules, déclara-t-elle fermement.

Elle se mit alors à lui parler du souterrain

dont Célina lui avait révélé l'existence. Henri et elle avaient tenté de l'explorer un dimanche après-midi mais ils s'étaient heurtés à une porte murée. Cette découverte avait renforcé la conviction de Roselyne. Autrefois, la Cour aux Paons et l'Abbaye avaient été reliées. Peut-être avaient-elles eu le même propriétaire.

Brusquement, Flore arrêta sa décision.

– Écoute, nous irons voir mon notaire, à Desvres, proposa-t-elle. Il te dira ce qu'il convient de faire, pour les terres. Et tu rebâtiras la ferme de l'Abbaye, je te le promets.

Elle, qui s'était battue pour sauvegarder son héritage, comprenait Roselyne. Tout survenait plus vite, voilà tout, à cause de la guerre qui bouleversait leurs vies.

– En attendant, n'oublie pas de livrer le lait, recommanda-t-elle à sa filleule. La vie continue.

Elle s'essuya le front d'un geste rageur. Elle avait peur pour Justin, elle redoutait de ne pas réussir à sauver la Cour aux Paons, se demandait ce qu'il allait advenir de leurs chevaux. Autant de questions condamnées à demeurer sans réponse. Roselyne possédait peut-être la solution. Elle était l'avenir.

Flore caressa tendrement Brunehaut, qui dépérissait depuis le départ de son maître.

– Il reviendra, ma belle, lui chuchota-t-elle

à l'oreille. Il est fort, personne ne réussira à le retenir loin d'ici.

Elle voulait y croire.

Bébert considéra d'un air satisfait la salle déserte du Saint-Éloi.

– Pas grand monde, aujourd'hui, hein, ma brune ! Tous partis la fleur au fusil, en croyant qu'ils reviendraient dans un mois. Macache bono ! La guerre va être longue, je peux te le dire, ma fille. Et ils ne seront pas beaucoup à revenir.

– Bébert, taisez-vous !

Esther fut la première surprise par la violence de son ton. Elle se signa précipitamment. Pour un peu, elle aurait agité le brin de buis bénit comme le faisait grand-mère Madeleine à l'approche d'un orage.

Bébert ricana.

– Pour qui as-tu le plus peur, ma belle ? Pour ton mari ou pour le maître de la Cour aux Paons ?

Esther, interdite, le considéra sans mot dire. Le ricanement de Bébert s'accentua.

– Ça te la coupe, hein, Esther ? Qu'est-ce que tu crois ? Que l'vieux Bébert est devenu aveugle ? L'ancien carreton et toi, c'est une vieille histoire.

– Vous êtes fou, Bébert, articula enfin

Esther avec peine. C'est de boire trop d'alcool qui vous fait dire pareilles sottises.

Le visage du vieil homme se plissa comme s'il allait pleurer.

– Allons, ma fille, ne fais pas ta méchante. Tu sais bien que Bébert ne trahira pas tes secrets. J'parle, j'parle, c'est pour oublier que je suis vieux, et seul.

Elle se détourna sans répondre, alla touiller son ragoût de lapin, qui embaumait la salle. La porte claqua. Bébert était parti sans lancer son habituel : « Salut, la compagnie ! À la r'voyure ! » C'était aussi bien ainsi, songea Esther en se laissant tomber sur une chaise. Les phrases prononcées par le vieux Bébert lui faisaient peur. Elle voulait à tout prix protéger son fils des commérages.

Elle jeta un regard effrayé autour d'elle. Le décor si familier du Saint-Éloi, où rien, semblait-il, n'avait changé depuis quinze ans, lui paraissait soudain receler quelque menace. Elle se sentait vulnérable. Célestine et Gaspard n'étaient plus auprès d'elle pour la protéger, ni grand-mère Madeleine. Thérèse elle-même lui manquait. Elle devait se sentir bien seule, elle aussi.

« J'irai la voir un prochain dimanche », se promit Esther. Henri l'accompagnerait certainement.

Il poussa la porte d'un geste décidé. Il était grand et bien bâti pour ses quatorze ans.

– Je meurs de faim, s'écria-t-il avant d'aller se savonner longuement les mains à la pompe.

La marmite dans laquelle mijotait le lapin depuis le début de la matinée exhalait des effluves appétissants. Esther le cuisinait comme grand-mère Madeleine le lui avait appris, avec beaucoup d'aromates, du lard de poitrine, des oignons et un verre de vin rouge.

Henri s'arrêta sur le seuil de la salle.

– Tu sais, pour mes coulons, j'ai une solution. Roselyne me prête son colombier.

– Je croyais que la ferme de l'Abbaye avait entièrement brûlé, remarqua Esther d'une voix tranquille.

Henri avait amené une fois son amie au Saint-Éloi et Esther s'était bien gardée d'émettre le moindre commentaire. Elle avait tout de suite compris que son fils attachait une grande importance à cette première rencontre et avait fait preuve de son affabilité coutumière. Elle ne pouvait se défendre, cependant, d'éprouver une pointe de jalousie, et d'inquiétude. Elle n'avait pas envie de le voir « fréquenter » cette fille vivant à la Cour aux Paons. D'abord, il était trop jeune. Ensuite, eh bien, elle ne voulait plus avoir affaire à Justin. Plus jamais.

Elle mit le couvert en choisissant ses mots.

– Ça va être tout un déménagement, dit-elle avec prudence. Et puis, es-tu bien sûr que tes pigeons vont se plaire là-bas ? Tu peux les garder ici, tu sais. Grand-père Gustave avait des cages pour ses pinchons.

Henri lui jeta un regard chargé de reproche.

– Il faudrait toute une installation et, comme tu détestes les coulons, je ne vois pas pourquoi tu te forcerais, alors que Roselyne m'a offert son colombier.

– Je ne déteste pas les coulons, murmura Esther comme pour elle-même. Ils me rappellent trop de mauvais souvenirs, voilà tout.

Elle n'avait jamais raconté à son fils ni à son mari les années d'enfer vécues à la ferme, la violence de Verghem, la déchéance de sa mère... Avec le temps, certains souvenirs, certaines images lui revenaient, insoutenables. Elle aurait peut-être dû se confier plus avant à Gaspard. Son départ lui avait laissé au cœur un goût de désespoir. De nouveau, elle pensa que Célestine aurait su trouver les mots pour dénouer la crise entre les deux époux. Sa belle-mère lui manquait cruellement.

Depuis la mobilisation, deux mois auparavant, elle avait fort peu vu ses belles-sœurs. Angèle, employée à la manutention chez

Courtray, était retournée vivre chez ses parents avec ses deux enfants. Esther et elle ne s'appréciaient guère. Angèle était une langue de vipère, « de la graine de coron », disait Célestine, une « faiseuse d'histoires ». Daniel, Marcel et Étienne étaient partis en même temps que Gaspard. Tous quatre avaient le visage grave, même Étienne, qui, ce jour-là, ne s'était pas livré à ses plaisanteries habituelles. Personne n'avait eu de nouvelles de Pierre. Esther avait lu dans *L'Écho du mont Hulin* que les Ardennes, envahies dès les premiers jours du conflit, étaient devenues zone occupée. Elle avait écrit à deux reprises à Pierre et Marie-Reine, en se demandant si ses lettres leur seraient distribuées un jour. Elle était une Rousseaux, et avait à cœur de maintenir l'unité de la famille. Même si son propre couple avait sombré.

Elle servit le lapin aux pruneaux à Henri, se contentant elle-même d'un peu de bouillon et d'une tasse de café noir. Son fils, préoccupé, ne s'en rendit pas compte.

– Maman, tu sais que je veux m'engager le plus vite possible, attaqua Henri tout à trac.

Esther manqua s'évanouir.

– Jésus, Marie, Joseph ! s'écria-t-elle. Voyons, mon garçon, tu n'as pas encore quinze ans !

– On dit qu'ils ne sont guère regardants sur l'âge, marmonna Henri, le front buté. Du moment qu'on est costaud...

– C'est ça, ils ont besoin de chair à canon, répliqua vivement Esther.

Elle se signa, effrayée par ce qu'elle venait de dire.

– Maman, c'est notre devoir, protesta Henri.

Sa mère haussa les épaules.

– Maudite guerre ! Peux-tu me dire pourquoi nous nous battons ?

– Pour sauver notre pays.

– Et nous ? répliqua vivement Esther. Qui nous sauvera ?

Elle s'enveloppa d'un châle et partit marcher sous la pluie, sans même se soucier de dire où elle allait. Henri débarrassa la table, alluma une cigarette. Il n'avait peut-être pas encore quinze ans, mais il se sentait un homme. Prêt à se battre.

Depuis plusieurs jours, les Allemands bombardaient Arras, que les uhlans avaient investie le 31 août et quittée le 9 septembre. Thérèse, terrifiée, se boucha de nouveau les oreilles. Un déluge de feu s'abattait sans répit sur la ville. Le 7 octobre, l'hôtel de ville avait flambé sous les yeux horrifiés des Arrageois.

« Roger, pensa-t-elle. Roger, où es-tu ? »

Son ventre gonflé tendait l'étoffe de sa robe pourtant ample. Il lui était impossible, désormais, de dissimuler sa grossesse, mais elle s'en moquait bien. Arras survivait tant bien que mal sous la mitraille, contraignant les habitants à se terrer dans des appartements dévastés.

Des coups rapides frappés à la porte firent sursauter la jeune femme.

Sa voisine du dessous, mademoiselle Berthe, qui possédait l'immeuble, passa son nez dans l'entrebâillement de la porte.

– Je pars, expliqua la vieille demoiselle. C'est devenu intenable, ici. Et, si vous voulez mon avis, vous feriez bien de m'accompagner.

Elle sut se montrer persuasive en faisant allusion au bébé. Elle avait connu la guerre de 70 et en avait gardé un horrible souvenir.

Elle rappela à Thérèse, de plus en plus affolée, que les uhlans de la mort avait assassiné à la baïonnette des femmes enceintes, en Belgique. Ils rôdaient dans les campagnes environnant Arras. Ils avaient incendié Orchies. Thérèse devait retourner dans sa famille, c'était la seule solution.

La fille de Célestine finit par se laisser convaincre. Les deux femmes partirent sur une carriole achetée à prix d'or puisque, au cours de la nuit du 28 août, l'état-major français avait fait sauter l'usine électrique d'Arras et les aiguillages de la voie ferrée, isolant la capitale de l'Artois. Une foule d'Arrageois se pressait aux portes de la ville.

« L'exode... » songea Thérèse, au désespoir. Jamais elle n'oublierait cette équipée sur les routes de l'Artois, les avions de reconnaissance qui les contraignaient à se jeter au fossé, les nuits passées dans des granges, à guetter le moindre bruit, dans la crainte de voir surgir les uhlans tant redoutés.

Lorsqu'elle aperçut les collines cernant Desvres, que la carriole roula sur la Cauchie, la vieille chaussée Brunehaut, Thérèse sentit ses yeux s'embuer.

– Je n'aurais jamais imaginé être aussi heureuse de rentrer au pays, s'écria-t-elle.

Elle s'essuya les yeux d'un geste rageur.

– Mademoiselle Berthe, vous allez m'accompagner chez ma belle-sœur. Je suis sûre qu'elle nous trouvera un refuge. Ici, nous sommes à l'écart de la ligne de front.

La vieille demoiselle aux traits creusés par la fatigue esquissa un sourire désenchanté.

– Pour combien de temps, ma petite fille ? se borna-t-elle à commenter.

Thérèse accoucha le surlendemain de son retour à Desvres.

« Une délivrance scandaleusement facile », estima Esther en souriant. Ce à quoi Thérèse répondit : « Quoi de plus normal ? C'est l'enfant du péché. »

Esther paraissait sérieusement effrayée par cette dernière phrase. En quinze ans, beaucoup de choses avaient changé, mais une fille-mère demeurait une personne infréquentable. En marge de la société. Elle en admirait d'autant plus Thérèse, qui avait le courage d'affronter les commérages.

Clémence, son bébé, était une adorable petite fille d'environ trois kilos qui ne ressemblait à personne. Cette remarque d'Esther fit sourire la sœur de Gaspard.

À cet instant, les deux femmes songeaient à Célestine.

La vie s'organisa au Saint-Éloi autour du bébé. En temps normal, le retour de Thérèse aurait suscité nombre de commentaires, plus ou moins malveillants, mais, pour l'heure, les Desvrois étaient plus préoccupés par les nouvelles en provenance du front. Chaque famille avait un père, un mari, un fils, enlisé dans les tranchées et mourant à petit feu.

Le soir, Esther et Thérèse tricotaient inlassablement écharpes et chaussettes et se réconfortaient l'une l'autre. Mademoiselle Berthe était partie rejoindre une cousine à

Boulogne. L'estaminet avait perdu la majeure partie de sa clientèle. Les fabriques et les cimenteries tournaient au ralenti. Le matin, on n'était plus réveillé par les daches sonnant sur les pavés. Seuls venaient les vieux, un peu plus voûtés, un peu plus soucieux, qui commentaient le journal et échangeaient des propos pessimistes. Bébert n'était pas le dernier à prédire les pires catastrophes. Esther se défiait de lui, désormais.

Le vent se leva, souffla dans la cheminée. Esther frissonna.

– Gaspard me manque, laissa-t-elle échapper dans un soupir.

23

1915.

Justin ouvrit posément sa blague à tabac en cuir. Il tenait entre ses lèvres le morceau de papier Riz-la-Croix, comme tout le monde disait. Il le saisit, y glissa la quantité suffisante de gris, avec la dextérité due à une longue habitude, roula le tabac dans la feuille de papier, qu'il humecta sur un côté. Il glissa la cigarette entre ses lèvres, l'alluma avec son briquet estampillé.

Depuis plusieurs semaines, il s'efforçait d'établir une certaine distance avec le décor de cauchemar qui l'entourait, comme pour se protéger. C'était un moyen auquel il avait déjà souvent eu recours dans son enfance.

– Ça va ?

Logeard, son camarade, voisin de tranchée, venait de lui taper sur l'épaule. Justin fit la moue.

– On n'a pas le choix.

Dire qu'ils avaient tous pensé être de retour chez eux pour Noël ! Ils n'auraient jamais imaginé, lorsqu'ils étaient partis le 4 août, se retrouver enterrés dans des boyaux insalubres et boueux. Noël était passé, sombre et désespéré. L'ennemi était si proche que Justin et ses camarades avaient entendu les Allemands entonner leurs cantiques de Noël.

« Des bondieuseries à deux sous, avait marmonné Justin. Comme si l'on ignorait encore que c'est le diable qui mène le bal... »

Ses kvos lui manquaient. Il supportait de plus en plus mal d'être prisonnier de la terre argileuse de Champagne et de la boue. Il s'inquiétait pour la ferme plus que pour Flore. Sa femme était forte, elle s'en sortirait. Tout comme lui résisterait. Il avait encore des choses à mettre en règle, au pays.

Le vaguemestre, qui faisait sa distribution, tendit une enveloppe au maître de la Cour aux Paons.

– Tu as encore du courrier, Delfolie ! s'écria Logeard avec une pointe d'envie dans la voix. Tu n'ouvres pas ta lettre ? s'étonna-t-il en voyant Justin se contenter de la glisser cachetée dans la poche de sa vareuse.

– Plus tard, répondit distraitement Justin.

Il ne pouvait pas expliquer ce qu'il ressentait. Tant qu'il ne lisait pas les lettres de Flore, il se persuadait qu'il rentrerait au pays. S'il les ouvrait, la ferme, les chevaux lui manqueraient avec une telle force qu'il serait bien capable de jaillir hors de son trou et de courir vers les lignes ennemies. Il avait toujours besoin de se protéger. D'essayer d'oublier la peur, le froid, l'humidité, les boîtes de conserve accrochées aux fils de fer barbelés pour prévenir d'une incursion ennemie, les rats, compagnons d'infortune que certains apprivoisaient, les cratères provoqués par les Minenwerfer, les blessures horribles de ses camarades...

« L'enfer ne peut plus nous faire peur », avait remarqué Charlot, un Tourangeau au regard grave. Justin ne se posait même pas ce genre de question. Il était tendu par la seule volonté de survivre. Lorsqu'il fermait les yeux, il revoyait ses chevaux, et Brunehaut, sa préférée. Il sentait le vent sur son visage. Il s'imaginait foulant la terre de ses champs, traçant ses sillons, bien droits, et humant l'air piquant. Il avait mal supporté le spectacle de centaines de chevaux de trait épuisés qui tombaient lourdement dans la boue pour ne plus se relever. Flore avait-elle pu sauver leurs kvos ? C'était bien ce qui lui importait le plus. Avec son fils. Il s'occuperait d'Henri plus tard. Lorsque la guerre serait finie...

– Doucement, voyons !

Les soldats britanniques, polis et impeccables en toutes circonstances, se comportaient comme de jeunes chiens fous dès qu'ils avaient franchi le seuil d'un estaminet.

Esther commençait à baragouiner quelques mots d'anglais. Thérèse l'aidait à servir tous ces nouveaux clients, cantonnés à Desvres, qui avaient ramené la vie au pays. Ils raffolaient de la cuisine d'Esther, lui réclamant sa « galette », sa crème brûlée ou ses pains perdus. Pour eux, elle retrouvait le goût de cuisiner, cherchant dans sa mémoire de vieilles recettes transmises par sa mère et par sa grand-mère, comme celle de la poule à la crème ou du « puant macéré », ce fromage blanc au nom évocateur qu'il fallait égoutter avec soin dans une étamine avant de lui ajouter du sel, du poivre, et de mélanger le tout dans un saladier couvert qu'on posait derrière la cuisinière durant plusieurs jours pour favoriser la fermentation. Esther en tartinait des tranches de pain grillé. Henri raffolait de ces « rôties ». Elle consignait toutes les recettes dans un cahier, pour qu'elles ne disparaissent pas.

« Jamais ! chuchotait Thérèse. Si l'on m'avait dit un jour que nous aurions autant d'Anglais par chez nous ! »

Dans un premier temps, la population desvroise avait froncé les sourcils. Était-ce bien raisonnable de faire venir autant de jeunes gens dans un pays sans hommes ou presque ? Et puis, l'on s'était rassuré en voyant combien les soldats britanniques se montraient respectueux des règlements en usage. De toute manière, on n'avait pas le choix ! Zone d'accueil pour les Alliés, cette partie du Pas-de-Calais non occupée se devait de tout mettre en œuvre pour que ces « messieurs » se rétablissent le plus vite possible afin de remonter au front.

Le poiré, le genièvre et le cognac devaient être compris dans leur thérapie, car ils y faisaient largement honneur. Esther ne s'en plaignait pas. Il n'y avait guère qu'Henri pour plisser le nez.

« Tous ces tommies... nous n'avons pas besoin d'eux. Mon père à lui seul vaut bien dix Anglais ! »

Il vouait à Gaspard une vénération proche de l'idolâtrie. Parfois, cela faisait un peu peur à Esther. Seigneur ! songeait-elle. Si jamais Henri apprenait un jour la vérité... Elle se rassurait vite, cependant. Il n'y avait pas de raison. Justin était parti, on racontait qu'il se battait du côté de la Champagne. « Jamais plus », s'était promis Esther.

Gaspard n'écrivait pas. Certes, il n'aimait guère tenir le porte-plume, mais, tout de même, il aurait pu faire un effort. Thérèse s'inquiétait elle aussi de ce silence inusité. Chaque fois que les deux femmes apercevaient les gendarmes remontant la rue, la mine longue, elles se figeaient, le cœur battant la chamade.

Plusieurs Desvrois étaient déjà tombés au champ d'honneur. « Leur guerre, ce n'est pas nous qui l'avons décidée », pensait Esther, révoltée. Elle aurait donné sa main droite pour revoir Gaspard, l'entendre lui dire qu'il l'aimait.

Durant toutes ces années, elle s'était laissé aimer, sans parvenir à oublier vraiment Justin. Elle avait triché, d'une certaine manière. Gaspard lui avait donné son nom, son honneur, il avait élevé Henri comme son fils sans jamais faire la moindre allusion à son véritable père, et elle, en retour, avait trahi son mari.

Elle se brûla en versant de l'eau chaude sur le café, se frotta la main, d'un geste machinal.

– Esther ! fit alors Thérèse d'une drôle de voix.

Un inconnu barbu, aux vêtements couverts de poussière, se tenait sur le seuil. Ses yeux clignaient comme s'il ne parvenait pas à s'accoutumer à l'atmosphère enfumée.

– Gaspard ! hurla Esther en se précipitant contre lui. C'est bien toi ? ajouta-t-elle en riant.

Les Anglais s'étaient mis à crier « Hurrah ! hurrah ! hurrah ! ».

Esther, sans se préoccuper d'eux, entraîna son mari dans l'arrière-cuisine.

– Tu m'as tant manqué... murmura-t-elle.

Elle n'osait pas faire un geste, cependant. La scène terrible qui avait précédé le départ de Gaspard restait entre eux. Il passa la main dans ses cheveux après avoir ôté son calot.

– Je suis sale à faire peur. Tu peux me préparer de quoi me laver ?

Elle inclina lentement la tête. Rien ne se passait comme elle l'avait rêvé. Il y avait trop de monde, de l'autre côté de la porte.

– Je vais aller leur dire que je ferme, décida-t-elle.

– Laisse.

Gaspard posa la main sur son épaule. Son regard refléta alors une désespérance insondable.

– Laisse-les s'amuser, reprit-il. L'enfer les

attend, ils ont bien droit à un peu de bon temps. Et d'oubli.

Il serra Esther contre lui.

– J'ai été stupide, lui souffla-t-il à l'oreille. Un vieil imbécile. J'avais le bonheur à portée de main et je l'ai laissé filer. C'est pour cette raison que je ne t'ai pas écrit, j'avais trop honte. Tu me pardonnes, Esther ?

Elle sut à cet instant qu'elle ne lui ferait pas porter le poids de sa propre honte. Ne pas partager un secret demande parfois plus de force d'âme que de tout raconter.

– Pardonne-moi, murmura-t-elle.

Il but son aveu sur ses lèvres.

– Le temps m'a paru long, si long ! confia-t-il.

Ils n'entendaient même plus les Anglais qui entonnaient *Tipperary.* Le monde avait cessé d'exister. Il n'y avait plus qu'eux deux.

– Tu vois, mon garçon...

Gaspard s'interrompit, leva le nez en l'air.

– C'est peut-être *ça* qui m'a le plus manqué, là-bas : le chant des oiseaux. Les alouettes, les roitelets. Tu sais, fils, au front, c'est un tel enfer qu'on ne sait même plus quelle est la saison. Il n'y a plus d'arbres, plus de feuilles, plus de végétation, plus rien. Que des pauvres bougres qui crèvent à petit feu. Chez nous, c'est si différent ! J'en viens à regretter la poussière des cimenteries. Dieu sait, pourtant, que ta maman et ta grand-mère ont assez pesté contre cette maudite poussière, mais ce n'était rien, comparé à la guerre des tranchées. Nous, là-bas, on dit les « boyaux », c'est une façon comme une autre de penser à tous les gars qui sautent sur des mines, dont les tripes sont éparpillées un peu partout. Je n'aurais jamais dû te raconter ça, reprit-il après quelques secondes de silence. Ta mère m'accablerait de reproches si elle savait...

– Ne lui dis rien, coupa Henri.

Il avait toujours fait front avec Gaspard. Tous deux aimaient les mêmes choses. Les bonheurs paisibles, les coulons, la vie, offerte.

– Tu vas me les montrer, nos coulons ? Quelle idée d'être allé les exiler là-bas !

– Maman avait déjà bien assez de travail comme ça à l'estaminet. Et puis... un vrai colombier, dans la cour d'une ferme, ça ne se refuse pas. Même si je dois faire une douzaine de kilomètres à pied tous les jours pour m'en occuper.

Gaspard ne répondit pas. Il savourait cette marche sur la route poudrée de givre, dans le froid un peu piquant, acidulé, de cette journée de février. Un dimanche comme les autres. Il aurait pu le croire, s'il n'avait pas croisé tous ces uniformes britanniques dans les rues de Desvres.

Henri, à ses côtés, parlait de Roselyne, de la ferme de l'Abbaye, qu'elle avait entrepris de rebâtir avec son aide, et Gaspard disait « oui, oui », s'imprégnait de l'odeur de terre et de marais qui lui montait à la tête. Il se sentait bien chez lui.

Roselyne et Gaspard se plurent d'emblée. La « petite » avait un sourire franc, des yeux d'eau claire.

– Tu as raison de reconstruire la ferme de ta famille, dit-il à Roselyne. On n'a pas le droit d'abandonner son héritage.

Il tendit les mains devant lui.

– Moi, mon père ne m'a rien laissé, sauf son sens du devoir, son amour du travail bien fait. Tu vois, Roselyne, nous, les ouvriers, ressemblons à ces chevaux de labour et de trait dont tu parles si bien : nous traçons notre sillon bien droit, sans dévier.

– Vous viendrez m'aider, pour mes premières semailles. Dès que la guerre sera finie...

Dès que la guerre sera finie... Une boule d'angoisse noua la gorge de Gaspard. Il repartait dans deux jours. Plus que deux jours. Il ne voulait pas y penser. Il avait hâte de revoir ses coulons.

Roger avait eu une permission de trois jours fin mars. Il était venu directement à Desvres. Il découvrit Clémence avec émerveillement.

– Tu diras ce que tu voudras, à ma prochaine permission, je t'épouse, annonça-t-il à Thérèse.

Pour la première fois, elle ne protesta pas.

– Reste, supplia la jeune femme le dernier matin.

Roger secoua lentement la tête.

– Ce ne serait pas digne de nous.

Comme en août 1914, elle ne l'accompagna pas à la gare. Elle devenait superstitieuse, s'affolait d'un rien. Clémence dans les bras, elle le regarda s'éloigner. Il se retourna une seule fois, juste avant le crochet de la route. N'y tenant plus, elle s'élança alors vers lui, l'enlaça. Clémence se mit à pleurer.

– Rentre, je t'en prie, souffla Roger d'une voix blanche.

Sur le seuil du Saint-Éloi, Esther pleurait, elle aussi. Elle tenait dans ses bras un chiot ratier que Gaspard lui avait rapporté de la ferme de l'Abbaye, en février. « En souvenir de Gayant », lui avait-il dit avec un drôle de sourire un peu triste. Elle avait su, alors, avec une douloureuse certitude, qu'elle n'avait jamais aimé que lui.

Le visage entre les mains, Esther murmurait sans cesse :

– Je vous en prie, Seigneur, je vous en prie...

Elle ne pouvait pas dire autre chose. Il lui était impossible de se souvenir de ses prières. Dans sa tête, il y avait un grand vide, provoqué par l'angoisse.

Elle avait entraîné Thérèse à la première messe du matin. Tant pis pour les bonnes âmes qui chuchotaient en dévisageant « mademoiselle Rousseaux », comme elles s'obstinaient à l'appeler en glissant un regard en coin vers Clémence, exceptionnellement sage.

– Ne bronche pas, surtout, avait recommandé Esther à sa jeune belle-sœur. Cela leur ferait trop plaisir.

Esther avait besoin de se rassurer en fréquentant l'église Saint-Sauveur, en humant l'odeur d'encens, en s'abîmant dans la contemplation des statues.

« Tu te noies dans l'eau bénite, ma pauv' femme ! » avait coutume de dire grand-père Gustave à Madeleine. Lui n'avait pas remis les pieds dans une église depuis la mort de son fils. Le jour de l'enterrement, il était resté seul sur la place, son regard accusateur tourné vers l'édifice. Ce jour-là, son attitude de défi avait un peu réconforté la jeune Esther.

Du réconfort, elles en avaient bien besoin, avec toutes les nouvelles affolantes qui s'abattaient sur la ville ! Impossible de savoir où se trouvaient leurs « hommes ». La poste fonctionnait mal, alors que les courriers en provenance des armées étaient prioritaires, et, de plus, les soldats ne devaient en aucun cas fournir d'indications sur leur cantonnement, au risque de voir leurs missives tronquées par les ciseaux d'« Anastasie », la terrible censure. On se contentait donc de phrases toutes faites – « Tu me manques », « Je t'aime plus que ma vie » et particulièrement frustrantes. Les journaux, en revanche, parlaient de pertes énormes et de cette action incroyable, l'attaque aux gaz asphyxiants.

N'y tenant plus, Esther alla trouver un jour celui qui lui paraissait être le plus à même de répondre à leurs questions, monsieur Crété, qui avait été nommé officier interprète. Se payant de culot, elle alla frapper à sa porte, en lui demandant de lui expliquer ce qui se passait. Monsieur Crété, fils d'une famille d'imprimeurs, était un homme affable qui s'amusait à croquer sur le vif des scènes de la vie de garnison desvroise.

– Je veux comprendre, lui dit simplement

Esther. Mon mari et mon beau-frère se battent quelque part en Artois. Cette histoire de gaz asphyxiants... ça me fait si peur.

L'interprète sut trouver les mots pour lui expliquer que le 22 avril, au nord d'Ypres et un peu plus à l'est, les Allemands avaient attendu que le vent soit favorable pour pousser vers les lignes ennemies un gaz lourd, jaunâtre. L'effet avait été immédiat, et lourd de conséquences. Les hommes, victimes de picotements et d'irritations insupportables dans la gorge, le nez et les yeux, ainsi que de violentes suffocations, s'effondrèrent. Ceux qui avaient réussi à s'enfuir en titubant étaient atteints de lésions pulmonaires plus ou moins graves. Mais nombre de soldats de la première ligne n'avaient pu être sauvés.

– Seigneur Dieu, souffla Esther, pâle jusqu'aux lèvres. On ne peut donc rien faire pour se protéger contre ces gaz diaboliques ?

Monsieur Crété poussa un long soupir.

– Les Allemands ont pris par surprise l'état-major français. Figurez-vous que nos soldats n'avaient en guise de protection qu'un mouchoir humide posé sur la bouche ! Quelle dérision... Il paraît que les Allemands se prémunissent contre ces gaz mortels avec de l'hyposulfite de soude mélangé à de la potasse. Bien entendu, nous ne possédons pas ces substances chimiques.

– Nos hommes vont donc tous mourir ? s'alarma Esther.

L'interprète secoua la tête.

– Que vous dire de plus ? Les nôtres vont riposter. Le général Joffre a exigé qu'on envoie aux armées tous les appareils respiratoires utilisés jusqu'à présent dans les mines. Foch réclame la fabrication de masques à gaz, et ce aussi bien pour les hommes que pour les chevaux. En attendant... les consignes sont de « foncer dans le nuage, contre le vent qui l'emporte[1] ». Belle théorie, n'est-ce pas ?

– Je déteste la guerre ! s'écria Esther, les yeux pleins de larmes.

Où se trouvait Gaspard ? Avait-il échappé aux gaz mortels ? Elle n'en pouvait plus, d'angoisse, de désespoir et d'ignorance.

– Ils vont trouver une parade, s'efforça de la rassurer monsieur Crété. Vous savez, on a commencé à distribuer à nos soldats des compresses imprégnées d'un mélange d'huile de ricin et de ricinate de soude.

– Pour mieux les envoyer à l'abattoir, se révolta Esther.

---

1. Note émanant du général Weygand.

– C’est la guerre, mon enfant. Une guerre terrible, sans concessions, qui fait appel aux moyens les plus perfectionnés.

Elle le remercia vaguement ; s’en alla, le cœur lourd. Qu’étaient son mari, ses beaux-frères, face à cette formidable machine à broyer les hommes ?

Lorsqu’elle revint au Saint-Éloi, Marcelline, la femme d’Étienne, s’y trouvait déjà. Le cœur d’Esther se serra quand elle découvrit son visage à l’envers.

– Étienne ? murmura-t-elle.

Marcelline éclata en sanglots convulsifs. Thérèse, les yeux rougis, se rapprocha d’Esther.

– Les gendarmes sont venus avertir Marcelline tantôt, lui chuchota-t-elle.

– Il est mort à Suippes, enchaîna Marcelline. Un endroit dont je n’avais même jamais entendu parler.

Elle se mit à gémir, mêlant souvenirs et accès de révolte. Esther, tétanisée, était incapable de prononcer une parole. Elle se rappelait Étienne chantant joyeusement le jour de leur mariage, à Gaspard et à elle, elle le revoyait partant travailler chaque matin le sourire aux lèvres. Gaspard, Étienne et Thérèse étaient tous trois très proches les uns des autres.

– Je l'aimais tant, murmura Thérèse.

Lorsqu'elle était enfant, elle pensait que son frère exerçait le plus beau métier qui soit. Marcheur de terre... elle l'imaginait parcourant le monde. Elle se mit à pleurer silencieusement.

– Ils vont tous mourir, comme Étienne, jeta Marcelline d'une voix rauque. Cette maudite guerre va nous tuer tous nos hommes et peut-être bien que nous mourrons, nous aussi.

Esther, alors, se mit à raconter, les gaz asphyxiants, les hommes qui tombaient pour ne pas se relever, l'impuissance de l'état-major...

– Nous devons tenir bon, nous aussi, conclut-elle. Pour eux.

La salle de l'estaminet était déserte pour l'instant. Dans moins d'une heure, les Anglais arriveraient et l'atmosphère deviendrait tout de suite plus chaleureuse. Étienne... elle ne voulait pas penser à Étienne. Pas encore.

À l'arrière, on éprouvait la sensation étrange de vivre en marge. La bataille d'Artois faisait rage, du côté de Notre-Dame-de-Lorette, et Esther comme Thérèse se sentaient impuissantes. Toutes deux avaient entouré Marcelline, cherchant à la réconforter sans pour autant parvenir à l'aider. La jeune femme était repartie chez ses parents, près de Boulogne. « C'est trop dur de rester ici, avait-elle dit simplement. Je me cogne à nos souvenirs. »

Henri serrait les poings.

« J'ai quinze ans, maman, je suis costaud. Je pourrais me battre, répétait-il.

– J'irais plutôt te faire ramener par les gendarmes ! Dieu juste ! C'est une boucherie, les hommes tombent par milliers, et tu voudrais te jeter dans la gueule du loup ? C'est bien assez de ton père et de tes oncles. »

Thérèse approuvait. Elle avait changé depuis l'annonce de la mort d'Étienne. Elle avait minci, son visage s'était durci.

« J'ai peur, confiait-elle parfois à Esther. Si peur... »

Elle n'en disait pas plus. Il n'en était pas besoin. La guerre les avait rendues sœurs, elles qui avaient mis tant de temps à s'apprécier.

Et puis, il y eut cette nuit terrible de juin 1915. Thérèse se réveilla en hurlant. Elle venait de voir des hommes en armes courant dans des champs de coquelicots. L'un d'eux s'était retourné pour lui adresser un petit signe. C'était Roger, elle le savait, bien qu'il n'eût plus de visage.

Esther eut toutes les peines du monde à la réconforter. Elle qui dormait mal s'était réfugiée dans la salle, emmitouflée dans une vieille veste de Gaspard par-dessus sa robe de nuit. Elle vit le visage défait de sa belle-sœur, lui proposa une tasse de chicorée ou une infusion de tilleul.

– J'ai froid, murmura Thérèse en se rapprochant du poêle, pourtant éteint.

Sans mot dire, Esther posa la veste de Gaspard sur les épaules de sa belle-sœur. Là-haut, Clémence n'avait pas bronché. C'était une enfant calme et douce, qui posait sur le monde de grands yeux interrogateurs.

– Roger est mort, souffla Thérèse.

Esther eut beau tenter de la persuader qu'elle avait fait un cauchemar, Thérèse ne voulut pas en démordre. Elle but son bol de chicorée d'un air absent, écouta à peine les bavardages d'Esther, qui tentait de la distraire. Savait-elle que Flore Delfolie hébergeait toujours des réfugiés belges ? Il y avait aussi désormais à la Cour aux Paons plusieurs prisonniers allemands, surveillés par des territoriaux. La jeune Roselyne, qui livrait le lait le matin, estimait que leur travail les soulagerait un peu, Flore et elle.

– Ne te fatigue pas, Esther, déclara enfin Thérèse d'une voix extrêmement lasse. Je me moque bien de tout ce que tu peux me raconter. Je veux simplement savoir où est Roger, s'il est encore vivant ou mort. Comment fais-tu pour garder ton calme ? Moi, je crève à petit feu, d'impuissance et d'ignorance.

En guise de réponse, Esther tendit les mains vers elle. Le pourtour de ses ongles était arraché jusqu'au sang.

– Je me ronge de l'intérieur, mais je ne le montre pas, dit-elle avec un sourire d'excuse. Quand j'étais plus jeune, je devais tout cacher, pour ne pas donner prise à mon beau-père.

Il y eut un silence. Les deux femmes s'étreignirent d'un même mouvement. L'angoisse partagée en avait fait deux amies.

Esther était en train de laver son pas de porte quand elle aperçut une voiture découverte qui remontait la rue. Il faisait chaud, ce jour-là, et elle lavait « à pieds nus ». Elle chercha du regard ses galoches, comme si elle avait pressenti que la voiture allait s'arrêter devant le Saint-Éloi. Elle se figea lorsqu'elle reconnut madame Félix, entr'aperçue de loin en loin à la messe. Elle était entièrement vêtue de noir, ce qui la vieillissait.

– Vous êtes la belle-fille de Célestine Rousseaux, n'est-ce pas ? questionna madame Jeanne en jetant un coup d'œil circonspect aux marches lavées de frais.

Esther hocha la tête. Sa gorge était nouée. « Je ne veux pas ! » pensa-t-elle avec force.

– On m'a dit que vous hébergiez Thérèse Rousseaux, reprit la visiteuse d'une voix neutre.

De nouveau, Esther fit oui de la tête.

– J'aimerais lui parler.

« Partez ! » supplia mentalement Esther.

– Roger est mort ?

La voix rauque de Thérèse fit sursauter Esther et Jeanne Félix.

Elle se rapprocha d'elles. Elle était très pâle.

– Répondez, lança-t-elle à l'adresse de l'épouse du propriétaire des cimenteries.

Madame Félix marqua une hésitation.

– Thérèse... je suis venue en souvenir de votre mère. Les parents de Roger Leman nous ont prévenus ce matin par télégramme.

– Quand ? coupa Thérèse. Quand a-t-il été tué ?

Esther se rapprocha d'elle. Thérèse la repoussa sans un mot comme pour lui faire comprendre qu'elle voulait rester seule, pour ne pas s'effondrer devant Jeanne Félix.

Celle-ci se mordit violemment les lèvres.

– C'est arrivé le 9 juin, répondit-elle enfin. Autour de Neuville-Saint-Vaast. Roger est tombé comme des milliers de ses camarades, dans un champ de coquelicots.

Elle s'interrompit parce que Thérèse était en train de rire. Un rire affreux, insupportable, qui se rompit en sanglots déchirants.

– Un champ de coquelicots, répéta-t-elle en s'abattant dans les bras d'Esther.

Dans la salle, Clémence se mit à pleurer.

– Je suis venue très vite, Thérèse, dit Jeanne Félix, parce que mon Antoine se bat du côté des Éparges et que l'attente est ce qu'il y a de pire.

– Allez-vous-en, maintenant, je vous en prie, murmura Esther.

Il y avait eu la mort d'Étienne et, à présent, celle de Roger. C'était plus qu'elles n'en pouvaient supporter.

Elle entraîna Thérèse à l'intérieur du Saint-Éloi, la fit asseoir et lui mit d'autorité Clémence dans les bras.

– Pense à *sa* fille, lui dit-elle fermement.

Thérèse secoua la tête. Elle était de plus en plus pâle, mais son regard était farouche.

– Je veux me battre, moi aussi. Pour que Roger ne soit pas mort pour rien.

24

1916.

Flore, épuisée, s'arrêta au milieu du champ et s'essuya le front du revers de la main. Il fallait tenir, terminer les semailles tant que la terre était bonne. Elle avait voulu continuer à semer du lin, pour Justin, même si sa culture exigeait une préparation soignée du sol, et des betteraves, toujours plus. Elle se remémorait les leçons de son père. Le Juste avait coutume de dire : « Il faut que la graine de betterave soit enterrée légèrement, qu'elle voie son semeur et entende l'angélus... » Autant de traditions que Flore tenait à respecter scrupuleusement, comme pour se rassurer.

Il ne restait à la ferme que Marguerite, de plus en plus voûtée, Roselyne, Victor et sa femme, Mélie. Flore avait obtenu un troisième prisonnier allemand mais il ne lui inspirait guère confiance et ce n'était pas un homme de la terre. Il fallait tout lui expliquer à plusieurs reprises avant qu'il ne se rende enfin utile.

« Un fieffé fainéant », disait Victor, qui, à cinquante-cinq ans passés, abattait plus de travail que lui.

Heureusement, quelques réfugiés belges étaient restés. C'étaient des paysans, Flore se sentait proche d'eux. Armand, un homme amputé d'un bras, savait parler aux chevaux. Il secondait efficacement Flore, bien que les réquisitions aient entraîné la perte de plusieurs bêtes de l'élevage de la Cour aux Paons. Flore s'était battue pour que toutes ses juments ne se retrouvent pas sacrifiées. L'artillerie « consommait » en effet un nombre affolant de chevaux.

Justin, dans les rares lettres qu'il écrivait, témoignait de sa colère et de sa révolte face aux bêtes tirant les lourdes pièces, roulant des yeux exorbités sous la mitraille.

« Ce n'est plus une guerre, c'est de la boucherie », avait-il dit à Flore lors de sa dernière permission. Il avait vieilli, s'était voûté. Ce n'était plus tout à fait le même homme. Il portait dans ses yeux le reflet des horreurs traversées.

« Tu ne peux pas imaginer », avait-il confié à sa femme.

Il avait passé une grande partie de la nuit dans les écuries. Lorsqu'il s'était décidé à venir se mettre au lit, il s'était écroulé, épuisé, sans dire un mot, sans esquisser un geste tendre. Flore, allongée sur le dos, les yeux grands ouverts, s'était livrée à un bilan amer de sa vie conjugale. Toutes ces filles que Justin avait culbutées, toute cette révolte qu'elle avait gardée enfouie en elle, de crainte qu'il ne l'abandonne... Pauvre sotte ! comme s'il avait eu le courage de quitter la Cour aux Paons et ses chers kvos.

Il ne l'aimait pas comme elle avait rêvé de l'être, il ne l'avait jamais vraiment aimée, s'était-elle dit alors que l'aube blanchissait. Elle s'était levée, vite, pour ne pas pleurer. Marguerite somnolait dans le fauteuil à haut dossier qui avait été celui du Juste. Flore avait alors songé douloureusement que son père lui-même ne lui avait jamais pardonné de ne pas être un garçon. Seules Marguerite et Roselyne étaient ses amies.

Ce matin-là, elle avait décidé de vivre, malgré tout. Justin était Justin, égoïste et rude. Il ne changerait plus, désormais. À elle d'organiser sa vie à sa manière, en fonction de Roselyne et de la ferme.

Une main se posa sur la bride de Dragonne.

– Laissez-moi faire, déclara Armand Haegen. Vous n'en pouvez plus.

– Je suis forte, vous savez, regimba Flore.

Le Belge sourit.

– Je n'en doute pas. Vous abattez au moins le travail de deux hommes. Mais il n'y a pas de honte à reconnaître ses limites, de temps en temps.

Flore acquiesça. C'était un homme mince, à la silhouette musclée. Ses yeux clairs étaient cernés d'un fin réseau de rides. Les premiers temps, Flore ne pouvait pas regarder sa manche vide. À présent, elle n'y prêtait plus attention.

– J'avais une ferme dans la plaine, du côté de Charleroi, raconta tout à coup Armand Haegen. Des vaches laitières, des chevaux. Je ne me suis pas senti dépaysé en arrivant à la Cour aux Paons.

Il parla à mots prudents de sa femme, Louisette, qui avait été tuée dans les champs en voulant empêcher le grand-père de brandir sa fourche contre les Allemands. Le grand-père était toujours vivant, les soldats s'étaient contentés de l'assommer. Louisette, elle, n'avait pas survécu. Armand Haegen avait pris la route, après avoir enterré son épouse lui-même. Il avait chargé sur une charrette quelques meubles, le fauteuil du grand-père Anatole, ses outils, et ils avaient pris le chemin de l'exode. Derrière eux, Charleroi flambait.

– Nous avons eu de la chance par ici, murmura Flore.

Le Boulonnais n'était pas occupé, à la différence des Flandres du Nord. La population connaissait les restrictions, cependant, à cause de l'afflux de réfugiés et de troupes britanniques.

– Vous n'avez jamais eu envie de rentrer chez vous ? reprit-elle.

Armand Haegen secoua la tête.

– Je n'ai plus de chez moi. Trop de souvenirs qui font mal. Je reste ici, pour le grand-père. Après...

« Il y aura toujours une place pour vous à la Cour aux Paons », pensa Flore. Elle n'osa pas prononcer cette phrase à voix haute, sans pouvoir expliquer pourquoi.

Elle caressa l'encolure de Dragonne, comme pour puiser un peu de réconfort à son contact familier. Elle ne s'était toujours pas pardonné de n'avoir pu empêcher la réquisition de Brunehaut la belle. Imaginer la jument de Justin gisant dans la boue des tranchées lui donnait la nausée. Justin lui avait décrit la peur panique des chevaux sous les obus meurtriers et elle avait eu mal pour lui. Peut-être qu'au fond elle l'aimait encore...

La jeune femme qui buvait sa chicorée dans l'estaminet situé en bordure de la Scarpe était jolie, mais rien, dans son attitude, ne laissait penser qu'elle fût une femme facile. Vêtue de noir des pieds à la tête, le visage en partie dissimulé par une voilette, elle était fort mince, et semblait enveloppée de tristesse. Son visage s'éclaira, cependant, lorsqu'un vieil homme vint s'asseoir à sa table.

– Bonjour, mademoiselle Céleste, lui dit-il en lui serrant la main.

L'établissement était surtout fréquenté par des Allemands. Occupant Douai depuis deux ans, ils se comportaient en maîtres dans la cité drapière.

La jeune femme sourit.

– Il fera beau demain.

– Un temps idéal pour aller se promener, acquiesça son interlocuteur.

Leur conversation ne dura pas plus de quelques minutes. La jeune femme nommée Céleste prit congé la première. Elle sortit de l'estaminet, suivit la direction de l'hôtel de ville. Elle savait où elle allait, ne se retourna pas une fois. La porte à laquelle elle frappa donnait accès à un logis étroit.

– Demain, dit simplement Thérèse Rousseaux au médecin qui lui ouvrit.

Cela faisait plusieurs mois qu'elle appartenait à un réseau de renseignements travaillant en zone occupée, en liaison avec la Belgique. L'annonce de l'arrestation de Louise de Bettignies, connue des services secrets sous l'identité d'Alice Dubois, ne l'avait pas fait renoncer à poursuivre ses activités clandestines, au contraire. Le jour où elle était allée trouver l'état-major britannique, à Desvres, elle avait expliqué qu'elle voulait se rendre utile. Esther n'avait pas tenté de la dissuader, elle avait compris que c'était pour Thérèse le seul moyen de ne pas mourir.

Elle garderait Clémence au Saint-Éloi, l'élèverait comme sa fille. Elle le lui avait promis.

Thérèse était devenue experte dans l'art du déguisement pour franchir les lignes ennemies. Parfois, elle se rappelait que Gaspard lui avait appris à monter aux arbres et à courir « aussi vite que le vent ».

« Jamais ! gémissait Célestine. Ça n'est pas une fille que j'ai, mais un vrai garchon manqué ! »

Thérèse et ses frères riaient, alors. Ils ignoraient que leurs courses folles dans le quartier des cimenteries endurcissaient leur petite sœur.

Le réseau auquel elle appartenait avait des ramifications jusqu'à Lille, Maubeuge et même Maroilles. Thérèse transmettait des renseignements. Elle avait guidé deux fois des aviateurs vers les lignes alliées, mais elle préférait travailler seule. Pour elle, elle acceptait tous les risques. Elle ne voulait pas penser à sa fille ni à Roger. C'était à cause de lui, pourtant, qu'elle avait choisi l'espionnage.

Pour le venger.

Esther essuya les derniers verres et les rangea avec soin derrière le comptoir. Elle éprouvait le besoin de se raccrocher à ces gestes familiers pour ne pas hurler. 1916 s'achevait, et il n'y avait pas d'espoir que la guerre cessât. Certes, les Français avaient vaillamment résisté à l'offensive allemande lancée contre Verdun, mais à quel prix ? Chaque jour, de nouvelles familles étaient frappées, les Français étaient enveloppés de noir de la tête aux pieds, comme pour porter le deuil de tous ces jeunes gens morts au combat.

Elle qui ne s'était jamais vraiment intéressée à la politique suivait avec passion le déroulement des opérations militaires. Ses clients, Anglais, Australiens et même Néo-Zélandais – il avait fallu qu'ils lui indiquent sur une carte où se trouvait leur pays, de l'autre côté de la terre – la tenaient informée de la situation bien mieux que la presse.

Ils l'appelaient « Esté », et cela la faisait sourire. Elle aurait pu être leur mère, leur disait-elle, et ils se récriaient. Ils levaient souvent leur verre en direction de son portrait, réalisé par Eugène Vaillant, accroché dans la salle. Quand elle se risquait à regarder le tableau, Esther se demandait si son regard était toujours chargé de défi. À près de trente-cinq ans, elle se sentait forte et se savait toujours belle. Si seulement Gaspard avait pu rentrer vivre à ses côtés ! Les lettres qu'il lui écrivait se voulaient optimistes, elles étaient cependant empreintes d'une sourde désespérance.

« Tenir. Il faut tenir. Parce que je t'aime et que je veux rentrer à la maison, ma belle brune. »

Lorsque Esther avait reçu cette lettre, une horrible angoisse lui avait noué le cœur. Elle avait peur pour Gaspard. La mort d'Étienne, la mort de Roger l'avaient choquée, bouleversée. Elle avait compris l'engagement de Thérèse, tout en redoutant le pire. Clémence, qui allait sur ses dix-huit mois, avait voulu appeler Esther « maman ».

« Non, ma chérie, avait rectifié la jeune femme. Moi, je suis ta tante Esther. Ta maman reviendra bientôt. »

C'était compliqué pour une aussi petite fille, mais, sans se démonter, Clémence avait baptisé Esther « Esté », comme les soldats britanniques.

L'enfant ne ressemblait toujours à personne. Elle avait le front bombé, de grands yeux clairs, et des cheveux blond cendré légèrement ondulés. Esther et Henri l'adoraient, tout comme les clients du Saint-Éloi, qui la considéraient comme leur mascotte et lui confectionnaient des poupées de chiffon. Clémence s'exprimait en français et commençait à connaître quelques mots d'anglais. Henri et Esther le parlaient à présent couramment. Pourtant, Henri ne faisait que passer en coup de vent à l'estaminet. Entre la fabrique où il s'ennuyait et ses coulons, il n'avait guère de temps à consacrer à sa mère et à sa cousine.

C'était l'âge, pensait Esther. Une étape nécessaire. Elle refusait de s'inquiéter pour Henri.

Un grand gaillard australien, au visage hâlé, s'approcha du comptoir.

– Esté ? *May I ?*

Il désignait de la main le phonographe qu'un sergent canadien avait offert au Saint-Éloi quelques mois auparavant. Il était monté au front deux semaines plus tard. Esther pensait souvent à lui, en espérant qu'il était toujours en vie. Desvres, ville de cantonnement pour les troupes alliées, voyait passer des milliers de jeunes gens. La plupart masquaient leurs craintes et affichaient une gaieté, un optimisme communicatifs. D'autres se repliaient sur eux-mêmes et fréquentaient peu les estaminets, sauf les veilles de départ. Alors, ils se déchaînaient, buvaient et chantaient. Dans leur regard, Esther lisait parfois la certitude de leur mort prochaine. Vite, elle détournait les yeux, murmurait une prière. Elle ne les revoyait jamais.

Elle sourit à Connor, l'Australien, comme pour chasser les sombres pensées qui l'envahissaient. Il hésita longuement avant de choisir *Reviens, veux-tu ?* La musique s'éleva dans la salle de l'estaminet soudain silencieuse. Un long frisson parcourut Esther. Elle se rappelait sa première valse avec Gaspard. Elle aurait tout donné pour se trouver à nouveau dans ses bras. Elle écrasa la larme qui roulait sur sa joue, d'une main rageuse.

Tenir. Il fallait tenir.

25

1917.

Bébert repoussa sa casquette en arrière et jeta un regard mauvais à Clémence, qui, assise à une petite table, « faisait de la musique » avec des ustensiles de cuisine.

– Tu n'peux mi faire taire c'te bâtarde ? lança-t-il à Esther.

Sa phrase résonna dans la salle presque vide. Il était quatre heures, trop tôt pour les Anglais. Ils viendraient sur le coup de cinq heures, réclamant une *nice cup of tea*. Thé qu'ils avaient pris le pli d'« arroser » de cognac ou de fine, créant ainsi leur propre bistouille...

Esther fonça vers la table attitrée de Bébert. Folle de rage, elle lui ordonna de décamper.

Bébert leva vers elle son regard injecté de sang.

– Doucement, Esther ! N'te mets pas en colère. Moi, c'que j'en disais, c'est que la vérité. Tu lui connais un père, toi, à c'te mioche ?

Il la bravait, l'œil finaud et malveillant sous la casquette raide de crasse.

– Fous le camp ! hurla Esther, perdant tout contrôle.

Bébert se leva pesamment.

– Je pars, c'est pas moi qui m'imposerai quelque part, mais, vrai, tu le regretteras, ma fille. J'aurais jamais cru être chassé du Saint-Éloi comme un malpropre. C'est pas ta grand-mère Madeleine qui...

– Je n'ai pas à me justifier, coupa Esther. Tu insultes ma belle-sœur, ta place n'est plus ici. Dehors !

Elle tint la porte grande ouverte jusqu'à ce qu'il ait disparu au coin de la rue. Elle savait où il allait se réfugier. Chez Josépha. Peu lui importait. Elle tremblait encore, de colère et de peine, quand elle prit Clémence dans ses bras.

– Pleure pas, Esté, lui dit la petite en nouant les bras autour de son cou.

Esther n'avait plus de nouvelles de Thérèse depuis plusieurs mois. L'angoisse et l'incertitude la minaient. Heureusement qu'elle avait Clémence, et ses « garchons », comme elle appelait les soldats britanniques qui trouvaient au Saint-Éloi une seconde famille. Henri rentrait seulement le soir. Il avait dû se quereller avec Roselyne car il se rendait moins souvent à la ferme de l'Abbaye. Esther constatait avec déplaisir qu'il devenait un jeune coq arrogant, amateur de bonnes fortunes. « Le fils de son père », pensait-elle alors, avec une sourde angoisse. Gaspard n'était pas là pour lui imposer une ligne de conduite, des règles à respecter. Peut-être elle-même avait-elle failli, en lui laissant trop la bride sur le cou ? À moins qu'il ne se soit éloigné, jaloux de Clémence. Comment savoir, avec Henri, qui avait toujours eu un caractère renfermé ?

Elle caressa tendrement les cheveux blond cendré de Clémence, l'emmena avec elle promener Toutfou, le petit chien offert par Gaspard. Clémence et Toutfou étaient deux amis inséparables.

Le brouillard, tombé d'un coup, enveloppait le quartier de la Gare d'une atmosphère poisseuse et sinistre. Esther frissonna. Elle ne distinguait plus les façades des maisons.

– Rentrons vite, dit-elle à Clémence en faisant demi-tour.

Elle ressentait une peur diffuse, obsédante.

Maud Jacquet était attablée chez Josépha devant un verre de poiré. Elle avait cessé depuis longtemps de travailler à la fabrique et, à plus de quarante ans, son visage portait les traces de ses excès. La voix cassée, le teint flétri, elle n'était plus la Maud flamboyante et scandaleuse sur laquelle se retournaient les jeunes gens du quartier, une vingtaine d'années auparavant. Son père était mort, au terme d'une agonie interminable. Maud aurait voulu avoir le courage de mettre fin à ses souffrances, pour ne plus voir ce masque crispé par la douleur, ne plus entendre ce râle abominable. Plusieurs fois, elle avait été tentée de l'étouffer à l'aide d'un oreiller, pour finalement y renoncer. Armande avait eu de la peine à se remettre. Cela faisait tant d'années qu'elle soignait son mari que, soudain, le vide lui avait paru intolérable.

Maud vida son verre d'un coup sec.

– Tiens, donc. Un revenant, fit-elle en reconnaissant Bébert, hésitant sur le seuil du café.

– Fermez la porte, cria Josépha de derrière le comptoir. Ce brouillard me glace jusqu'aux os.

Bébert, titubant, se rapprocha de la table de Maud.

La conversation s'engagea. Bébert, très

remonté, raconta à son interlocutrice qu'Esther venait de le jeter dehors « comme un kien ». Imaginait-elle ? Depuis le temps qu'il la connaissait... Et pourtant, il en savait, des choses, à propos de la belle brune. Des choses qu'il avait toujours gardées pour lui.

Maud se pencha en avant.

– Un petit verre ? proposa-t-elle.

Lorsqu'elle quitta le café de Josépha, deux heures plus tard, elle ne sentit même pas la morsure du froid sur sa peau. Elle jubilait. Elle tenait sa revanche sur la femme de Gaspard.

Henri jeta un coup d'œil éperdu autour de lui. Le paysage si familier – lumière opalisée, collines herbeuses, bois trapus, bocage – était-il réel, ou bien s'agissait-il d'une illusion, d'un leurre, comme sa vie, jusqu'à présent ?

Il n'aimait guère Maud Jacquet – une « vieille peau », disaient cruellement ses camarades d'atelier, mais il avait tout de suite su qu'elle ne mentait pas lorsqu'elle lui avait raconté toute l'histoire.

Elle était venue le trouver à la sortie de la fabrique et l'avait entraîné chez Jules, un café qu'elle fréquentait, sans lui laisser le loisir de protester. Il l'avait écoutée, bien qu'il ait eu envie de s'enfuir dès les premières paroles prononcées. Il l'avait écoutée parce que, au fond de lui, il lui semblait qu'il avait deviné la vérité depuis longtemps, sans vouloir se l'avouer. Il ne lui avait pas, cependant, offert le plaisir de s'effondrer devant elle.

Lorsqu'elle en avait eu terminé, il l'avait dévisagée, froidement.

« C'est tout ce que tu voulais me dire ? »

Elle avait rejeté les épaules en arrière et, l'espace d'un instant, elle était redevenue Maud la flamboyante, celle qui faisait se retourner n'importe quel homme sur son passage.

« Tu as du cran, Henri. Bon chien chasse de race. »

Il s'était levé, un peu pesamment, avait jeté une pièce sur la table.

« Je ne veux rien te devoir. »

Elle l'avait regardé sans répondre. Tous deux savaient qu'Henri ne serait plus jamais le même, désormais.

À cet instant, Maud avait éprouvé l'ombre d'un remords.

Roselyne, stupéfaite, s'immobilisa. Dans la cour de la ferme de l'Abbaye, Henri ouvrait tous les casiers de ses chers coulons.

– Henri, tu es fou ! s'écria-t-elle.

Il se retourna lentement. Son visage était

fermé, son regard de pierre. Elle pensa qu'elle avait un étranger en face d'elle.

– Je leur rends leur liberté, dit-il d'une voix lointaine.

Elle comprit brutalement.

– Tu pars ? Tu t'es engagé ?

Il la regarda. Elle se tenait debout à côté de Gédéon. Elle était d'une beauté piquante, avec ses longs cheveux auburn et ses yeux vert pâle. Grande, bien faite. La femme qu'il aimait. Et, pourtant, il s'apprêtait à la blesser.

Il se rapprocha d'elle, tendit la main. Il lui caressa le visage, et elle se laissa aller contre cette main calleuse, qui gardait toujours un peu d'argile autour des ongles.

– Roselyne, ne dis rien, je t'en prie, murmura-t-il. Je dois partir. C'est trop long à expliquer, et je ne me sens pas la force d'essayer aujourd'hui.

De fait, il paraissait épuisé.

Roselyne le considéra sans mot dire puis, se haussant, lui planta un baiser sur les lèvres.

– Rose... gémit Henri.

Il l'embrassa avec une délicieuse lenteur avant de l'écarter de lui.

– Attends-moi. Avec un peu de chance, je reviendrai.

Il se retourna au moment de franchir le porche de la ferme de l'Abbaye. La dernière image qu'il emporta fut celle de Roselyne, la main posée sur le collier de Gédéon, avec les pigeons qui voletaient autour d'elle.

Vite, il prit la route de Boulogne. Là-bas, il le savait, on le verserait rapidement dans le corps des fantassins.

Curieusement, Thérèse, qui n'avait pas eu vraiment peur lorsqu'elle avait été arrêtée à Tournai, ni quand la cour martiale l'avait condamnée à mort pour espionnage, ressentit une frayeur panique en pénétrant dans la prison de Siegburg. Elle avait accepté l'idée de sa propre mort, elle l'avait recherchée, d'ailleurs, depuis qu'elle avait appris la disparition de Roger à Neuville-Saint-Vaast, mais, dans ce hall central glacial, elle sentit la révolte monter en elle. Elle n'était pas une criminelle, elle avait seulement transmis des renseignements et aidé des aviateurs tombés en zone occupée à gagner la Belgique.

Il y avait du soleil en cet après-midi de mars, mais il ne parvenait pas jusqu'à la cellule qu'une gardienne attribua à Thérèse. Orientée au nord, en face d'un autre bâtiment, froide et humide, les murs portant de sinistres taches de sang... Thérèse comprit tout de suite que des femmes souffrant de la tuberculose avaient vécu ici, y étaient certainement mortes, et un frisson courut le long de sa colonne vertébrale. Dès cet instant, elle résolut de se battre.

Les prisonnières françaises et belges étaient nombreuses à Siegburg, Thérèse s'en rendit compte le lendemain en faisant leur connaissance. Il était interdit de se parler, mais, durant la messe, les femmes faisaient circuler entre elles des images pieuses au dos desquelles elles avaient inscrit leur identité et leur « crime ». L'une, Marthe, avait procuré de la nourriture à un aviateur français. Marie-Louise s'était laissée aller à crier « sales Boches ! » dans sa classe. Émeline, d'Hirson, avait caché son fils réquisitionné pour aller travailler « en colonne ». Jeanne Flament, tout comme Thérèse, avait d'abord été condamnée à mort pour avoir recueilli des renseignements militaires avant de voir sa peine commuée en réclusion à perpétuité.

« Nous n'avons plus rien à perdre », proclamait-elle.

Thérèse se retrouva affectée avec Jeanne aux travaux forcés sur un chantier à l'extérieur de la prison. Les femmes portaient un costume de forçat composé d'une veste et d'un jupon de toile grise. Toute la journée, elles devaient soulever et transporter de lourdes briques. Un travail d'autant plus épuisant que la nourriture était exécrable. Le repas du midi se limitait à de l'eau chaude dans laquelle surnageaient quelques malheureuses pommes de terre gâtées. Le soir, une bouillie infâme, composée d'orge et d'avoine, avait cependant l'avantage de caler un peu l'estomac, tout en provoquant des maux de ventre dans la nuit.

Thérèse et Jeanne, qui travaillaient à l'extérieur, avaient le privilège insigne de recevoir à quatre heures une boisson chaude accompagnée, les jours fastes, d'un hareng saur qu'elles devaient manger avec leurs doigts.

Parfois, elles s'entre-regardaient et essayaient de sourire. « Quand même ! ce que nous sommes devenues... »

Au bout de deux mois de ce régime, Thérèse s'effondra. Elle se résolut à aller voir le médecin qui « consultait » chaque matin dans son bureau tout proche du lazaret. Consulter était un bien grand mot ; la plupart du temps, il n'écoutait même pas la description des symptômes des prisonnières. Il se bornait à lancer un « Sortez ! » impérieux. Si bien que les Françaises, toujours promptes à railler, l'avaient aussitôt surnommé « le docteur Sortez ». Thérèse attendit longuement debout dans le couloir, face au mur, avec l'interdiction de parler ou de tourner la tête en direction de ses camarades qui se trouvaient dans la même situation. Elle était particulièrement épuisée car le médecin lui attribua une cellule dans le lazaret. Elle devait la partager avec Olympe Rebaeck, une infirmière belge qui avait soigné plusieurs soldats anglais. Le régime de Siegburg, qu'elle subissait depuis plus d'un an, avait été fatal pour ses poumons fragiles. Elle souffrait de tuberculose et recommanda à Thérèse toute une série de mesures prophylactiques afin d'éviter la contagion.

Avec un petit sourire désenchanté, la fille de Célestine lui raconta qu'elle avait déjà passé deux mois dans une cellule dont les murs et la literie étaient tachés de sang. Olympe poussa un énorme soupir.

– L'exécution d'Édith Cavell, en 15, a eu un tel retentissement qu'*ils* n'osent plus nous faire fusiller, mais ils ont trouvé le moyen de nous assassiner à petit feu.

Cette certitude donnait le courage à Thérèse de résister. Après avoir appris la mort de Roger, elle s'était jetée dans l'espionnage non pas pour oublier, mais pour poursuivre l'action de son compagnon. Elle avait refusé, alors, de penser à Clémence. Leur fille était en sécurité au Saint-Éloi. Elle, Thérèse, pouvait mourir en service commandé.

À présent, c'était différent. Il fallait tenir, jusqu'à la victoire alliée.

Grâce à Olympe, Thérèse apprit à mieux connaître ses compagnes d'infortune. Olympe lui raconta que Louise de Bettignies et mademoiselle Blankaert avaient obtenu, en fomentant une révolte, que les prisonnières ne soient plus contraintes de fabriquer des grenades et des obus. Elles l'avaient payé cher, en étant condamnées à de lourdes peines de cachot, au pain et à l'eau, mais, comme le disait Olympe, « nous sommes déjà des survivantes. Nous avons failli être exécutées, nous sommes condamnées à vie... que pourraient-ils nous faire de plus ? ».

Les deux femmes étaient fermement décidées à survivre. Malgré la toux qui, jour après nuit, les épuisait. Malgré la nourriture, de plus en plus infecte, malgré les multiples tracasseries, et le climat de haine les entourant. Il y avait, Dieu merci, une formidable solidarité entre les prisonnières, et une espérance commune. Les Alliés vaincraient.

Flore détourna les yeux en passant devant les écuries. Chaque fois, elle se sentait coupable, comme si, quelque part, elle avait failli. Armand et Marguerite avaient beau lui répéter qu'il n'y avait pas moyen de s'opposer aux réquisitions des militaires, Flore ne pouvait se pardonner d'avoir perdu la plus grande partie de ses chevaux. Elle n'imaginait que trop bien ce que Dragonne, Ardent et les autres étaient devenus. D'ailleurs, la tannerie de monsieur Vincent avait été en partie transformée en centre vétérinaire d'abattage et d'équarrissage, réservé aux chevaux blessés ou malades, ce qui était tristement révélateur de la situation. La guerre détruisait les hommes comme les kvos avec une terrifiante logique. Tenir. Il fallait tenir, quel que soit le prix à payer.

Les lettres de Justin témoignaient de la folie des chefs militaires. « Si je m'en sors, lui avait-il écrit, je crois que nous ne pourrons plus vivre comme avant. Nous sommes marqués à vie, et plus encore les gamins qui montent à l'assaut et reviennent avec des yeux de vieillards. »

Il ne lui disait pas qu'il l'aimait. Cela n'avait plus guère d'importance, Flore avait toujours su que l'amour n'avait pas eu sa place dans leur « arrangement ». Elle avait longtemps joué le jeu de l'indifférence, refusant de laisser voir à quel point elle était blessée. Finalement, elle devait reconnaître que la solitude ne lui pesait pas trop. Solitude toute relative, d'ailleurs, car elle hébergeait toujours des réfugiés belges. Ceux-ci rendaient de nombreux services et donnaient l'illusion que la vie continuait comme avant. Même si c'était faux.

Ferdinand tendit son quart à Henri.

– Bois, mon gars, c'est du bon. Rien de tel pour te réchauffer.

Henri remercia sans pour autant s'exécuter. Il se sentait glacé jusqu'à l'âme, mais, plus encore que la neige, le brouillard et le froid, c'était l'horrible boucherie du 16 avril qui l'avait tétanisé. Il n'osait pas fermer les yeux, de crainte de revoir ces milliers d'hommes des premières unités crucifiés sur place par les mitrailleuses allemandes. Il entendait encore les coups de sifflet lançant l'assaut, dès six heures du matin.

« C'est foutu d'avance », avait estimé Ferdinand avec son franc-parler de vieux poilu. Il avait hélas raison. Les crêtes du Chemin des Dames, ainsi nommé parce que la gouvernante des filles de Louis XV avait fait empierrer cette ancienne voie romaine, constituaient en effet pour les Allemands un bastion quasiment imprenable.

Henri se demandait par quel miracle il était encore en vie. Tant d'hommes étaient morts, en cette effroyable journée, tant d'autres allaient mourir... tout cela pour quoi ? Quelques mètres de terrain arrachés à l'ennemi, parfois aussitôt repris...

– Tiens, la bleusaille, fit Ferdinand, le brouillard se lève. Les avions boches vont nous canarder.

Il leva le nez en l'air.

– Gaffe, petit ! hurla-t-il en repoussant violemment Henri.

L'obus meurtrier donna l'impression d'éclater dans l'étroit boyau où les hommes prenaient un peu de repos. Henri fut projeté en arrière. Sonné, il mit quelques minutes à reprendre ses esprits. Lorsqu'il se redressa, il découvrit un amoncellement de corps sans vie dans le boyau. Ferdinand était resté figé, la bouche grande ouverte sur un cri qui n'en finissait pas.

Henri se détourna et vomit sans pouvoir s'arrêter.

Justin passa la main dans ses cheveux. Il se sentait sale, jusqu'à l'âme. D'une certaine manière, cependant, son enfance douloureuse l'aidait à survivre dans les tranchées. La vermine ne lui faisait pas peur, pas plus que les rats qui étaient devenus des compagnons familiers pour les poilus. Non, ce qui l'inquiétait plus, c'était la folie meurtrière des hommes. Les tragiques combats du Chemin des Dames avaient sapé le moral des soldats. Tant de gars morts pour rien... tout simplement parce que Nivelle s'obstinait à lancer offensive sur offensive contre les positions ennemies. La configuration du terrain jouait en faveur des Allemands, qui tenaient la ligne des crêtes.

Les hommes n'en pouvaient plus. Épuisés par les nuits sans sommeil, les attaques reportées, les pertes effroyables, le manque de permissions, les soldats, en cette fin de printemps 17, n'aspiraient plus qu'à la paix.

Le mouvement avait commencé après le 15 mai. Les troupes refusaient d'obéir faute de repos suffisant. La lassitude, la peur avaient eu raison de leurs forces.

Justin, avec la prudence du paysan, se demandait quelle tournure allaient prendre les événements. Il n'avait qu'un désir : rentrer chez lui, se consacrer de nouveau à ses chers kvos. Les lettres de Flore lui expliquaient combien il était difficile de maintenir l'exploitation à flot. Sa femme ne se plaignait pas, cependant. Elle disait au contraire qu'ils avaient de la chance de ne pas être occupés. Des témoignages horribles faisaient état de jeunes filles lilloises réquisitionnées et emmenées de force en colonnes.

Justin, en lisant ces lettres, mesurait le fossé qui s'était creusé entre Flore et lui. Ses camarades se rongeaient d'angoisse au sujet de leurs femmes. Les rumeurs les plus folles, en effet, couraient dans les tranchées. On racontait que les femmes, contraintes de travailler dans les usines d'armement, étaient en butte au harcèlement des civils, les « planqués ».

Justin n'avait pas ce genre de préoccupation. Flore ne risquait rien. C'était une femme forte.

– Delfolie ! Tu viens avec nous ?

Vincent, fort en gueule, s'arrêta devant Justin.

– On refuse de repartir. Pas question de crever pour les civils planqués à l'arrière, expliqua-t-il à Justin. Ils n'ont qu'à venir nous remplacer, tiens !

C'était un ch'timi, lui aussi. Ce nom devait être né dans les tranchées puisque Justin ne l'avait jamais entendu avant. Avant... c'était un mot dont il fallait se méfier. Il faisait trop mal, réveillait trop de souvenirs.

Justin posa sa gamelle à côté de lui. La nourriture était froide, comme d'habitude. C'était là aussi une cause de la colère des poilus.

Justin releva la tête. Ses gestes étaient lents, mesurés.

– Qu'est-ce que tu proposes ?

Vincent esquissa un sourire désenchanté.

– Leur faire peur. Qu'ils comprennent qu'on n'en peut plus. On veut rentrer à la maison, retrouver nos femmes. On demande juste un peu de repos...

Sa voix s'étrangla. Justin se leva, lui tapota l'épaule.

– Je viens avec vous.

Il se retourna, brusquement, parce qu'il venait d'apercevoir une silhouette qui éveillait un vague souvenir dans sa mémoire. Il pensa à Henri, haussa les épaules. Henri n'avait pas dix-huit ans, il n'était pas mobilisé.

Ils se ressemblaient tous, avec leur visage aux yeux creusés, mangé par la barbe, leur uniforme raide de boue, leur air désespéré.

Le tragique échec de l'offensive de Nivelle avait profondément atteint le moral des hommes, déjà mis à mal par près de trois ans de guerre. Ils avaient besoin de repos, de sommeil. D'être considérés comme des hommes, aussi, et non comme de simples pions sur un échiquier. Ces offensives insensées qui venaient se briser contre les lignes allemandes avaient fini par désespérer les plus braves.

Vincent braqua son arme contre le capitaine Erzeilles, avec qui il avait déjà eu des mots à plusieurs reprises. C'était un homme sec qui s'interdisait le moindre état d'âme.

– Boucher ! lui lança-t-il. C'est ça que tu veux ? Qu'on crève tous les uns après les autres ?

Quelques minutes suffirent pour désarmer la poignée de « grévistes », comme ils se qualifiaient eux-mêmes. Pour l'état-major, ils étaient des mutins, et ce simple mot avait déjà scellé leur destin.

Henri, le cœur serré, regarda passer les cinq hommes qui allaient être exécutés. Ils avaient eu le cran de hurler leur révolte, mais, comme l'un d'eux l'avait fait les armes à la main, l'état-major n'avait pas l'intention de fermer les yeux. Impossible, en effet, pour le haut commandement de se laisser déborder. Les enjeux étaient trop importants. La guerre à outrance devait se poursuivre.

Henri avait vaguement conscience du fait que les cinq hommes, là, allaient être sacrifiés parce qu'ils avaient osé exprimer leur lassitude, leur colère, devant les sacrifices inutiles. Le peloton était déjà constitué. Henri n'aurait pas aimé en faire partie.

Il se souleva légèrement, observa attentivement les cinq condamnés, comme s'il avait voulu graver leurs traits dans sa mémoire. Il y avait un peu de ça, pensa-t-il. Il se sentait solidaire de ces cinq gars, des hommes, simplement, dont deux étaient des vétérans. Ils étaient pâles et paraissaient abasourdis, comme s'ils ne croyaient pas encore à la réalité de leur exécution. Henri croisa un regard bleu foncé, étonnamment semblable au sien. Une angoisse horrible le submergea.

– Comment s'appellent-ils ? demanda-t-il à son camarade le plus proche.

Le chef du peloton récitait d'une voix monocorde :

– Caporal Alcide, Legendre Vincent, Mismaque René, Séverac Paul, Delfolie Justin.

– Non ! ! ! hurla Henri en s'élançant.

Stéphane, son camarade, le retint d'une poigne solide.

– Fais pas le con, mon vieux. Y a assez de vies gâchées comme ça. Tu le connais ? ajouta-t-il.

Les détonations explosèrent dans la tête d'Henri.

– C'était mon père, balbutia-t-il avant de s'effondrer en larmes.

Dans sa tête résonnaient les paroles de *La Chanson de Craonne.*

Adieu la vie, adieu l'amour,
Adieu toutes les femmes.

C'est bien fini, c'est pour toujours,
De cette guerre infâme.
C'est à Craonne, sur le plateau,
Qu'on doit laisser sa peau
Car nous sommes tous condamnés
Nous sommes les sacrifiés.

Roselyne prit une longue inspiration avant de secouer les rênes. Elle aimait à s'arrêter au haut de la côte pour admirer le paysage vallonné et, en contrebas, la mer argentée. C'était elle qui avait proposé à Flore d'allonger sa tournée. Flore avait remplacé la « carette à kien » par un cabriolet léger à roues caoutchoutées tirée par Balzane. Gédéon se contentait maintenant de l'accompagner. Il s'offrait même le luxe de devancer la jument dans les montées.

Où était Henri ? Roselyne n'avait reçu aucune nouvelle de lui et n'osait pas aller en demander à sa mère.

Le jour de leur première rencontre, elle avait senti qu'Esther Rousseaux se défiait d'elle. Elle n'avait pas abordé ce sujet avec Flore. Depuis qu'elle avait appris la mort de Justin, sa marraine s'était repliée sur elle-même. Roselyne se demandait parfois si Flore et Justin s'étaient réellement aimés ou bien si leur passion commune pour les chevaux ne leur avait pas servi de ciment. Elle-même avait toujours éprouvé des sentiments ambivalents à l'égard de Justin Delfolie. Elle savait qu'il tolérait seulement sa présence à la Cour aux Paons. Elle ne l'intéressait pas, elle était une fille. Cela l'avait terriblement blessée lorsqu'elle avait onze ou douze ans, et qu'elle avait besoin d'un père. Sa rencontre avec Henri lui avait permis de s'épanouir. Elle aimait Henri, et Henri l'aimait. Tout au moins, elle le croyait, jusqu'à ce qu'il s'engage, de façon si brutale.

– Roselyne ! Attends-moi !

Elle se retourna. Armand Haegen la hélait. Il revenait de chez l'étalonnier, qui ne se déplaçait plus à domicile désormais.

– Nous allons faire la route ensemble, proposa-t-il.

– Il faut prier, Thérèse, prier sans relâche. Ils ne peuvent pas gagner, c'est impossible.

Thérèse sourit à son amie. Sœur Anne-Marie, une jeune religieuse belge, était animée d'une foi et d'un dynamisme à toute épreuve. Elle avait été dénoncée auprès des Allemands car elle gardait toujours sur elle un revolver.

Ainsi qu'elle l'avait expliqué à Thérèse, c'était son père qui le lui avait offert. Ce dernier s'inquiétait de la voir sortir à toute heure du jour et de la nuit pour aller faire des piqûres à ses malades en Flandre occupée. Les Allemands n'avaient rien voulu savoir. Pour eux, tout porteur d'arme était forcément l'un de ces francs-tireurs qui leur faisaient si peur. Sœur Anne-Marie s'était donc retrouvée, elle aussi, dans la sinistre prison de Siegburg.

Comme Thérèse, comme mademoiselle Louise de Bettignies, c'était une âme forte, qui refusait d'abdiquer.

Les prisonnières faisaient circuler entre elles de petits billets destinés à soutenir leur moral défaillant. Thérèse s'était confiée à sœur Anne-Marie et la religieuse avait su trouver les mots pour la réconforter. Grâce à elle, Thérèse luttait, pour revoir sa fille. La formidable entente régnant entre les prisonnières de Siegburg les aidait à supporter le froid – les cellules n'étaient chauffées que par un petit tuyau de fonte courant le long des murs – et la nourriture, de plus en plus infecte. À partir de l'automne 17, il n'y avait plus à manger que de la soupe de betteraves et de rutabagas cuits avec les tiges et les feuilles.

Il se chuchotait que les paysans des environs refusaient de donner ce brouet à leurs cochons de crainte de les rendre malades.

« Pour des Boches, ils ont encore du goût ! » lançait, vengeresse, Olympe Rebaeck. Parfois, Thérèse avait envie de s'allonger sur sa paillasse et de ne plus lutter. Olympe l'en dissuadait toujours. « Pensez à votre petite fille, ma chère », lui répétait-elle. Cette simple phrase suffisait pour que Thérèse relève la tête.

Il y avait foule ce jeudi 22 novembre 1917 à Desvres. Le doyen avait en effet appelé les fidèles à venir nombreux au service destiné à honorer les soldats morts au combat. À dix heures, le doyen et les vicaires avaient reçu sous le porche de l'église Saint-Sauveur le maire de Desvres, monsieur Lengagne. Ce dernier était venu accompagné du conseil municipal, des sociétés de vétérans, de soldats français et australiens. Le révérend Cashman, aumônier catholique de l'armée australienne, s'était d'ailleurs joint aux fidèles.

Esther, qui avait pris place dans les premiers rangs, tenait fermement la main de la petite Clémence. L'enfant ne bronchait pas. Esther lui avait bien expliqué avant la cérémonie qu'il faudrait être très sage, et faire une grande prière pour sa maman, ses oncles et son cousin Henri.

Son fils écrivait de loin en loin des lettres

brèves et désespérées. Esther demeurait sans nouvelles de Gaspard, qui comptait au nombre des disparus au cours de la bataille du fort de la Malmaison. Lorsqu'elle l'avait appris, elle avait refusé d'y croire, malgré les exhortations d'Angèle.

« Te révolter ne servira à rien, lui répétait la femme de Daniel. Les Boches vont nous tuer tous nos hommes, et il ne nous restera plus que nos yeux pour pleurer. »

Angèle était ainsi faite. Résignée et amère. Esther refusait de l'imiter. Elle élevait Clémence comme si la fille de Thérèse et de Roger avait été sa propre enfant, se démenait pour servir au Saint-Éloi des soldats alliés toujours plus nombreux, qui appréciaient autant sa cuisine régionale, ses chicons et sa soupe au lard que la bière ou le genièvre. Elle s'efforçait de vivre de la manière la plus normale possible, comme pour mieux repousser d'éventuels drames. Chaque mois, elle envoyait un colis à Thérèse et à Henri. Elle leur écrivait, sans attendre de réponse, en espérant que ses lettres les aideraient à tenir. Elle se refusait à envisager le pire. Leur famille avait déjà payé un trop lourd tribut à la guerre avec la mort d'Étienne, celle de Roger, la disparition de Gaspard, la condamnation de Thérèse. Le soir, réfugiée dans son lit trop grand, Esther se laissait aller à sangloter. À partir du moment où elle prenait place derrière le comptoir du Saint-Éloi, elle avait le sentiment d'endosser comme une cuirasse. Son univers la protégeait, l'aidait à rester forte. Elle avait réussi à ne pas encore s'effondrer en larmes en présence de Clémence.

Elle pâlit en entendant les noms des enfants de Desvres tombés sur les champs de bataille. Le doyen de l'église Saint-Sauveur avait tenu à les énumérer tous à la fin de l'office.

À la sortie de la messe, Esther se retrouva devant le bénitier aux côtés de Flore Delfolie. La maîtresse de la Cour aux Paons était en grand deuil. Elle échangea un salut hésitant avec Esther, sortit de l'église. Esther éprouva la tentation de courir derrière elle. Sa timidité l'en empêcha. De toute manière, elle n'avait rien à lui dire. Leurs destins, un moment liés par le biais de Justin, étaient désormais séparés.

Elle chercha en vain Roselyne, se demanda si Henri lui écrivait. Il y avait longtemps qu'elle n'avait pas vu la jeune fille.

Un brouillard tenace noyait la ville. L'humidité perçait les vêtements les plus épais. Esther frissonna, se pencha vers Clémence, qu'elle prit dans ses bras.

– Viens, ma puce, on rentre vite se mettre au chaud.

Elle se hâta vers le Saint-Éloi. Plus que jamais, l'estaminet représentait pour elles deux un refuge.

Roselyne, ma chérie,

Je voudrais tant te raconter ce qui s'est réellement passé au Chemin des Dames. Plus tard, peut-être... si je reviens de cette maudite guerre.

Tu n'as pas encore compris, n'est-ce pas, pourquoi je me suis engagé si vite. Je t'ai abandonnée, sans une promesse. À ce moment-là, j'étais si déboussolé que je voulais partir, fuir ma ville, ma famille et même toi. J'avais honte, j'étais furieux et désespéré.

Je suis toujours en colère mais je n'ai plus honte car j'ai compris que je n'étais pas responsable de la situation.

Je veux retourner au pays, Roselyne, pour me marier avec toi. J'ai assisté à trop d'horreurs, trop de drames. Nous avons besoin de bâtir quelque chose, toi et moi. La vie nous doit bien cette revanche.

Roselyne replia la lettre d'Henri avec soin avant de la glisser dans la poche de son pantalon.

Elle esquissa un sourire. Quoi qu'il arrive, désormais, elle avait une raison de vivre. Même si elle restait profondément marquée par la violence des derniers mois.

26

1918.

Roselyne recula de quelques pas pour avoir une vue d'ensemble. Armand et son équipe d'« ouvriers du bâtiment », comme il disait, avaient reconstruit pratiquement à l'identique la ferme de l'Abbaye, suivant les indications de la jeune fille et de Flore.

Le bâtiment s'ordonnait en U. Comme c'était la règle en pays d'élevage de chevaux, les écuries jouxtaient l'habitation principale, tandis que la vacherie était plus éloignée, de l'autre côté. Le toit restait à terminer mais Roselyne espérait bien que tout serait achevé pour l'hiver. Chaque fois qu'elle contemplait les murs chaulés de frais, elle songeait à sa mère. « C'est pour toi, pensait-elle alors, que je me suis battue ainsi. Pour que ta maison revive. »

La reconstruction de la ferme avait aidé Roselyne à surmonter le choc de l'agression. Une complicité nouvelle l'unissait à Armand Haegen. Sans la présence du Belge à ses côtés, elle n'osait imaginer ce qu'il serait advenu d'elle. Les mutins d'Étaples avaient tout saccagé dans les environs, violé les femmes, belles ou laides, jeunes ou vieilles, qui avaient eu le malheur de croiser leur chemin ce jour de 1917.

On avait appris un peu plus tard que les mutins britanniques s'étaient avant tout révoltés contre la sauvagerie des instructeurs de leur camp d'entraînement, surnommés les « canaris » parce qu'ils portaient un brassard jaune. La répression avait été terrible, mais Roselyne savait qu'elle n'oublierait pas les cris de haine, la violence qu'elle avait dû affronter ce matin-là. Sans Armand, qui avait menacé les soldats d'un pistolet, elle serait certainement morte, gisant dans le fossé comme ces pauvres filles qu'on avait voulu très vite oublier, pour faire comme si la mutinerie n'avait jamais existé.

« Il y a tant de haine, disait Armand de sa voix paisible. Petite, il faut oublier. La vie est là... il suffit de le désirer très fort... »

Elle aimait bien Armand. Il émanait de lui une impression de sagesse accentuée par la douceur de son visage. Parfois, Roselyne se surprenait à penser qu'il épouserait un jour Flore. Elle le souhaitait, même.

Elle se retourna vers le colombier d'Henri. Elle se rappelait encore le sentiment de désespoir absolu éprouvé le jour où il avait libéré tous ses coulons. Ce jour-là, Roselyne avait eu la certitude qu'il ne reviendrait pas. En rendant la liberté à ses chers pigeons, Henri disait adieu à Roselyne. Et puis, il y avait eu cette lettre, reçue du front, dans laquelle il commençait à s'expliquer un peu. La jeune fille avait compris qu'Henri allait mieux, et s'était surprise à croire à son retour. Et puis, ils étaient revenus. Saphir et Gamin, ses deux pigeons préférés. Ils s'étaient nichés tout en haut du colombier, comme deux sentinelles.

Roselyne en avait pleuré, d'émotion et de bonheur. Pour elle, le retour des coulons était porteur d'espoir.

Elle leur donna à manger et à boire. Si elle s'était retournée vers la haie, elle aurait aperçu le jeune soldat aux yeux fiévreux qui la contemplait sans bouger.

Roselyne, trop occupée avec les pigeons, ne se retourna pas. Et, au bout d'un moment, Henri fit demi-tour. C'était au-dessus de ses forces. S'il parlait à Roselyne, s'il l'embrassait, il n'aurait plus le courage de repartir pour le front.

Thérèse gémit dans son sommeil et se mit à tousser. Il ne faisait plus aussi froid dans sa cellule, se dit-elle, étonnée, en ouvrant les yeux. Elle constata alors qu'elle se trouvait dans une chambre blanche. Une femme se tenait au pied du lit de fer.

– Ne parlez pas, lui enjoignit-elle rudement, en allemand. Vous avez perdu assez de sang comme ça.

Elle se souvint alors de ces quintes de toux, atroces, et de ce flux de sang qui avaient affolé sa compagne de cellule. Olympe avait réclamé en vain de la glace pour arrêter l'hémoptysie. Tout le monde, à Siegburg, savait que les gardiennes refusaient systématiquement d'ouvrir les portes durant la nuit. Plusieurs prisonnières étaient déjà mortes dans des conditions effroyables sans que personne leur vienne en aide. Le docteur « Sortez » qualifiait les malades d'« hystériques », ce qui était une excuse bien commode pour refuser de les soigner. Une jeune Française, Léonie, empoisonnée par la vidange de tonneaux entiers de purin et victime d'un coup de froid, était ainsi morte en une nuit. Trois autres femmes avaient succombé au cours du terrible hiver 1917-1918, et combien d'autres encore, que Thérèse ne connaissait pas ?

Elle avait eu la chance d'avoir Olympe Rebaeck pour amie. L'infirmière l'avait soignée toute la nuit en lui appliquant sur la gorge des compresses d'eau glacée. Elle avait bataillé, ensuite, pour que Thérèse soit transférée dans une clinique de Cologne.

La gardienne se rapprocha du lit.

– Votre compatriote mademoiselle de Bettignies vient de mourir, annonça-t-elle sans ménagement à Thérèse.

Les yeux de la jeune femme s'emplirent de larmes. Toutes les prisonnières de Siegburg aimaient et respectaient profondément Louise de Bettignies. Son courage, sa capacité de révolte les avaient toujours soutenues.

Le regard de Thérèse chercha le ciel. Elle avait peur de mourir, elle aussi, de ne pas revoir sa petite fille. Les conditions sanitaires déplorables régnant à Siegburg favorisaient la propagation de la tuberculose et du typhus puisque les cellules n'étaient jamais désinfectées.

– Quel jour sommes-nous ? questionna-t-elle avec peine.

Sa gardienne eut un haussement d'épaules.

– Le 24 septembre. Quelle importance ? ajouta-t-elle. Vous allez mourir, vous aussi. Vous n'avez pas de santé, vous, les Françaises.

« Comment pourrions-nous résister ? » pensa Thérèse, révoltée. Affaiblies par le froid, mourant de faim, les prisonnières tenaient bon grâce à une farouche volonté de vivre. Les derniers temps, on leur distribuait en guise de ration quotidienne une mixture infecte que les Françaises et les Belges avaient vite surnommée la « soupe à la souris ». Il s'agissait d'une poudre brune, royalement nommée *Gemüse*[1] par les Allemands alors qu'elle était constituée des épluchures séchées et râpées des légumes utilisés pour les soldats. La « soupe à la souris » était proprement immangeable.

« Il faut que je tienne », pensa Thérèse avec force. Pour Clémence.

– Ils vont bientôt revenir, affirma Esther à Clémence. Ton oncle Gaspard, ton cousin Henri, et tous les autres. Tu verras...

L'espoir renaissait depuis la fin août. Grâce à ses clients, Esther était tenue informée jour après jour de l'avance des troupes alliées. Louis-Antoine, un Canadien, lui avait offert une carte du front sur laquelle, avec Clémence, elle suivait les batailles. Fin août, les

1. « Légumes ».

Canadiens avaient dégagé Arras. Le 29 août, les Allemands avaient évacué Bapaume, libérée par les Néo-Zélandais du 4e corps de la IIIe armée. Ensuite, ç'avait été une succession de victoires, conséquence de la bataille de la Lys et de l'Escaut. Les Alliés avaient concentré leurs forces. Cambrai, occupée depuis le 26 août 1914, était enfin libérée le 9 octobre 1918. Dans la foulée, les Anglais reprenaient Caudry, le Cateau, le plateau de Bohain. Chaque jour, les Desvrois suivaient avec une impatience fébrile la progression des troupes qu'ils avaient hébergées.

Esther fut la première à se révolter pendant les jours terribles du 10 au 12 octobre. Acculés, les Allemands n'avaient en effet pas hésité à détruire toutes les installations des compagnies houillères du Nord. Les mines avaient été noyées par plus de soixante-dix millions de mètres cubes d'eau. Les fosses étaient inutilisables. Le gros matériel avait été découpé au chalumeau, ou démonté, avant d'être expédié en Allemagne avec les stocks de la production. On avait dynamité ce qui n'avait pu être emporté. Cette région située à une trentaine de kilomètres du front, qui avait jusque-là été épargnée, fut détruite de façon systématique.

« Nous reconstruirons ! » affirmait Armande

Jacquet, péremptoire. Et elle énonçait d'une voix forte, comme si elle avait elle-même participé aux combats : « Depuis le 16 octobre, le Pas-de-Calais est libéré. Le 18 octobre, les Anglais sont entrés dans Tourcoing et Roubaix. Le 19, c'est au tour de Bruges. On va en voir le bout, ma belle ! »

Armande, pratiquement impotente, s'était rapprochée d'Esther depuis la mort de son mari et le retour de son fils, grièvement blessé aux yeux. Elle était sans nouvelles de Maud, partie « faire la vie », comme elle disait avec une moue pincée, à Boulogne, plaque tournante de l'arrivée des troupes.

Esther lui venait en aide en souvenir de Célestine. Elle n'y avait pas grand mérite, car elle s'entendait bien avec Armande. La vieille dame, installée dans le fauteuil à haut dossier proche de la cheminée, tricotait inlassablement des cache-nez et des chaussettes tout en racontant des histoires du temps jadis à Clémence. Bouche bée, la petite fille l'écoutait parler des Prussiens, de Célestine et, surtout, de Thérèse qui dessinait sans cesse.

Le 11 novembre, quand les cloches se mirent à carillonner un peu partout en France, annonçant la fin des combats, Esther laissa tomber le verre qu'elle essuyait.

– Laissez, dit-elle à Louis-Antoine qui se

précipitait pour ramasser les morceaux, c'est du verre blanc, ça porte bonheur.

Et elle éclata en sanglots.

– Mon Dieu ! répéta Esther en se signant. Tant de malheur...

Arras mutilée était un champ de ruines. L'hôtel de ville réduit à l'état de carcasse, les maisons des places incendiées, effondrées, le beffroi écroulé...

Les personnes qui étaient restées, malgré tout, dans la capitale de l'Artois, avaient le regard perdu des rescapés de l'enfer.

– Tu ne vas pas t'installer ici, voyons ! s'écria Esther. Nous te ramenons à Desvres.

Thérèse secoua la tête. Elle était si faible que sa belle-sœur avait craint de la voir s'évanouir à plusieurs reprises dans le train.

Lorsqu'elle avait été rapatriée par la Croix-Rouge, Thérèse Rousseaux était méconnaissable. Ses cheveux pendaient par mèches, son visage était livide, sa silhouette squelettique, mais son regard brûlant révélait qu'elle n'avait pas abdiqué sa combativité.

Esther, le cœur à l'envers, l'avait serrée contre elle.

– Ma chérie... que t'ont-ils fait ?

Le temps des explications viendrait plus tard. Il fallait remettre Thérèse sur pied, expliquer à Clémence que cette ombre était sa maman, appeler en renfort le docteur Martin... Dieu merci, Henri venait de rentrer. Il avait été blessé dans la Marne, un éclat d'obus, mais il était vivant.

– Nous n'aurions pas dû faire le voyage, marmonna Esther.

Elle avait réussi à faire patienter Thérèse un petit mois. Le temps que le traitement entrepris par le docteur Martin commence à produire ses effets.

« Je veux retourner à Arras », s'obstinait à répéter Thérèse.

Finalement, Henri et Esther s'étaient décidés. Le docteur Martin avait donné son autorisation.

« Si cela peut lui rendre le goût de vivre », avait-il murmuré.

Lui-même était las et désenchanté. La guerre était enfin terminée, certes, mais à quel prix... Lorsqu'il avait constaté l'état de santé de Thérèse Rousseaux, il avait eu envie d'en découdre avec ses geôliers allemands. Il faudrait envoyer la jeune femme au bord de la mer. Avec un peu de chance elle se rétablirait. À condition qu'elle le veuille vraiment.

– Nous habitions là, dit Thérèse en désignant une maison de la place à la façade éventrée.

Elle se pencha vers sa fille.

– Regarde, Clémence. Papa et moi avons été très heureux ici. Il n'y a plus rien maintenant. Rien que nos souvenirs.

Elle se mit à pleurer. Clémence, effrayée, recula d'un pas. Esther lui prit la main.

– N'aie pas peur, ma minette. Ta maman avait besoin de pleurer. Ça ira mieux, à présent.

Thérèse ne protesta pas quand Henri et Esther l'entraînèrent vers la gare. Plus rien ne la retenait à Arras désormais.

27

1919.

S'il tournait la tête du mauvais côté, il avait l'impression d'être en face d'un étranger. Pourtant, le docteur Larabie s'estimait satisfait du travail accompli avec ses collègues du Mans.

Lorsque le blessé était arrivé dans sa maison de Fère-en-Tardenois transformée en hôpital de campagne, Jules Larabie avait pensé : « Pauvre diable ! Encore un qui préférerait avoir été tué, à coup sûr. » Il avait eu la moitié du visage arrachée par un éclat d'obus. Le genre de blessure horrible que Larabie s'efforçait de soigner en souvenir de son fils. Marc Larabie s'était suicidé la nuit de Noël 1914, parce qu'il ne supportait pas sa mutilation. Cette nuit-là, le médecin s'était juré de tout mettre en œuvre pour sauver ceux qui s'appelaient, par autodérision, les « gueules cassées ». Il avait d'abord soumis le blessé à une véritable torture en utilisant un écarteur fabriqué par un mécanicien-dentiste.

Gaspard avait été laissé pour mort sur le terrain. Lorsqu'on l'avait enfin transporté chez le docteur Larabie, les retards de l'évacuation avaient entraîné une consolidation de ses mâchoires dans une mauvaise position. Il importait donc d'utiliser n'importe quel procédé pour favoriser l'ouverture de sa bouche.

Après l'écarteur, il avait connu le supplice de la gouttière de contention. Larabie avait patiemment expliqué à Gaspard que la fracture du maxillaire supérieur avait provoqué un déplacement vers la droite de toute une partie de son visage. Il n'y avait pas de miroir dans sa chambre à Fère-en-Tardenois, mais il imaginait aisément quelle vision de cauchemar il offrait. En levant la main, il suivait les quatre bandes de tarlatane attachées sur le sommet de la tête, qui immobilisaient la gouttière.

Il avait éprouvé, à plusieurs reprises, la tentation de mettre fin à ses jours. À chaque fois, la pensée d'Esther l'avait retenu. Il avait cru toucher le fond du désespoir, pourtant, lorsqu'il avait dû porter le casque de Darcissac, destiné à renforcer la contention. Cet appareillage provoquait de fortes douleurs ainsi qu'un écoulement permanent de salive. Gaspard s'était senti vieux, irrécupérable. Devant son désarroi, le docteur Larabie s'était démené pour le faire admettre au centre de chirurgie maxillo-faciale du Mans. Gaspard l'entendait encore lui expliquer que, vu les résultats médiocres de la contention, la greffe représentait son seul espoir de retrouver un visage moins abîmé. Il avait été transporté au Mans en train. Son visage bandé d'un côté suscitait la compassion. Lui regardait à peine les régions traversées, toutes dévastées. La guerre qui s'était enfin achevée un mois auparavant lui semblait si loin, comme toute sa vie d'*avant*.

Au Mans, le médecin-chef du centre, le docteur Delagenière, avait su trouver les mots pour lui inspirer confiance. Il lui avait en effet raconté que la technique de la greffe avait été inventée à la fin du XVIe siècle par un Italien nommé Tagliacozzi. Ce dernier, cependant, avait été persécuté par l'Église et condamné pour « intromission répréhensible dans l'univers du Créateur ». Après sa mort, son corps avait été exhumé pour être enseveli en terre non consacrée.

« Vous n'avez pas peur », avait tenté d'ironiser Gaspard.

Le médecin-chef lui avait répondu avec gravité : « Vous tous, blessés ou mutilés de la face, avez assez souffert. Si je peux vous rendre votre identité en même temps que votre visage... »

Gaspard, bouleversé, s'était détourné. Il s'était lancé dans cette aventure uniquement pour Esther. Pour ne pas lire l'effroi dans ses yeux.

Il avait supporté sans se plaindre le prélèvement d'un greffon sur la face interne de son tibia. Ce greffon très malléable prenant aussitôt la forme voulue, le docteur Delagenière avait pu lui reconstruire un visage. La convalescence avait été longue, éprouvante, mais, à présent, une seule grande cicatrice lui barrait la face.

Gaspard se détourna du miroir.

– Qu'en pensez-vous ? demanda-t-il au docteur Larabie, qui avait fait le déplacement jusqu'au centre du Mans.

Le médecin esquissa un sourire.

– Il est grand temps de retourner dans le monde, mon ami. Votre famille...

Gaspard secoua la tête.

– Vous m'imaginez imposant à ma femme ce nouveau visage ?

Jules Larabie réfléchit quelques secondes avant de répondre lentement :

– Si elle vous aime comme vous l'aimez, elle saura dépasser vos cicatrices. C'est peut-être *cela* qui vous fait le plus peur, Gaspard. Savoir si elle vous aime. Réfléchissez-y.

Quand il fermait les yeux, il se revoyait valsant avec Esther. Il l'entendait fredonner *Reviens, veux-tu ?*, et il enfouissait le visage dans les cheveux de sa belle brune.

– Il est temps, insista le médecin. Après, vous n'en aurez plus le courage.

– Je vais y réfléchir, promit Gaspard.

C'était tout ce qu'il pouvait répondre pour l'instant.

Henri serra Roselyne contre lui. Il aimait tout d'elle, jusqu'à cette manière qu'elle avait de plisser le nez, comme les lapins d'Esther.

– Ne me retiens pas, murmura-t-il.

Il lui avait longuement expliqué la raison pour laquelle il devait partir. Elle, Roselyne, avait rebâti la ferme de l'Abbaye. Henri éprouvait le besoin de se reconstruire. Il avait eu une conversation à cœur ouvert avec sa mère. Elle ne lui avait rien caché des conditions de sa naissance, s'était efforcée d'exposer les faits sans parti pris.

C'était, lui semblait-il, indispensable pour préserver l'image de Justin. Esther avait compris le désir de son fils de changer d'horizon.

Ses années de guerre l'avaient mûri, tout en suscitant en lui l'envie de vivre autrement. Revenu de l'enfer, il ne pouvait plus se contenter de son travail à la faïencerie. Il rêvait d'autre chose. Les conseils de Gaspard lui manquaient. Lorsqu'il observait le visage défait d'Esther, il songeait qu'il aurait tant souhaité lui ramener son mari... Malgré leurs démarches réitérées, personne n'avait retrouvé sa trace. Ils étaient des milliers à avoir disparu sur les champs de bataille du Nord et de la France entière, et Henri avait parfois l'impression qu'à l'exception de leurs familles on ne se préoccupait plus de leur sort. La guerre avait été trop longue, trop effroyable. Les survivants éprouvaient le besoin de tourner la page. De vivre, tout simplement.

– Je te reviendrai, tu le sais, dit-il à Roselyne.

Elle hocha la tête.

– Ne tarde pas trop.

Ils s'aimaient. Cette certitude l'aiderait à supporter son absence.

– Tu sais, reprit-elle, je vais faire de l'élevage, comme mon grand-père Kleber. C'est important pour moi.

Il lui releva le menton, plongea son regard bleu foncé dans les yeux clairs de la jeune fille.

– Suis ton chemin, Roselyne. Les chevaux, c'est ta vie, je l'ai toujours su. Moi... je ne suis pas un homme de la terre mais je trouverai ma voie.

Elle avait lancé : « Chiche ? » d'une voix rieuse, et lui, buté, avait répliqué : « Je ne connais rien aux chevaux. »

Pourtant, il avait tenu la bride de Revanche, la pouliche née juste après l'armistice, il s'était même enhardi à lui flatter l'encolure.

– Tu sais, les chevaux, ça ne s'apprend pas vraiment, avait repris Roselyne. Il suffit de les aimer.

Henri avait fini par lui parler de son père, à mots hésitants. Elle n'avait pas semblé réellement surprise.

– Toi et moi, nous sommes liés par quelque chose de fort qui nous dépasse un peu. C'est comme ce souterrain qui reliait la ferme de l'Abbaye à la Cour aux Paons. Il a été muré à la suite de je ne sais quel événement.

Henri lui caressa les cheveux.

– Rose... si l'on se mariait ?

Elle leva les yeux vers lui. Il y avait si longtemps qu'elle l'aimait ! Depuis leur première rencontre, le jour de l'exhibition des géants Hugo, elle avait su qu'il n'y aurait jamais d'autre homme dans sa vie.

Il écarta les mains.

– Je n'ai plus de métier, pas de biens en dehors de l'estaminet, mais je t'aime, Rose. Je t'ai toujours aimée.

Elle inclina la tête.

– Je t'aime aussi, Henri. Et, crois-moi, il est grand temps que tu t'intéresses aux kvos. Les kvos et les coulons, ça fait partie de ta vie.

Il ne protesta pas. C'était un premier pas, se dit Roselyne. Elle ne voulait pas le brusquer mais elle désirait qu'il accepte tout un pan caché de son hérédité. À ce prix seulement, il parviendrait à se reconstruire.

Elle lui prit la main.

– Viens. Je veux te présenter à Flore.

Henri marqua une hésitation.

– Viens, répéta Roselyne.

Il éprouva une sensation étrange en franchissant le porche de la Cour aux Paons. La ferme fortifiée avait pris une dimension particulière dans la région du fait du soutien que Flore avait apporté sans relâche aux réfugiés durant les années de guerre. « Une femme de bien », disait-on d'elle. Henri, cependant, ne pouvait se défendre d'être impressionné. Les bâtiments étaient d'une propreté impeccable et le couple de paons qui se promenait devant le poulailler considéra l'arrivant d'un œil suspicieux.

Flore se trouvait aux écuries. Elle se retourna vers les visiteurs.

– Roselyne, tu arrives à point ! Regarde un peu Balthazar. Il n'a pas l'air bien. Bonjour, ajouta-t-elle à l'adresse d'Henri.

C'était une grande femme au regard droit. Elle en imposait, bien qu'elle fût vêtue fort simplement.

– Bonjour, madame, fit Henri un peu gauchement.

– Marraine, tu reconnais Henri Rousseaux, glissa Roselyne.

Un lent sourire étira les lèvres de Flore.

– Il y a un moment que je ne vous ai vu, jeune homme. Bienvenue parmi nous.

Elle hésita, comme si elle voulait ajouter quelque chose, le regarda.

– Vous ressemblez beaucoup à quelqu'un qui m'était cher, déclara-t-elle enfin.

Il y eut un silence. Roselyne glissa son bras sous celui d'Henri.

– Nous allons nous marier, marraine, annonça-t-elle.

Le sourire de Flore s'accentua.

– C'est une excellente nouvelle.

Elle était sincère, Roselyne le remarqua tout de suite.

– Il faut que vous vous occupiez de kvos, Henri, poursuivit Flore. C'est quasiment une obligation, dans la famille.

Henri ne s'y trompa pas. C'était une façon de l'introniser. Flore et lui échangèrent une solide poignée de main.

– Nous te ferons une belle noce, promit la maîtresse de la Cour aux Paons à Roselyne.

Un peu plus tard, réfugiée dans sa chambre, elle ouvrit l'œil-de-bœuf donnant directement sur les écuries pour jeter un coup d'œil à Balthazar. L'étalon semblait avoir retrouvé son allant.

« Finalement, ton fils s'occupera un jour de la Cour aux Paons », pensa-t-elle en s'adressant à Justin.

La vie continuait. C'était bien ainsi. Flore n'éprouvait pas d'amertume. Seulement le sentiment que le destin remettait les choses et les gens à leur place. Tant qu'elle serait en état de le faire, elle s'occuperait de la Cour aux Paons. Ensuite, elle transmettrait les rênes à Roselyne et à son mari. Elle n'avait pas failli. La ferme ne tomberait pas entre les mains de Simone Lahorne.

Rassérénée, elle referma l'œil-de-bœuf. Elle se sentait apaisée. Prête à accepter de la vie un ultime cadeau : cheminer avec Armand le temps qu'il leur restait.

La terrasse de l'hôpital, abritée du vent, permettait aux malades de profiter du soleil d'avril. Thérèse se souleva légèrement sur sa chaise longue et attira à elle le carnet à dessin et les fusains qu'Esther lui avait apportés lors de sa dernière visite.

Elle lui amenait Clémence chaque mois. C'était toute une expédition, mais ces visites permettaient à la mère et à l'enfant de mieux se connaître.

Thérèse prit une longue inspiration. Elle allait mieux, les forces lui revenaient, lentement.

Elle se livra à quelques essais de mine et puis, sans même en avoir conscience, crayonna les bâtiments de Siegburg. Tout lui revenait avec une précision terrifiante. Les cellules aux murs tachés de sang, l'uniforme de forçat des prisonnières, le monstrueux « docteur Sortez », le visage sans réelle beauté mais vibrant de passion de mademoiselle de Bettignies...

Elle travailla des heures durant. Lorsqu'elle releva la tête, le ciel, rose-mauve, s'enfonçait dans la mer.

Un vol de goélands argentés fit tressaillir la jeune femme. Une paix soudaine l'envahit. Elle vivrait. Pour Clémence, en souvenir de Roger. Et, aussi, pour témoigner des épreuves traversées. Avec ses fusains comme seules armes.

Esther avait longtemps tergiversé avant d'ouvrir le coffret en bois glissé tout en haut de l'armoire de pitchpin. « Ce coffret, c'est la mémoire de la famille », lui avait dit un jour grand-mère Madeleine. Esther avait besoin d'y puiser un peu de force.

Tout le monde lui répétait de se résigner, mais cela lui était impossible. Sans Gaspard, la vie pour elle ne valait plus la peine d'être vécue.

Elle s'installa à une table de la salle avec Clémence, « pour tuer le dimanche », pensa-t-elle. Les habitués viendraient plus tard, après quatre heures.

Clémence, très intéressée, voulait tout savoir. Esther lui promit de confectionner avec elle un album. La petite fille n'avait pas connu son père ni ses grands-parents. Esther lui montra grand-mère Madeleine et grand-père Gustave, le jour de leur mariage. Madeleine portait une robe noire et esquissait un sourire confiant. Esther mit la photographie jaunie de côté en se promettant de la faire encadrer. Elle découvrit un cliché de ses propres parents. Aimé Feutry paraissait si jeune que sa gorge se serra. Esther avait déjà vécu plus longtemps que son père. Cette réflexion faisait naître en elle le désir impérieux de ne pas gaspiller le temps qu'il lui restait à vivre. À condition que Gaspard revienne.

– Viens, dit-elle à Clémence en se redressant. Nous allons faire une promenade, toi et moi.

Clémence était déjà bonne marcheuse. Esther n'eut besoin de la porter dans ses bras que pour les deux derniers kilomètres. Le soleil s'était levé, dissipant la brume qui s'accrochait depuis le matin aux haies. Les champs ondulaient doucement sous un ciel de plus en plus laiteux. Esther franchit le porche de la ferme de l'Abbaye après avoir marqué une hésitation.

Elle trouva Roselyne aux écuries. La jeune fille changeait la litière des deux chevaux. Elle portait un pantalon de velours et une chemise d'homme, et Esther se surprit à envier l'aisance de ses mouvements. Elles avaient bien raison, toutes ces jeunes filles de l'après-guerre qui réclamaient haut et fort le droit à une plus grande liberté ! Les temps avaient changé.

– Bonjour, Roselyne, dit doucement Esther. Je suis venue montrer les coulons d'Henri à Clémence, reprit-elle.

Le visage de Roselyne s'éclaira d'un sourire.

– Quelle bonne idée ! Je finis mon ouvrage et je vous emmène. Henri se trouve au pigeonnier.

Devant le colombier, Esther éprouva une furieuse envie de pleurer. Toutes ces années gâchées, durant lesquelles elle n'avait pas eu le courage d'affronter ses souvenirs les plus douloureux, pas su expliquer à Gaspard pourquoi elle n'aimait pas les pigeons. Elle aurait tant aimé pouvoir revenir en arrière...

– Je suis heureuse de vous voir, déclara Roselyne.

– Tu viens quand tu veux au Saint-Éloi, l'invita Esther.

Leur famille avait éclaté. Elle éprouvait le besoin de tisser des liens plus serrés entre les survivants. Célestine et Gaspard auraient agi de même.

Elle lui donna des nouvelles de Thérèse, qui se remettait à Berck, de Daniel qui était revenu de la guerre avec des yeux de vieillard, de Marie-Reine, retournée dans les Ardennes avec son fils, où elle avait enfin retrouvé Pierre. Marcel s'était séparé d'Élisa. Leur couple n'avait pas résisté aux années de guerre. Le plus jeune frère de Gaspard n'était pas retourné travailler aux faïenceries. Il était parti pour Arras, où l'on avait besoin de bras pour reconstruire la ville martyre.

– Henri est un Rousseaux, lui aussi, conclut Esther. Ne t'attends pas à ce qu'il t'assiste. Il lui faut son indépendance.

Roselyne sourit.

– Je l'ai compris depuis un bon moment. Nous aimons notre liberté, Henri et moi.

Comme par mégarde, elle tourna la tête vers la Cour aux Paons, dont la tour ronde était visible au-dessus de la cime des saules et des peupliers.

– Flore, ma marraine, m'a donné l'exemple. Elle ne se remariera pas. Tout le monde trouve normal, maintenant, qu'elle dirige seule la Cour aux Paons.

Esther ne répondit pas. En dépit de leurs destins parallèles, Flore lui était étrangement familière. Toutes deux avaient souffert à cause du même homme, toutes deux s'étaient battues pour sauvegarder leur liberté.

Elles auraient pu devenir des amies si les circonstances avaient été différentes.

Esther et Clémence acceptèrent de boire le jus de groseille frais offert par Roselyne, tout comme la proposition d'Henri de les reconduire à Desvres.

Henri entraîna Clémence par la main pour la hisser sur le siège du cabriolet.

– Je vais vous raccompagner au Saint-Éloi, dit-il à sa mère. L'orage menace.

Pour une fois, Esther ne protesta pas. L'émotion l'avait submergée durant cet après-midi passé à la ferme de l'Abbaye. Tout, ou presque, restait à faire à l'intérieur mais l'ouvrage ne rebutait pas Roselyne et Henri. Son fils avait entrepris de fabriquer lui-même leurs meubles et, ma foi, il ne se débrouillait pas mal du tout. Les jeunes gens avaient prévu de se marier moins de deux mois plus tard. Henri était plus souriant. Il paraissait heureux. Esther se réjouissait de cette embellie.

De gros nuages couraient dans le ciel pommelé. Le vent était tombé, figeant les saules et les peupliers dans une immobilité menaçante. L'orage grondait, tout proche, rendant Esther nerveuse. Elle attira Clémence contre elle, mais la fille de Thérèse n'avait pas peur. C'était une petite personne décidée qui posait sur le monde un regard chargé de défi. À l'arrière, le chien Toutfou s'agitait. Henri fit claquer sa langue. Balthazar accéléra l'allure pour monter la côte.

Les premières gouttes de pluie s'abattirent sur eux alors qu'ils arrivaient sur la Grand-Place.

Esther enveloppa Clémence d'un sac en toile de jute, ce qui fit rire aux éclats la petite.

– Henri... murmura-t-elle soudain d'une voix changée.

Il y avait une silhouette masculine plantée devant le Saint-Éloi. L'homme contemplait la façade de l'estaminet d'un air perdu. Il portait un imperméable couleur mastic.

– Occupe-toi de la petite, recommanda Esther à son fils.

Elle sauta du siège du cabriolet, se tordit la cheville sur les pavés humides et, malgré la douleur, s'élança vers l'homme. Un espoir fou soulevait le cœur d'Esther.

– Gaspard ! s'écria-t-elle en courant vers lui.

Il se retourna lentement. Elle remarqua tout de suite la cicatrice qui barrait la moitié de son visage mais ne manifesta pas le moindre émoi. Elle leva la main, suivit du doigt les contours de la blessure.

– Je t'ai attendu si longtemps, murmura-t-elle. Je savais que tu étais vivant.

Gaspard serra sa femme contre lui.

– Esther...

Il n'eut pas le temps de lui expliquer pour quelle raison il avait gardé un si long silence. Vivement, elle posa la main sur ses lèvres.

– Je t'aime, Gaspard. Il y a si longtemps que je voulais te le dire.

REMERCIEMENTS

Je tiens à exprimer ma profonde reconnaissance à monsieur le sénateur maire Michel Sergent ainsi qu'au service de documentation de la mairie de Desvres, qui, grâce aux archives et aux ouvrages personnels de M. Joël Rochoy, m'a permis de me plonger dans la vie quotidienne à la fin du XIXe siècle dans la cité des potiers.

Mes remerciements tout aussi chaleureux et cordiaux s'adressent à toute l'équipe de la bibliothèque médiathèque de Desvres, et tout particulièrement à Barbara, qui a accompli un travail remarquable de recherche « pointue » sur des sujets aussi variés que la culture du lin, les maisons du quartier des cimenteries ou les chansons en vogue à l'époque. Je les remercie de tout cœur pour leurs précieuses indications et leur disponibilités.

Thérèse Lecoutre, de la ferme équestre de la Lande, à Rinxent, m'a offert un trésor inestimable : ses souvenirs d'enfance et son amour pour les chevaux boulonnais. Le jour où je l'ai rencontrée, j'ai compris, je crois, la passion des éleveurs. Elle m'a fourni une foule de détails sur la vie dans les fermes du Boulonnais au début du XXe siècle. Grâce à elle, j'ai su que je devais aller jusqu'au bout de ma *Cour aux Paons*.

Enfin, un grand merci à Jeannine Balland et à toute l'équipe des Presses de la Cité, qui, par leur soutien sans faille, leurs conseils et leurs encouragements, ont joué un grand rôle dans l'écriture de ce livre.

J'ai une pensée toute particulière pour mon grand-père paternel, Auguste Florent Ducrocq. Desvrois d'origine, il est mort trop tôt pour pouvoir me faire partager ses souvenirs d'enfance. Par le biais de l'écriture, j'ai voulu renouer le fil d'une conversation interrompue et le faire revivre...

Mise en page : Le vent se lève...

Achevé d'imprimer en mai 2012
pour le compte des Éditions Feryane
B.P. 80314 – 78003 Versailles

Imprimé en U.E.

Dépôt légal mai 2012

Mise en page : [illegible]

Achevé d'imprimer en mai 2012
pour le compte des Éditions [illegible]
B.P. 80514 – 78005 Versailles

Imprimé [illegible]

Dépôt légal mai 2012